密林勿近

DON'T LET THE FOREST IN

CG 德魯絲 CG Drews——著 謝佳真——譯

獻給你心裡的怪物

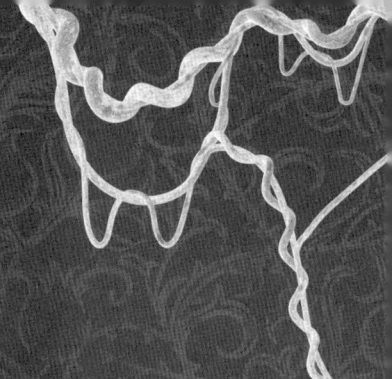

1

那天並不難受，就是他將自己的心臟剜出來的那一天。

後來，安德魯拿尖尖的筆，以纖長如蛛絲的筆劃說出這件事——寫成一則故事。故事裡的男孩舉刀剖開自己的胸膛，裸露出來的肋骨像長滿青苔的樹根，底下的心臟是一坨青紫瘀血的殘骸。這樣的心臟不會有人想要的。但他依舊剜了出來，送給一個人。

黯然神傷、彷彿被掏空的滋味他很熟悉。那是一種令他自在的痛苦。

安德魯是一個空心人，向來如此。

講故事比傾訴情感來得簡單，所以在學校閉門放暑假的那一天，他撕下筆記本裡的故事，塞進湯馬斯褲子後面的口袋。然後，安德魯隱沒到他父親的車子裡，湯馬斯被巴士吞噬，兩人就此分開。他們被斬斷的連結，要到威克伍高級中學再次開學才會恢復。

湯馬斯能不能看出故事裡的真相，察覺安德魯的心只屬於他一個人，其實無所謂。這樣子告白的快感很可怕，也很甜美——而且，還可以不認帳。總要以防萬一嘛。

有幾個詞可以拿來形容安德魯．佩羅這種人。說他孤注一擲，大概不成問題。講他彆扭也很貼切。怯懦雖然不中聽，倒也不假。

大概只有安德魯不渴望夏天或假期趕快來，他覺得還是待在學校裡舒服，踏實，也更真實。從十二歲起，他便在威克伍住校，覆滿了常春藤的校牆、古老的石砌建築，乃至校地各處可見的玫瑰花園跟森林，讓他感覺這裡像自己的家。他什麼都留在學校——他的課本、他的記憶、他的文具用品。他也把湯馬斯・萊伊留在學校。

安德魯渴望的是湯馬斯。沒了湯馬斯，他飢渴難耐。

幸好暑假結束了，父親開車送他回學校，然而覺得自己恢復完整的那種感覺並沒有填滿他的胸膛。他滿腦子想的只有，這是他們的最後一學年。恐懼已壓得他快要窒息。

安德魯將臉靠在冰涼的車窗上，他們的賓士車在彎彎曲曲的道路上前進。夾道的林木逐漸濃密，他們像是穿越進入一條晦暗且陰森的青色隧道。從市區到學校的車程應該是一小時，但他父親開車就像老牛在拖車。他通常以老神在在的速度移動，時而接接手機，口述一下電子郵件的內容，同時一手鬆鬆地搭在方向盤上，金錶還時不時撞上同款的袖釦，發出輕響。

不過，今天安德魯的父親坐姿僵直，下顎的一條肌肉反覆繃緊又鬆開。他不時從後視鏡看一眼安德魯，安德魯始終裝作不知情。他戴上一枚耳機來抵擋靜默。他的筆記本放在大腿上，攤開，新的故事只寫了兩句。

這就是安德魯在做的事——講故事。他的故事有黑暗而苦澀的邊邊角角，魔法盤繞成棘刺，裡頭的怪物有精巧如剃刀般的牙齒。他寫童話，不過是殘忍的那一種。

湯馬斯愛死了。

從前從前，有一位王子戴著花楸❀的王冠來防範災厄，可是一位甜美的柳※妖對他說，摘掉王冠吧，摘了就吻他。吻畢，她便挖掉他的雙眼。

這種故事最棒了，湯馬斯說。會讓我想畫畫。這些故事有什麼寓意嗎？

安德魯微微聳肩，皮膚底下卻因為這一句讚美而火熱起來。這些故事就是寫來讓人難過的。

就像被紙張割到——那細微的刺痛唯一的作用，就是讓人知道我活著我活著我活著。

只有湯馬斯了解這些故事。安德魯的父親不懂就算了，德芙竟然也不懂。這無異於

編按：本書註解皆為譯註。

❀花語：守護與祝福。

※花語：離別、留戀、自由。

背叛，他們可是雙胞胎耶。

她坐在前面的副駕駛座，抱著手臂，姿態僵硬。她以冷冰冰的沉默跟父親長期抗戰。但冷戰的原因是什麼，安德魯沒有頭緒，父女倆連看都不看對方一眼。

安德魯跟德芙的長相，是彼此的翻版。兩人都是冷白的膚色，蜜金色的頭髮，褐色的眼睛，身高差異也不大。但德芙是耀眼的冰雕，美麗、危險、不能重新雕塑形狀；安德魯卻像一堆只剩葉脈的樹葉，纖弱易碎，漸漸崩解。誰都會一眼就看見德芙，把安德魯忘到九霄雲外。

她穿著威克伍的制服，白襯衫上打著領帶，深綠色的外套，格子裙，一顆顆鈕釦全都扣得好好的，一絲絲頭髮全待在正確的位置。德芙儀態優雅，像是即將站上禮堂講台發表畢業演講的人，閃光燈會因她此起彼落，她完美的典範將永垂不朽。她當然能夠輕鬆駕馭新學年的功課，游刃有餘；至於安德魯，他猜自己今年的成績一定會很慘烈，只能在暗地裡等死。

他覺得胃都要打結了，但他跟自己說，等他們到了學校就沒事了。湯馬斯會等著他們，他的顴骨上長著雀斑，臉露嫌惡的慍色，像是永遠在生每個人的氣，唯獨不會氣佩羅家的雙胞胎。

他屬於他們，他們屬於他。從他們三人相識開始，便是如此。

車輪從平坦的路面駛上沙沙響的石子地，安德魯的臉更是緊緊貼在車窗上。他心跳加速。從維吉尼亞的荒林與荊棘裡孕育出來的威克伍，已經到了。圓環狀的車道上都是轎車跟巴士，學生們陸續湧入大理石砌的門廳臺階，帶著行李與放不下心的家長。

安德魯的父親放緩車速，在找地方停車，安德魯則找起湯馬斯的身影。沒看到。

他望向手機，連帶看到了從手指到手腕皮膚上，那些細如蜘網的交錯疤痕。看到這些疤痕，他仍然會微微心驚，卻不難受。他根本記不清疤痕是怎麼來的。

他查看訊息，同時也很清楚不會有新訊息來，因為湯馬斯的手機在暑假第一週就壞了。

安德魯點開他們最後一次的訊息交換，咬住嘴唇。

手幾摔壞措字多不好意思開學見

當時安德魯思索了半天，想著怎麼回覆才不會顯得驚慌。整整一個暑假耶。沒有聯絡。湯馬斯可以用電子郵件，只是他都沒寫。

安德魯的回覆是：這次你怎麼弄壞手機的？？

就我爸阿。拿我手幾打我頭，然後丟到嗇上。手幾快沒電。別慌。

安德魯怎麼可能別慌？這不是第一次了。湯馬斯會隨意聊起這類事情——但覺得這樣的暴力很恐怖的人似乎只有安德魯一個。他忍不住想，那該有多痛。他還想：湯馬斯有沒有被父親砸出腦震盪？暑假那麼長，一個滿嘴酸言酸語停不下來的男孩，會不會承受更嚴重的暴力相向？

湯馬斯的毒舌屬性就跟德芙一個樣——想勸他收斂，比讓頑石點頭更難。

安德魯的父親將車停在一輛正在放人下車的巴士後方，沒有熄火。車窗外，人聲紛紜雜沓。安德魯躊躇起來，手搭在門把上。儘管外面鬧哄哄的，仍舊比車上的緊繃氛圍來得好。

「安德魯。」他父親端詳自己的雙手，好像雙手被焊到方向盤上。「還有別的學校……」

安德魯直接推開車門。

「安德魯。」

父親的嘆息帶著挫敗，同時透出疲憊，於是安德魯一屁股坐回位子上，砰地關上車門。相同的話題曾以不同的措詞出現在父子之間，安德魯很厭惡這些簡短的對話。上個學年……無所謂。那都結束了。

安德魯不要轉學。他的命在這裡。

他重新望向窗外，搜尋湯馬斯。

「好吧，但你聽我說，」他父親又繃緊下顎的肌肉，「要是受不了就打電話給我，我會來接你。看你想去哪一間學校都好，我們馬上轉過去。還有，要是你……總之，你去找學校的輔導老師談談。」

父親沒有徵詢半點德芙的意見，安德魯想看德芙有沒有不高興，但她一定是趁著他沒留神的時候溜走了。可惡。今天不能跟她談和了。

「你要進學校嗎？」安德魯說。

他父親的嗓音乾澀。「我要趕飛機。」

安德魯沒問目的地，他父親也沒說。他是跨國的土地投資商及開發商，連鎖旅館及餐廳的老闆，極具魅力，足以說服任何人為他做任何事。買進、賣出、投資。德芙曾說，關鍵在於他的澳洲口音，還說：「安德魯，你聽好了，我們在美國還算新奇。憑著澳洲腔，你可以在畢業之前拿下學校裡的任何一個女生。」

安德魯下定決心，以後沒事少說話，最好閉嘴到永遠。

最最好是能隱形。隱形才方便他勒住舌頭，藏起內心最柔軟的角落，融入那些滿臉寫著無聊、像貓科動物般張牙舞爪的私立學校富家子弟，在他們的陰影之間找到容身的夾縫。為了找樂子，他們會鎖定獵物，並且把獵物修理到伏首稱臣才肯罷手。他很清楚那些規矩。

「千萬不要進森林。」他父親說。「安德魯？好歹你要答應我不去。」

「好啦。」安德魯說，但他口是心非，因為森林是湯馬斯最愛去的地方。

安德魯下車了，這一回他父親沒有叫住他。

安德魯將行李箱放到步道上，讓包包靠著行李箱。德芙沒有等他。真傷心。他把筆記本塞到行李箱裡，正費勁地要拉上拉鍊，他父親便開車走了。

於是安德魯孤伶伶一個人，手心冒汗，滿肚子強烈的焦躁。湯馬斯早該看到他、下樓來了。他們三人通常是在臺階上相聚，在他們撲向彼此時會捲起一瞬的旋風。湯馬斯會一手勾著安德魯的脖子，一邊聽德芙為他們的這個學年規畫哪些課外活動，一邊調侃她。

朋友嘛，還是聚在一起最好。他們完全滿足彼此的需求，不必外求。從他們在威克伍入學的那一天起，便是如此。

安德魯把這個念頭想了幾遍，想到念頭堅定起來。

但萬一湯馬斯不在這裡了呢？萬一他的成績不夠好，沒有保住學籍呢？萬一他父母不讓他念威克伍了，或是殺了他呢——

階梯上傳來拖著腳走路的聲音，安德魯轉身去看。這邊的戶外建材是清一色的石材，四周是修剪得工整的草坪及夏末的玫瑰，洋溢著宜人的傳統氣息。只不過威克伍並不全是文雅的讀書人，還有不少惡毒的豺狼，隨時準備啃噬弱者的骨頭。一群高四*的學生在樓道上嬉鬧，互相拍背，扯開嗓門打招呼，音量蓋過了其他人的聲音。但引起安德魯注意的是有人啪地拍打書本一下，隨後爆出撕紙的聲音，跟一聲怨憤的大叫。

湯馬斯緊握拳頭站在那裡，一手攀住欄杆，一副準備要砰地躍過樓梯的架勢。他的畫本有如小鳥從天而降，紙頁在他腳邊嘩啦啦地翻飛。

豺狼們會宣稱這是意外。校方會相信他們的說詞，因為他們是威克伍的菁英，出身良好，家境富裕，牙齒潔白，頭髮完美，非富即貴的姓氏，家族中不乏政治人物、律師、執行長。

湯馬斯不屬於那一掛的，他甚至連「別在第一節課前就揍人被退學」這種基本概念都沒有。

安德魯將雙手立在嘴邊。「湯馬斯。」

幾十個人轉頭來看。

只有一個人是重要的。

湯馬斯整個人往叫喊聲的方向傾過來，彷彿即使人潮湧動，他也一定會聽到安德魯

※美國高中為四年制，相當於台灣的國三到高三。

呼喚他名字的聲音。他憤怒地瞪了那群豺狼最後一眼，才從人堆裡鑽出來，喘著粗氣來到安德魯身邊。

兩人靜默了一秒，時間長到安德魯的焦慮像一群飛蛾在他的胸膛裡撲動。德芙不知去向，湯馬斯晚到，在在顯示出一切都不對勁。畢竟，友誼長存，直到不復存在。幾個月的分離可以改變一個人。削弱交情。拆散他們——

「你還好嗎？」湯馬斯說。

安德魯遲疑了一下才點頭，因為這不是他們平常的招呼語。可是這時湯馬斯撲向他，兩條手臂緊緊箍著安德魯的肩膀，一切又盡在不言中。

這個擁抱只維持一秒。湯馬斯退開，捶了安德魯的肩膀一下，笑得像明亮的燦星。

「你身上都沒肉，暑假沒吃飯啊？」

「這不是阿嬤才會說的臺詞嗎？」安德魯讓一抹笑意停在嘴上，在湯馬斯推他一把時也沒消退。

「這是餓著肚子又顧左右而言他的人會講的話。我餓扁了。」他撈起安德魯的包包，掛到肩上。「學校竟然沒在我們回來的第一天供應早餐。走吧，趁朝會還沒開始，我們先去放你的東西。你暑假過得怎麼樣？爛透了嗎？」

「一直都是啊。你……」安德魯躊躇起來，先掃了湯馬斯一眼以策安全。確認他沒有少了哪一塊肉。

確認他真的在這裡。

他看起來完全沒變——赭色的頭髮，尖尖的下巴，臉上像被人倒了一整罐的雀斑。他比大部分的同齡男生矮了至少一個頭，身上的制服看來像打完一場架——白色的襯衫很破爛，下襬沒有塞進褲頭，領帶像絞索一樣套在脖子上。沒外套，沒背心，手上沾到油墨，顏料抹到了下顎線底下——

不對，那不是顏料，是痂。安德魯不禁想用拇指摸摸看，但他忍住了。

「我呢，」湯馬斯說，「是想揍布萊斯·肯恩跟他那群小弟的人之一，但這也不是一天兩天了。」

「那個畫本是不是——」

「反正沒畫幾頁。算了。」湯馬斯從地上撿起一頁，塞進口袋。「你有沒有什麼需要先做的事？要不要……我也不知道。我只是——」他扒了扒頭髮，頭歪向安德魯。

湯馬斯不該這麼戰戰兢兢的。他居然沒問德芙在鬧什麼彆扭，沒問他們晚到的原因，甚至沒有好好咒罵布萊斯·肯恩跟那一群走狗，他們是湯馬斯的死對頭，湯馬斯三天兩頭地修理他們，他們也沒少找他的碴。只是湯馬斯現在似乎很焦躁，就像喝了太多咖啡，不太能跟人維持對視。

「我沒有要先做的事。」安德魯說，但他沒說出我又能有什麼事？

「在上個學期末以後……」湯馬斯擰起臉，又輕輕搖頭。

「那你呢？」安德魯說。「你都好嗎？你的手機……你爸媽、呃……」

湯馬斯僵住，整個人緊縮起來。他撥弄一側的袖口，然後兩手插進口袋。「我不想聊他們。」他咕噥著，氣勢洶洶地走進人群。

他一向不愛提起父母，但這次的情況不一樣。

安德魯提起行李，跟上去。他只能相信他倆已經恢復原本的相處節奏，但湯馬斯講到家人時的戒心居然那麼重，安德魯都要擔心死了。以威克伍高昂的學費與嚴格的成績要求，沒人會直視威克伍的學生，質問他們的父母是什麼樣的人。

他追上湯馬斯，兩人步伐一致地走樓梯。一次兩階。抵達樓梯的頂端時，兩人的指節輕輕擦過就分開。

安德魯不認同自己的直覺，不確定他們相觸的那一下是不是意外。而就在那一刻他看了湯馬斯之前試圖遮掩的那側袖子。

可能是顏料。湯馬斯向來不修邊幅，頭髮亂翹，顏料常沾到袖口。

但那一塊污漬像是紅酒潑濺出來的。污漬暈開了，像用紙巾擦過。

湯馬斯側過身，藏起污漬。他開始聊宿舍的翻修，可是他的語氣太輕快，也太不自然，而且他又一次撫弄起袖子，安德魯沒有錯過他手指的顫抖。

第一個浮現在安德魯腦海的問題是，那是誰的血？

安德魯的第二個問題是，他發現自己眼睛後方生出一陣熱意，湧到下巴，又一路向下，燒灼他整個人，這教他怎麼鎮壓得住？要是有人傷害了湯馬斯——

呼吸。臉上不可以露餡。

他落後湯馬斯一步，但白噪音在腦子裡叫囂。

因為他對湯馬斯的感情，其實是：

從前從前，安德魯剜出自己的心，送給了眼前的這個男孩，而且安德魯十二萬分地確定，湯馬斯並不知道，安德魯甘願為他兩肋插刀。只要能保護他。可以為他撒謊。為他殺人。

2

安德魯就該被無視。當個悶葫蘆就是這種下場，註定成為壁花、背景板。像他這樣的人跟湯馬斯那樣的人交上朋友，就該在湯馬斯身後的榮光與亂象之間連個立足點都沒有。

但是，每一回轉彎之前，湯馬斯都會側頭看一眼，都會拉上安德魯，確定他有跟好，確保他沒被落下。對湯馬斯來說，這動作就跟呼吸一樣自然。安德魯很怕有朝一日，湯馬斯會打破這個習慣，但那一天還沒到。即使他們先繞到宿舍放行李，然後才跟著人潮前往學校的禮堂，湯馬斯依舊向後方伸出手，以防他們被擠散。

安德魯欣慰得飄飄然。唯獨這件事，他希望永遠不要變。

德芙已經讓其餘的事都變了調。她本該和他們同行，跟湯馬斯為一些蠢事吵嘴，鬧到湯馬斯的調侃逗得她哈哈笑為止。

德芙這回冷臉以對的名單一定也包括湯馬斯。安德魯知道他們在暑假前有過劇烈的爭執——他決定這次不要介入——他倆之前都是靠「當沒這回事」來讓一切恢復平靜。安德魯完全沒辦法那樣，要是有什麼事出了差錯，那件事就會在他的心裡腐敗化膿，搞到他快要發瘋，要是沒人幫他擺平問題，他就會整個大崩潰。

德芙可能只是在跟朋友敘舊。她和室友郎蘭娜在學業上是鬥個不休的勁敵，整天為了校排第一的寶座撕殺，然而一到下午四點整，她們又能一塊吃彩虹水果糖，講只有她們自己懂的內部哏，還笑出豬叫聲。可是德芙和蘭娜二人組，並沒有整併到德芙、湯馬斯、安德魯的三人組來。兩個小團體繞著不同的太陽旋轉。大概是因為湯馬斯沒時間理睬大部分人，還對他們既沒興趣，也不想容忍，並且明顯到會讓對方知道他的態度。

其他人只能待在湯馬斯的周邊，但佩羅雙胞胎占據了他的整個星系。

當你在一個人心裡的分量如此之重，那滋味是很令人陶醉的。

會上癮。

但安德魯嘴上是絕不會承認這一點的。

「我要跟你講一件事。」湯馬斯說，一半的聲音消逝在其他學生升騰的喧嘩聲裡。「今天晚上，我們溜出去看星星——啊，我們還可以做這種事嗎？」他擔憂地看安德魯一眼。「我們是不是不該去？」

為什麼？因為他們現在是高四？湯馬斯一向熱衷於打破每一條規定，憂心忡忡不是他的作風。

「我還是想去。」安德魯說。

湯馬斯皺起的額頭舒展開來。「那今天晚上我就把一切都告訴你，但你要發誓，你會相信我。」

「咦，還真神祕——」安德魯開口，可是湯馬斯抓住他的袖子，那力道讓安德魯忘了自己要說什麼。

湯馬斯望向安德魯的後方，嚇得眼神呆滯。湯馬斯可是天不怕地不怕的人。詫異又困惑，引得安德魯扭頭察看，卻只看到學校的制服跟愉快的面孔。

等到一群學生經過之後，安德魯才搞懂情況。

校長阿黛雷德．葛蘭特站在門廳，手臂交疊，冷著一張臉。她像是從黑白照片裡走出來的人物——線條筆挺的褲裝，皮膚白皙，頭髮似雪，一雙不錯過任何細節的銳眼。湯馬斯從她那裡領到的訓誡跟停課處分，多得像節慶時拋撒的五彩碎花紙。

也就是說，湯馬斯跟校長兩人熟得很。他們遙遙相望，她蹙起眉頭，以致臉色更顯陰沉。

「現在你就有麻煩上門，是不是太早了點？」安德魯說，但這時他注意到校長是在跟誰講話。

兩位警官站她身旁，姿態悠閒，一邊打量四周。威克伍確實需要一點時間來好好細看：厚重的維多利亞式窗簾與深色地毯，吊燈與油畫，鍍金的簷板，樟腦與舊書的味道，野心與古老傳統的氣息。一位穿著奶油色風衣的警官收起剛剛出示的警徽，順著校長的視線看過來。

湯馬斯轉身拉著安德魯就走，以肘擊與凶惡的怒容開路，帶著安德魯進入禮堂。

「你做了什麼嗎？」安德魯小聲問。

「什麼都沒有。我才剛到學校，就跟你一樣。」

他們需要三個座位；德芙一定會在朝會開始之前，來找他們。但安德魯沒來得及開口，湯馬斯便拖著他擠到後方的一排座位。這裡有紅色的天鵝絨椅與昏暗的燈光，充滿傳統的劇院氛圍，他們學校所有的表演活動跟頒獎晚會，都在這裡舉行。

「我們是不是在躲人？」安德魯壓低音量。

湯馬斯瞪著他們前面那一排亮麗的馬尾——三年級女生，通通在講手機。

「我早說了校長特別討厭我。」湯馬斯動來動去，尋找舒服的姿勢。「警察大概是來跟我們宣導不要吸毒之類的。」

「你有經驗了。」安德魯嘀咕。

「一次而已。今年我一定要帶你學壞，你壞到骨子裡就不會這麼天真了。」

「我有時也不遵守校規。」

「只在我拖你下水的時候。」湯馬斯用膝蓋去碰安德魯。「你連偷一支注射筆都不肯。

你知道我們該做什麼嗎？就你跟我，看星星配伏特加。我實在很想知道，一旦你管不住舌頭，會說出些什麼。」

安德魯死都不會讓那種事發生。他不能冒險讓自己口無遮攔，說出他只敢在心底吶喊的話。

他知道自己臉紅了，因為湯馬斯露出了壞笑。

其中一個三年級女生轉過頭，凶他們一眼。「不好意思，你們在討論非法行為嗎？」以她低語的音量，她身邊的朋友通通聽得到。

「對，我們打算把全校的注射筆都偷走。」湯馬斯說。

「我可以舉報你們。」她嘶聲說。「學校今年要加強取締，販賣阿德拉✻一定會被抓。從學校偷溜去森林的人也一樣。全校就你最應該遵守校規。」

又有幾個馬尾女孩噘著嘴回頭。其中幾個以憐憫的眼神看了看安德魯。

「哎呀，他們就是上學期那件事的主角嗎？」一個女生向朋友耳語。「想不到他們竟然還待在我們學校。」

湯馬斯中指豎到一半，就被安德魯攔劫，硬是壓回去。

安德魯保持面無表情，直到女生們把頭轉回去，可是他的心跳加速，並且納悶她們講的是哪一件事。也許是指他弄傷了手？但那件事不會演變成全校掛在嘴上的八卦。安德魯向來很無趣，不是會引起全校關注的人。

安德魯看到德芙了，她穿著外套的背影就在前方幾排的地方，跟她大學先修班的夥伴在一起。其中一位說了點什麼，德芙笑了笑，迅速瞄一眼後方。她想必是跟湯馬斯對上視線了，因為她攥起眉頭，而他的怒色也隨即加重。他們同時移開視線。

麥克風滋啦一響，站在講臺前的教授開始宣讀朝會的報告事項。慷慨激昂的說教時間到了，先鼓勵學生在威克伍全力以赴，再對畢業後要進常春藤名校的資優生耳提面命。每一位在場的學生都是萬裡挑一的高材生。把握時機，追求卓越！成長茁壯！

只不過能待在這裡的學子，絕大部分靠的是父母的銀行帳戶。德芙確實是憑著聰慧的頭腦在入學考試大放異彩，但安德魯可以吊上車尾純屬運氣——外加他們父親買單的高昂學費，以及在校方施壓時，額外吐出來的那一點捐款。

湯馬斯的狀況恰恰介於中間。他的父母是畫家，財富對他們就像免洗餐具，今天賣一幅畫賺個幾十萬美元，明天就忍不住花完。也因此，湯馬斯能就讀學費高得令人咋舌的學校，制服卻都穿到破破爛爛才買新的。而且他成績下跌得比安德魯更凶，不過幸好

✲ Adderall，過動症藥物，能促進注意力，有些學生為提升成績而使用，俗稱聰明藥。

他還會畫畫。

湯馬斯相當有天賦。安德魯會寫殘酷的美麗童話，湯馬斯則用寥寥幾筆，為故事配上令人不寒而慄的精美插圖，技藝精湛到老師們一致忽略他那無止盡的態度問題。

安德魯雖然努力想聽教授嘮叨，腦中想的卻都是那兩位警官。他們不可能是衝著湯馬斯來的。只是——不，絕不可能。

問題是只要看一眼湯馬斯，就會知道他滿嘴都是荊棘與謊言。要是德芙跟他們坐在一起，早就像進行精密外科手術一樣，將湯馬斯的胡扯全部切除，挖出真相了。

安德魯降低音量。「你跟德芙在暑假之前吵架了吧？後來沒和好嗎？」

湯馬斯咬著拇指的指甲。「沒有。」

原來如此。總得有人先讓步，看樣子這一回他們倆各自的固執都占了上風。

接下來，換校長用麥克風鼓勵他們好好考試，追求卓越——隱晦地威脅說校方絕不容許學生濫用藥物，或進行惡作劇大戰。四處都不見警官潛藏的身影。也許他們走了。

安德魯察覺自己仍然把湯馬斯的手壓在座椅上，自己布滿細微疤痕的手指放在湯馬斯沾了炭筆痕跡的指節上。

他趕緊縮手。

湯馬斯沒有看他，只是抱起手臂，在座位上陷得更深。

安德魯想讓湯馬斯跟德芙和好……但晚點吧。現在他實在太疲憊。在父親的澳洲房子過暑假就讓他瘦了一圈，然後返回美國的航程又總是很辛苦，時差給了他黑眼圈。他幻想自己能融化在寢室的被窩裡，但湯馬斯在旁碎念說數學太討厭，或講什麼他屬於森林，活像他是某種妖精之子，準備逃進森林、永不回頭。

等到朝會結束，廊道裡都是要去教室上課的學生，湯馬斯已經被自己忍著不說的那堆祕密憋得臉色灰敗。這時校長筆直向他們走來，更令他臉色難看。

「她一定會從我們旁邊過去。」湯馬斯說。

結果沒有。

「哈囉，兩位。」葛蘭特校長說。「希望你們兩位都很好。佩羅特先生，你回來的航班都順利吧？還有萊伊先生，我看你忘了穿外套。幸好在上課之前，你還來得及糾正這項錯誤。但是，我得先占用你一點時間。」

安德魯這才發現，原來警察沒走。他們站在樓梯口，從那個樓梯上去就是教職員的辦公室。學生們從他們四周川流而過，掩著嘴交頭接耳。

「我什麼都沒做。」湯馬斯說，嗓音太尖。

校長的臉色柔軟下來，露出關懷的神情，但這比訓誡更恐怖。「這是關於你父母的事。警官要問你幾個問題。」

安德魯看一眼湯馬斯，但湯馬斯一臉空白。他看起來是不是比平常更矮小了？更不修邊幅？他赭色的頭髮翹得亂七八糟。

還有袖子上的血跡。

葛蘭特校長轉身走向樓梯，但湯馬斯僵在原地。

安德魯解開外套的釦子。「拿去。」沒說是要遮住血跡。

湯馬斯穿上外套，袖子對他來說有點長。「陪我去好嗎？」

已經走到樓梯的校長嚴厲地瞪他一眼。「萊伊先生，你可以等等回到教室，再去找你的朋友。快來。」

湯馬斯拖著腳走上樓梯，警官緊跟在後。這是押人上絞刑架的隊形。

安德魯的心揪起來，突然一陣發暈。回到威克伍，待在湯馬斯的身邊本來會讓一切好起來的。一切不應該這麼快就土崩瓦解。

安德魯不能跟上去，但——

該死。他一定要去。

他等了一會兒，咬著嘴裡的頰邊肉，然後低頭衝上樓梯。沒拿到通行證就不能去的辦公室樓層，可是湯馬斯剛低聲說了陪我去，這是唯一要緊的事。

安德魯無聲地穿過廊道，地上鋪著深紫紅色的地毯，一間間辦公室的門是紅褐色的，牆面貼著栗色的壁紙。鑲金框的天價油畫掛了滿牆。這裡陳腐的氣息簡直讓人窒息。

校長室的門關著，他附耳上去，盡量不呼吸。

裡面有隱約的人語。地毯上有沉重的腳步聲。安德魯知道校長有一張令人望而生畏的辦公桌，桌前有兩張皮革製的扶手椅，後方是整牆的書櫃，櫃裡放滿了經典著作跟古玩。聽起來裡面沒人坐下。

「……小伙子，跟你解釋一下情況。」

「我是史蒂芬妮・貝爾警探。你怎麼不坐？」

「我站著就好。」是湯馬斯，聲音與怒氣緊密交織。

「首先，你可以說一下今天到校的時間嗎？」貝爾的口吻冷漠而有效率，可媲美能封印一切生機與綠意的冰霜。

沒問出「當時你人在哪裡」這種問題，肯定是有充分理由的。

安德魯覺得皮膚繃得好緊。

「今天早上。」湯馬斯說，語帶防備。

「你家在市區？坐車要一小時，對吧？」

「我搭早班的巴士。」

「車票還在嗎？上面有時間戳記嗎？」

「警官們。」校長的口吻反常地尖銳起來。「據我所知，這次會面的目的是取得敏感的資訊，不是審問犯人。我應該通知他的監護人嗎？」

「那正是我們來的原因，葛……」

「葛蘭特博士。」

「抱歉。我們接到報案電話，需要調查。萊伊先生，鄰居通報昨天晚上聽到你家非常吵鬧。是尖叫。」

安德魯忘了怎麼呼吸。這一刻不像真的：他弓身跪著，貼著鑰匙孔聽著別人凌遲他最要好的朋友、他的心。

「今天早上屋子裡沒人。」警探繼續說。「房子被砸得滿目瘡痍。看起來像野獸弄的。還有……血。從血跡的分量判斷，應該不是你的血，所以我們只是在想，不曉得你是不是知道些什麼？」

「不好意思。」似乎有腳步聲從辦公桌後面出來，大概是校長。「湯馬斯是不是需要請律師到場？你們在暗示什麼？」

「女士，我們沒有暗示什麼。我們不過是在設法聯絡這孩子的家長，但沒人接電話。湯馬斯，他們有沒有說要出遠門？」

沉默。湯馬斯拖得稍微久了一點，才咕噥：「不知道。可能吧。」

「現場的血跡不少。」

「你們問過當地的醫院了嗎？」校長說。

「當然，女士。那麼，湯馬斯，昨天晚上家裡有人吵架嗎？還是開了派對？有任何鬧得太過火的情況嗎？」

「沒有。」湯馬斯咬字的方式，彷彿要把警探剝皮剔骨。「我不知情。我應該已經出門了吧。」

貝爾的語氣轉為凌厲。「但你說今天早上才出門的。」

「對……非常早。天還是黑的。我剛才的意思是這樣。」

「好，不用激動。你一定很擔心你爸媽。」

湯馬斯的語氣並不擔憂——這是安德魯注意到的第一件事。但也許是他太了解湯馬斯了。他想像湯馬斯此刻的肢體語言：身體緊繃而充滿戒心，手指揪著下唇或玩弄鬆開的線頭。

也可能是隔著借來的外套，扯著被掩蓋住的染血袖子。

「相信你爸媽一定沒事，但我們還是得化驗血跡，繼續追查他們的下落。葛蘭特博士，妳願意聯絡他的緊急聯絡人，說明現在的情況嗎？」

談話聲持續了一會兒，交換訊息，然後，門把轉動。

安德魯慢了一步才察覺辦公室的門扉正在開啟。他終於想到自己該跑。剛衝到樓梯口，他又意識到飛奔會令他的形跡更可疑。他真的很不會欺瞞別人。他裝作在凝視一幅略帶印象派風格的畫，這時警官們經過了他背後。

「——妳怎麼看？」

「那小子在撒謊。」警探說得斬釘截鐵。「我要查出原因。」

女警探對上安德魯的視線，隨即收口。她浮出不怎麼禮貌的稀薄笑意，跟在同事後面下樓梯。

在安德魯後方，校長清清喉嚨。

安德魯緩緩轉身，臉頰發燙。

「嘖，佩羅特先生，」葛蘭特校長不為所動，「我相信你錯過了第一節課。」

「我……東西不見了？」安德魯說。「我丟了、呃、筆。」

她旁邊的湯馬斯一直試圖控制臉上的怒意，但聽到這一句，他向安德魯挑起一邊眉毛。好嘛，這就是個很爛的謊言，但安德魯本來就不擅長騙人。

「雖然我認為這樣不好，」校長說，「但我就當作你沒有在門外鬼鬼祟祟做什麼。剛才我辦公室裡的對話涉及私人資訊，我不允許流言在我的學校流竄，佩羅特先生。」

安德魯點點頭，動作實在太急了。

校長轉向湯馬斯。「我會通知你阿姨，但我想你不用擔心。你爸媽……很特立獨行，這我們都清楚。我相信，在今天放學之前，就會有他們的消息。」

湯馬斯沒說什麼。

校長揮手示意他下樓，然後嚴厲地看安德魯一眼。「你可以走了。」她緊抿嘴唇的嚴肅線條像是在說再不快走就留校察看，所以安德魯跟上湯馬斯，趕緊離開。

他們並肩去上英文課，但安德魯驚魂未定，連教室在哪裡都想不起來。湯馬斯依舊不肯看他。

那小子在撒謊——

「發生什麼事了？」安德魯的音量不比耳語大多少。「你想跟我講的就是這個？」

「沒什麼。你聽到他們的話了。我爸媽搞的藝術向來稀奇古怪。那大概根本不是血。我、我、我不知道。我不——」他沒了聲響，扯著下唇。

安德魯差一點絆倒。湯馬斯從來不會結結巴巴，更不會欺騙他最要好的朋友。

走廊上沒人，教室的門都關著。這學年剛開始他們就要被記遲到了，甚至他們都還沒來得及喘第一口氣呢。安德魯正要這樣說，但湯馬斯握住他的手腕，拽著他到走廊旁邊的一個小小內凹處。

他們抵上一扇大窗的厚重天鵝絨窗簾，塵埃在窗戶玻璃上飛舞。這世界感覺太寂靜。太沉重。

湯馬斯每一口呼吸似乎都帶著顫抖。「這學年不會跟上個學年一樣。」他眼底浮現某種絕望。「但你不會有事的。我發誓。」

可是壞事總發生在湯馬斯身上，不是安德魯。現在需要得到保護的人是他。安德魯不由得想到，剛剛竟沒有任何一個大人關心湯馬斯好不好。

「我會解決問題。」湯馬斯說。「我不要你為了這件事把自己煩死。我會擺平一切。你相信我嗎？」

再站得近一些，他倆便可以融入彼此的皮膚裡。

「我要你講出來。」湯馬斯的口吻很堅定。他說這句話的氣勢，足以將安德魯釘在牆上。

「我相信你。」安德魯小小聲說。

3

這一天一直捱不到盡頭。

最讓安德魯崩潰的是，旁人的竊竊私語。暗中的打量。他到位子坐下時突然中斷的對話。而緩緩爬上後頸的感覺則讓他知道，有人在窺看他。

湯馬斯刻意以安德魯擠不出來的雲淡風輕，無視這一切，而他們繁重的課程表則讓他們說不上幾句話。德芙在上大學先修課，跟他們湊不到一起，所以安德魯沒機會問出她為何迴避湯馬斯，憋得他感覺像是含了一嘴芒刺。

到了晚餐時間，他已煩躁到不曉得餓。

踏進食堂，便要承受一波混亂的衝擊。威克伍的每個空間都古色古香，莊嚴氣派，食堂卻很難像其他地方那樣井然有序。數百人說話聲與餐具的碰撞聲交織在一起。用餐時間分成兩段，高年級是第二段，管理較寬鬆——都四年級了，理應「替自己負責」——也因此喧鬧程度要高出很多。

食堂本身活像是中世紀宮廷：三張橡木長桌及桌子兩側的長椅占據了大部分空間，覆蓋了半面牆的一座巨大壁爐，散發出常綠植物與榛果的氣味。這種座位安排的用意是

「避免小圈圈」與「促進同儕對話」，但安德魯懷疑這是存心折磨內向者的設計。

湯馬斯彎去上洗手間，安德魯因此決定去打菜區找德芙。他溜到她背後，按捺住想要把額頭重重擱在她肩膀上呻吟的衝動。

「我討厭全世界。」他手指按著太陽穴。「妳跟湯馬斯破冰了沒？」

「我還沒遇到他。」德芙的手臂在胃部交疊。「今天的菜色是烤雞跟蘋果餡餅。學校在給我們虛假的希望，想掩飾接下來幾星期都只供應肉捲的打算。」她慢騰騰走向堆放餐盤的置物桌，給安德魯遞了一個。

「所以說，」他說，「妳準備跟湯馬斯冷戰一年還是……？」

德芙發怒了。在這漫長的一天後，她看起來很疲憊，幾綹髮絲從她綁得緊緊的馬尾散逸出來。「他可以先來跟我談啊。」

有時候，安德魯覺得德芙跟湯馬斯在演他們自己的三幕劇：先是友人，之後是敵人，再然後是——

戀人。這是無可避免的下一步。

安德魯很確定這個苦澀的真相：他寧可自己的肺葉破洞，也不想看著德芙跟湯馬斯墜入愛河。

有時候，他在夜裡躺著沒睡，分析自己對這個名叫湯馬斯·萊伊的人型颶風的情感。他不曉得自己是想成爲湯馬斯——不顧一切、不受控制——還是想要親吻他。他可以想像湯馬斯柔軟的唇瓣覆蓋在自己的唇上，大約五秒之後，想像中的畫面便會像濕掉的紙張一樣起皺。因為總會有之後。總會有更多。人們不會只是親一下，吻完了轉頭就繼續過生活。他們還會寬衣解帶，嘴唇會貼上火熱的皮膚，忘情在彼此之內。

可是安德魯一點都不願意去想那檔子事。完全不想。從不。他沒有喜歡過誰，不覺得任何名人漂亮，而且老實說，那檔子事的壓力有如千斤重，他承受不住，最好封印起來，拋諸腦後。他就是……就是一團亂，對湯馬斯的萬千心緒洶湧澎湃卻怎麼也無法梳理成邏輯清晰的語句。此外，他幾乎可以斷定湯馬斯喜歡德芙。

輪到德芙點餐了，她跟服務人員搭話，但他們沒有應聲，巴不得快一點送走打菜的學生。幾個學生開始瞪安德魯，但他盯著地板，跟在德芙屁股後面，烤雞、豌豆、捲餅在他的盤子上堆得尖尖的。

在擺放調味料的小桌前，安德魯忙著拿奶油，而歷史課坐在他後桌的海德則在舀肉汁。

「嗨，」他說，「很高興你回來了。很遺憾你……發生那些事。你還好嗎？」

安德魯疤痕交錯的手指緊緊握住餐盤。「我很好。」

再多說一句，他就要哀求牆壁把自己一口吞了。

德芙拿餐具時，他東張西望地找空位，然後跟著她走向人很多的桌位。「我只是不知道妳跟湯馬斯在吵什麼。我也不明白大家怎麼一直看我們。」

德芙嘆了口氣。「有時候我不曉得你活在哪一個現實裡。」

他眉頭一皺。「什麼意思？」

但這時德芙歪了歪頭，示意那個頂著一頭赭色亂髮的男孩，正想違反校規，從食堂開溜。

「要我留下來陪你吃飯嗎？還是我應該追上去？」德芙說。

這是陷阱題。獨自用餐簡直是地獄，但她當然應該去追湯馬斯，重修舊好。安德魯不能再這麼害怕自己吃飯了。

「妳去跟他和好吧。」他希望她不會解讀成去跟他親熱。

德芙失去蹤影，安德魯走向已變成敵國領土的一排排長椅。應該沒人會注意到他是不是將餐點倒進垃圾桶，從食堂落荒而逃。可是他一轉身，郎蘭娜就站在那裡，單手扠腰。

她是華裔美國人，穿著不符合校規的深紫色軍靴，頭髮往腦後紮成參差不齊的馬尾，臉上表情冰冷單調得像心跳已終止。對蘭娜心存畏懼是常識：假笑跟矯情在她面前是沒用的。你必須徹底真實坦白，不然她會把你大卸八塊。

她上下掃了安德魯一眼，嘴抿成一線。「你就像迷路的小狗狗在四處遊盪。湯馬斯是不是把你忘在這裡了？」

安德魯始終不曉得自己到底是要順著蘭娜，還是要防備她。他們不常碰上——她是德芙堅定不移的朋友，但跟安德魯完全沒交情。「他有事。」

「學校規定所有的四年級生必須到食堂吃晚飯。我敢說他有強迫症，別人叫他往東，他就偏要往西。來吧，你跟我坐。」

安德魯慌了。「沒關係。我可以去坐——」

蘭娜大步走向最遠的桌位，那邊沒什麼人。「佩羅特，我不會勉強你跟我那些聒噪的朋友同桌吃飯。就我們兩個。」

他累了，乖乖聽話最省事。

他們面對面坐下。蘭娜淋完滿盤的肉汁，現在開始屠殺肢解她的雞肉，彷彿那雞死得還不夠徹底。

「聲明一下，」蘭娜說，「以後你隨時都可以跟我坐。」

一定是德芙拜託蘭娜照顧他的。顯然安德魯獨處的模樣太可憐、太茫然，連他的雙胞胎姊姊都覺得丟臉。

安德魯正想問蘭娜，德芙是怎麼交代她的，她卻越過他頭頂看去，口中發出「嘖」

的一聲。

他順著她的目光移動視線，隨即感到有人粗暴地拍了他的背一下，差點讓他的臉埋進盤子。那可以視為愉快的招呼，或是攻擊。

布萊斯．肯恩湊向他們，一手捏著安德魯的肩膀。這場面看起來很友好，但蘭娜像舉起武器一樣握著叉子，而安德魯只覺得肩膀快被捏碎了。校方對霸凌採取零容忍的方針，所以布萊斯給自己樹立的人設，可以描述為魅力十足以及精力旺盛。他是威克伍的頂尖網球選手之一，也是「品學兼優的好學生」。他富裕的父母是學校的董事會成員，學生們畢恭畢敬地圍繞著他，尊他為王——他就算把人踩在腳底下，也照樣可以全身而退。他懂得怎樣使壞而沒有半分使壞的樣子。

「唷，是暗黑系女孩跟維吉麥*男孩。」他說。「想不到你們會一塊吃飯。小安，這個夏天過得怎麼樣？你是不是在院子烤蝦子吃，還跟袋鼠啪啪啪？」

「我穿個軍靴就叫暗黑系了？」蘭娜說。「哇嗚。還真有創意。」

安德魯拍開布萊斯的手臂。犯不著提醒他七月在澳洲是冬季。「還行。」

「你身邊少一個德芙，看了還真不習慣。」布萊斯擼了一把安德魯的頭髮。「你那個小情人竟然也不在。是說湯馬斯．萊伊那個神經病最近都跑哪去啦？聽說警察來找他好幾次。」

蘭娜從座位上半站起身，氣到臉色發白。「滾開。」那凶惡到極點的語氣，連安德魯都吃驚。

布萊斯抬起雙手，佯裝懼怕。「別激動。開個玩笑嘛，我想跟大家一起樂一樂也很正常啊，你們懂吧？」

「湯馬斯不在這裡算你走運。」蘭娜氣沖沖地說。「不然現在你的臉已經破相了。」

布萊斯無恥地裝出惱怒的神色。「所以我一點都不意外他會被警方盯上。我實在不明白，鬧出上個學期的事情以後，學校怎麼還讓他回來。」

他踱步走開，已經在叫喚食堂另一頭的朋友，對方也吆喝著打招呼。

蘭娜花了一點時間才消氣，坐回位子。保護安德魯是湯馬斯跟德芙的分內事，所以蘭娜插手會讓人覺得她在施捨。安德魯應該要感到不滿，但起碼她沒有問他好不好，也沒有隱晦地提起上學期，更沒有評論他滿手的疤痕。

安德魯吃了半個捲餅，才注意到蘭娜在看他。

他心不在焉地抬起傷癒的手在臉上蹭一蹭。「疤痕又不是很明顯。不曉得大家幹麼一

✲ Vegemite，維吉麥是澳洲著名的酵母醬品牌。

直看我。」

「問題不在疤痕。」蘭娜一針見血。「你徒手打破鏡子才是關鍵。」

他真希望蘭娜沒有挑明了講。這話太直白，難聽。

蘭娜繼續戳弄食物。「他們遲早會停止打量你。要不了幾天，就會有某個四年級生傳出誇張的醜聞，然後，碰，沒人注意你了。他們就是一群沒腦子的廢物。」她咀嚼食物，動作蓄意且憤怒。「但那些警察是怎樣？才開學第一天耶。湯馬斯太不像樣了。」

「大家都怎麼說？」安德魯悄聲問道。

「相信我，你不會想知道的。」她的口吻轉為強硬。「你這個學年要做的是保持低調，順利畢業。不要」——她舉起叉子指著他——「不要讓湯馬斯為了你跟人起衝突。學校巴不得有開除他的理由。如果八卦傳得太離譜，你就來找我。我會幫你。明白嗎？」

安德魯有點暈呼呼。蘭娜跟湯馬斯之間的唇槍舌劍應該是友好的。只不過蘭娜是冰冷的解剖刀，湯馬斯則是狂野的開山刀，始終沒學會怎樣好好調節自己的熾烈情緒。

但蘭娜突然關心起安德魯依舊很沒道理。他明明就好好的。

不過是砸了一面鏡子。

失控了一下下。

安德魯，理智線繃緊——

斷裂

湯馬斯身上的衣服血跡斑斑，拉著安德魯離開滿室的狼藉——

「還有一件事你需要知道。」蘭娜的語氣很古怪。「學校在校園跟森林之間安裝了一道柵欄。」

安德魯把吃剩的捲餅切成小碎塊。「嗯。」

「老師們被禁止帶隊去森林健行。禁止探索森林。任何人攀爬柵欄被抓到，立刻開除學籍。」

她一定是為了湯馬斯而告誡他。

湯馬斯，臉貼在樹幹上時呼吸最順暢，他絕不放過任何溜出校園的機會，做個滿足靈魂需求的野孩子。

「一切都爛透了。」蘭娜將下巴靠在拳頭上，嘆了口氣。「我無意冒犯，但我不明白你怎麼會想要回來我們學校。」

原因很明顯；不必說出口。

「我應該去找湯馬斯了。」安德魯說，滑下長椅。他活動一下有傷疤的手指，將手插進口袋。口袋有紙張的沙沙聲，這出乎他的意料，不禁皺了眉。他匆匆離開蘭娜，才將紙掏出來，攤平紙角。

是湯馬斯的畫，絕不會錯的。畫裡是酷寒的冬季森林，每棵樹都被冰霜凍得發白。一個男孩頭上長著角，眼窩裡長著玫瑰，手裡拿著刀，正在將另一個男孩的心臟剜出來，那男孩有著飛蛾的翅膀，跪在落葉上，仰起臉在祈禱。茂密的藤蔓環繞他們，交錯糾纏。

湯馬斯的畫風一向如此——肅殺而黑暗，有自我意識的森林長著尖牙與利爪；由荊棘構成的男孩；從傷口長出鮮花的手。美麗又恐怖。

他畫這種東西，是因為安德魯寫這種東西。他們不斷餵養彼此，即使從睡夢中醒來很久以後，狂熱的夢境還持續滲透到現實生活裡。

安德魯衝出食堂。他幾乎什麼都沒吃，但那也不重要。既然湯馬斯畫出了安德魯的故事，這必然別具意義。也或許沒有。湯馬斯經常畫出安德魯的作品——他又怎麼會知道最後一個故事，是在傾訴安德魯對他的真實情感？

安德魯討厭自己的腦袋老是這樣。老是想摧毀美好的事物。他好像不能只是捧著一朵花；還得握起拳頭，捏爛花瓣，終至掌心染上被扼殺的色彩。

走廊沒人。沒有湯馬斯和德芙的身影。他們大概出去了，讓暮色吞噬他們的氣話。

隨著他漸漸走遠，食堂的嘈雜聲變成模糊一團，而他一直等著撞見其他學生。輔導老師在帶新生認識環境。朋友們三五成群。教師進進出出辦公室。整個學校應該都很熱鬧。

安德魯在昏暗的門廳佇足。難得他可以完全獨處，好好呼出一口氣，甩掉在肚子裡逐漸沉積濃重的焦慮，可是他在這卻聞到了森林的氣息——濕潤的葉片與土壤，青綠斷枝的新鮮味道。

森林的氣息不可能飄這麼遠，到這邊都還聞得到。

在他背後有走動的聲音。他沒轉身，因為那人顯然想要偷偷靠近，那腳步太重，呼吸聲很模糊，似乎快要憋不住笑了。他知道來的人是湯馬斯，而且還正準備撲向他的後背。安德魯稍微鬆了一口氣。湯馬斯跟德芙的爭端想必已經煙消雲散，一切將恢復正常。

「我聽到你了。」安德魯說，開始浮現細微的笑意。

湯馬斯從安德魯的背後環抱上來，兩人向前踉蹌了幾步。安德魯咕噥起來，卻暗自陶醉。他用手肘去撞湯馬斯的肋骨。

但有個柔軟、溫熱的東西抵著他的後頸。嘴貼著肉。

有一會兒，安德魯沒動，他的胃劇烈下墜，都不曉得自己怎麼還能站得住。

門廳悄無動靜，邊緣漸漸陷入幽暗。

他聽到湯馬斯屏住呼吸。

掛在安德魯背上的體重現在也變得很沉，他快撐不住了。他得說點什麼。他要把一切都搞砸了。湯馬斯到底想要他怎樣？

炙熱的氣息又一次拂過他的後頸，接著，莫名其妙地，濕軟的舌頭向上舔到安德魯的耳朵。舌頭所到之處都在發燙，歡愉、可怕又令人困惑。湯馬斯在幹麼呀？這不是——這——

安德魯猛然轉身，打算推開湯馬斯。但試圖推開另一具身體的力道讓安德魯失去平衡，身體一歪就單膝跪地。他喘著粗氣，掙扎著爬起來，可是門廳空無一人。靜寂在他前方延伸開來。他摸摸後頸。濕的。

他這才恍然大悟，剛剛感覺貼在他背後的那個身體，實際上全是手。沒有腿。

別鬧了。根本什麼都沒有。事實很明顯。

「你瘋了。」安德魯喃喃道，不確定是為自己的幻想感到窘迫，還是驚駭。那感覺太真實。他仍然感覺得到朝他耳朵舔過來的舌頭。

他將顫抖的雙手插進口袋，匆匆出去。

你給我管好自己。

但他不曉得，自己還有哪一部分是安全可控的。

4

他們的故事始於森林，是暴力與美麗的碰撞。

那是安德魯跟德芙就讀威克伍的第一年，十二歲的兩人手腳都不曉得往哪擺，個性也還沒定型。佩羅雙胞胎的父親不是在出差，就是被位在美國的辦公室及商務會議綁住，生意成長的速度快到他抓不住。他也不能把兒女扔在澳洲，工作時間又很難預料，因此寄宿學校是合理的選擇。也因此，佩羅雙胞胎是在學期中間來到威克伍，其他學生這時都已形成各自的小圈圈。

安德魯跟德芙的澳洲口音、與美式英語不同的遣詞造句、沒有稜角的含糊咬字，顯得他們很另類。他們不習慣財富，不習慣聽其他同學談論自家華麗的豪宅、奢侈的假期、名氣顯赫的父母。但德芙是能夠跟任何事物對撞，之後照樣完好如初。安德魯卻像是玻璃娃娃，一碰即碎。

德芙製作表格，列出她要結交的朋友，還規畫如何在每一個科目名列前矛，安德魯則開始嚴重胃痛。最糟的是德芙喜歡這裡的生活。安德魯卻是搞砸一切，一如既往。

「我們不過是需要交朋友。」德芙曾經堅定地說。

「妳就去啊。不用跟我黏在一起。」安德魯噙著淚，但語氣強硬。她是不必陪葬。只是她每一次都選擇他。她會跟他坐在一塊而不是找其他女生，她會拉著他去打球，在他緊繃到不能集中精神時幫他寫作業。

至少在戶外，呼吸起來輕鬆多了。威克伍高級中學矗立在荊棘玫瑰園及修整的寬闊草坪之間，以熱血的體育課程自豪，其中包括在周圍森林進行有人帶隊的健行活動以及自然觀察散步。

學生們走在壓實的泥巴路上，一位老師在前帶隊，另一位在後面照顧掉隊的學生，所有學生都得完成一幅大自然的寫生或描繪一種樹葉，同時一邊聆聽生態系統的課程。其他學生趁機遊蕩胡鬧，但安德魯因此愛上了森林。森林很清靜，樹木一副很能守住祕密的樣子。

有一個人明顯比安德魯更愛森林，他是一個雀斑男孩，有一張沒有遮攔的嘴，一頭被魔鬼親吻過的頭髮。當安德魯開始打量他，便再也移不開目光。

湯馬斯．萊伊是個野孩子。哪裡都有他，他爬樹、扔石頭，衝前奔後探路尋徑。整座森林都聽得見他的名字，因為總會有一位老師大呼小叫喊他。只有安德魯看見湯馬斯溫柔地親吻樹木。那不是在裝模作樣。這男孩率性而為，做了就做了，從不後悔。

安德魯好想跟他一樣——熾烈的生命力滿到從內在溢出來。

但他卻跟著德芙走，而德芙已經畫了七頁的樹葉，配上完美的標籤及色彩，不時舉手提出複雜的問題。只有在他們後面的男生模仿她的口音時，她的學習熱忱才黯淡下來。

「教我們講澳洲髒話。」布萊斯．肯恩眼睛亮亮的，笑容燦爛，是美國典型的白種金童。

「跟美國髒話一樣啊。」德芙惱怒起來。「別煩我們行不行？」

那些男生沒有收斂，覺得德芙很爆笑。隨後，他們覺得絆倒安德魯更爆笑。

第一次可能是意外。第二次時，安德魯整個人跪到泥地上，起身時膝蓋瘀青還沾了土。德芙罵了那些男生，但他們不在乎。老師們一向不會對布萊斯．肯恩生氣，他的小弟們也有豁免權。

第三次，布萊斯伸腳去勾安德魯的腳踝，安德魯摔得夠慘烈，膝蓋都破皮了。他爬起來，傷口流血，全身顫抖，既希望老師介入，又因為他仍然需要老師出手相助而分外羞恥。以他的年紀，實在不該如此柔弱。

「哎呀！」布萊斯說。其他人在嗤笑之餘發出假哭的聲音，因為安德魯顯然瀕臨落淚。

然後湯馬斯．萊伊出現了。

他不曉得從哪裡冒出來，臉上有泥印子，口袋被他採集來的種莢跟石子撐得鼓鼓的。他將畫本夾到腋下，擅自擠進安德魯跟德芙之間。他們三人站在狹窄的小徑上沒辦法肩並肩。他比這對姊弟要矮半個頭，這讓安德魯很意外，因為遠遠看過去的時候，湯馬斯彷彿可以填滿全世界。

湯馬斯似乎不在意他們的手臂相碰。「你們是澳洲人吧？」

「你哪位？」德芙凶巴巴地說，以防他是布萊斯的走狗之一。

「我是湯馬斯。每一次我不爽的時候，我媽都說我是小廢物，打算把我打包送去澳洲。」他聽起來並不苦惱。「我覺得那一定很好玩。妳喜歡什麼？」

布萊斯．肯恩那群人退開了，彷彿湯馬斯是必須提防的對象，於是德芙鬆了一口氣。「我喜歡跑步。」她說——最近她把「征服田徑」列進表格。「我也大量閱讀，包括成人書籍。」

湯馬斯拾起一根樹枝在地上拖行，跟他們一起走。「我們應該比賽，看誰跑得最快。我覺得是我，不過」——他聽起來實事求是——「也可能是妳，因為妳比較高。」他轉向安德魯。「你呢？你喜歡什麼？」

安德魯瞪大眼睛。一般人會認定德芙一團和氣，而安德魯則是沒禮貌，不會覺得他是害羞。通常沒人會理他。

「我喜歡寫作。」他靜靜地說。

「他會寫超讚的書。」德芙替他補充，她永遠是他的一人造勢大隊。「我還在研究要怎麼出版那些書然後發大財，但我卡在封面設計這一關。」

「我可以畫封面。」湯馬斯說。「但我只畫怪物，你們大概不能接受吧。」

他說話時注視著安德魯，嘴型很嚴肅，一側的嘴角掛著一抹挑釁。

「我會接受你。」安德魯說。

他原本要說我會接受你的畫。

笑容在湯馬斯的臉上綻放，透出一股子犀利，又聰敏。安德魯愛死了。

然後一隻手推了安德魯的肩膀一把，令安德魯踉蹌一步。「不好意思!借過!」布萊斯嚷著，他的朋友們在發笑，因為他當然不是要借過。他再次推了安德魯一下。

德芙氣鼓鼓地轉身，但湯馬斯的動作更快。他舉起樹枝，直指布萊斯的胸口。

「再像那樣碰他一下，」他客氣地說，「你絕對會後悔。」

布萊斯聳立在他們面前，露出嘲諷的假笑。「小畜牲，你根本不在這個班級吧?幼兒園的人剛剛是已經往那邊走囉。」他再一次向安德魯伸手。「我們只是鬧著玩，並不是故意要害安德魯哭得像個小——」

湯馬斯掄起樹枝一揮，力道很大，以致樹枝打在皮肉上的斷裂聲在森林裡迴盪。布萊斯的嚎叫帶著錯愕與憤怒，他痛得彎下腰，一道凶殘的猩紅流下他的手。

甜美至極的感覺在安德魯的胸膛裡氾濫。他在空氣中嘗到痛苦的味道，難得一次不是出於他的痛苦，而他爲此欣喜。

老師氣沖沖向他們走過來。

湯馬斯隨手把樹枝扔到林木之間，看起來並不擔憂。「他不會再跟你動手動腳了。」他說。

安德魯幾乎不能呼吸。「他們會找你麻煩。」

湯馬斯眼裡的光采很大膽，還帶著狠戾。「但他不會再碰你了。」

5

安德魯沒有等著巫異時刻❀降臨然後溜出去看星星，反而睡著了。晚飯後，他在寢室找到湯馬斯，兩人就跟往年的開學第一天一樣，打開行李隨便收拾，直到安德魯在他還沒鋪床單的床上打瞌睡。他夢見荊棘☼纏繞他的脖頸，一朵野薔薇✻在他舌頭上安歇。德芙一直敲他的房門，央求安德魯跟她去森林，但他沒辦法從荊棘間擠出話語。她沒找到他，便自己去了。

他這輩子最厲害的本事，就是讓別人失望。顯然，即使在睡夢中也是。

醒來時天已黑，他覺得自己發燒了。一陣刺痛在他的右手擴散，他睡意朦朧地哼了一聲，才往下看。

鮮血滑過他的指節，每一條疤痕又一次綻開。他握拳的動作扯開了皮膚，露出白森

❀ witching hour，相傳是妖魔鬼怪最強大的時刻。

☼ 花語：不羈的堅強靈魂。

✻ 花語是詩。安德魯在他寫的故事裡，常自稱詩人。

森的骨骼跟赤裸裸的血肉。

安德魯驚叫一聲，霍地坐起來。燈光驟然亮起，他飛快轉身，連忙抬起一條手臂遮擋刺目的光——或攻擊。但那不過是湯馬斯摁亮書桌的檯燈，一腳穿好了鞋，擔憂地皺起眉頭。

「你還好嗎？」他說。

安德魯垂眼看自己的手。

沒血。只有細密交織的白疤。

湯馬斯噗通倒在安德魯身邊的床墊上，兩人盯著他的手看了一會兒。然後，湯馬斯從安德魯的指尖輕輕摸到他的手腕。

一陣戰慄竄下安德魯的背脊，逼得他重重吐一口氣來掩飾。

「癒合得很好。」湯馬斯說。「疤痕看起來幾乎跟蕾絲一樣。你還想溜出去嗎？我們也不一定要去。」

安德魯拉開距離，伸手拿毛衣。「你還有八百件事沒跟我交代。」

「德芙沒有一起去好像怪怪的。」湯馬斯說得很輕，安德魯停下穿衣的動作，毛衣蓋住他的半個腦袋。

當他轉回身，湯馬斯依舊坐在安德魯的床上，低著頭，在摳牛仔褲上一塊乾掉的舊油彩。不穿學校制服時，他總是目無法紀的樣子，彷彿褪去筆直的線條以後，他整個人就是一幅在畫紙上盡情潑灑的畫作。

好吧，可見湯馬斯跟德芙還沒化解歧見，但如果他們在吵架，就不會親吻。安德魯不禁鬆了一口氣，又唾棄自己這麼自私。「我還是想去。」

他們從窗戶出去，腳卡進磚頭的縫隙，手扶著窗框跟棚架，爬到樓下。先是湯馬斯，然後是安德魯，他們跳到露濕的草坪就順勢蹲下。以九月來說，這個夜晚算寒涼，但話說回來，安德魯老是覺得冷。這時分，外面的一切似乎都更有生命力。一股能量在玫瑰叢之間迴盪，覆蓋到長滿了常春藤的牆上。

四周的暗影有一種黏稠感，夜色濃黑，黑到安德魯多看兩眼就要腳步不穩。一道影子以最幽微的形跡貼著碎石移動，到了宿舍附近就看不見了。安德魯頸背的汗毛豎立起來，但他揉揉眼睛，抖一抖身體。他覺得應該是自己還沒完全清醒，僅此而已。除了他們倆，這裡沒有其他會呼吸的東西。

他們上路了，被天鵝絨般的漆黑籠罩著。兩人手上都拿著筆記本，安德魯臨走時還塞了一包餅乾到毛衣裡。塑膠包裝隨著他的步伐簌簌響，湯馬斯無聲地催他動作快一點，催了好幾次才作罷，還藏起笑意。他們溜過無人的校園到達棚屋，攀上一堆柴薪，以便登上棚屋的低矮屋頂。湯馬斯的毛衣捲起來了，光裸的腹部擦過瓦片。他哼了一聲，才爬上屋頂。

安德魯跟在後面，手一撐就跳上去。

「別跳得那麼輕鬆。」湯馬斯咕噥。

「你長高就可以啦。」安德魯從毛衣裡面掏出一包 Tim Tam 巧克力餅乾。「驚喜。」

「哎，讚讚讚，你他媽的是上天派來的大好人。」

湯馬斯搶了餅乾，像哥布林在屋頂上一溜煙跑了，安德魯強忍笑意。他們在高一時發現這一方天地，當時湯馬斯察覺宿舍跟校舍沒有任何一扇窗戶，可以俯瞰這一間小巧的工具棚屋。這是在造反，卻安全無虞。連德芙都默許，不會跟平常一樣訓斥湯馬斯不應該違抗校規。

她跟湯馬斯的不和，導火線通常是她謹守規矩，湯馬斯卻嘲笑規定，但安德魯覺得他倆鬥來鬥去，就是鬥高興的。或是因為德芙需要喘口氣，暫時不維持完美的形象。或是因為湯馬斯只會張牙舞爪地吸引別人的關注。

安德魯躺到湯馬斯身旁。屋頂的斜度很和緩，瓦片累積了幾十年的青苔與層層堆疊的落葉。

「我買原味的，反正你標準很低。」他說。

「是啊。」湯馬斯撕開包裝。Tim Tam 餅乾不過是奶油餡的麥芽餅，沾上巧克力，再冠上澳洲的品牌名稱，卻不知何故，是湯馬斯心目中的極品。

「根本沒那麼好吃。」安德魯說。

「把你的不敬用在別的地方。等我吃得夠多，就會變澳洲人。我會是澳洲人講的老兄。」

安德魯給湯馬斯的肋骨一記肘擊。「我要把餅乾拿回來囉。」

「那我通通舔一口，你就不能拿回去啦。噯，你等等，我給你一片，你給我你的筆記本。」

「一片喔，真大方。」但安德魯遞出了筆記本。

這是他們的老習慣，藉此交流彼此在夏季錯過的生活點滴。德芙不在場，確實怪怪的，但安德魯獨占湯馬斯一次又何妨？這樣他才可以趁機跟湯馬斯並肩而臥，肌膚相觸，膝蓋碰到腿。眼下只有星辰可以審判他。

湯馬斯坐起來，將安德魯的筆記本放在大腿上，把自己的畫本遞出去。「來點燈光。」

安德魯順從地將手機架在膝蓋上，讓柔和的光線照在他們交換的本子上。

交換藝術創作是極度親密的行為。不是為了批評，也不是為了虛應故事。只是去看，去感受，去了解彼此。

安德魯慢條斯理地翻頁，咬著唇，細看湯馬斯的夏季畫作。每一幅都是從最殘忍的童話擷取出來的。

塔樓被荊棘覆蓋，怪物被勒住脖子，掛在大門外。

薊花妖的翅膀被剪斷，牙齒陷入獵物的血肉中。

一位公主的手指變成樹皮。

最後一幅肖像畫讓安德魯的目光流連不去。那是一個男孩，耳朵尖尖的，臉上的雀斑多如繁星，眼珠被挖掉，玫瑰從眼窩鑽出。他的嘴是用黑筆塗出來的。

安德魯喜歡得不得了。每一幅都愛。他看得出來，有很多幅來自他的故事，可見湯馬斯將他放在心尖上足足一個夏季。

湯馬斯翻閱安德魯的筆記本，將餅乾屑、巧克力的痕跡弄得到處都是，一邊讀一邊發出小小的讚嘆。「改天你應該寫一本完整的書。你的故事太短了，我每次都看不夠。」

「我的故事就是紙割的傷口。」安德魯翻到畫本的最後一頁。「這一張是用我的故事畫的，對嗎？」

一個用炭筆畫出來的男孩，在許願井邊俯身，手伸向銀色的井水。男孩背後有一隻怪物，怪物擁有人類的優雅雙手，臉的部位是一顆被砍下的狼頭。那狼吞噬了男孩的父母。

湯馬斯從安德魯手上搶走畫本。

安德魯壓下驚呼，忙著去搶救手機，不然手機要從屋頂溜下去了。他不解地看湯馬斯。

湯馬斯撕掉那一頁，揉成一團。「我討厭這一張。這張……影子不對。」

安德魯的手機亮起了電力低下的警示燈。他關掉手機。黑暗比較能讓人安心吐露真相。「說吧，你爸媽出了什麼事？」

湯馬斯嘆了口氣，將最後一塊餅乾塞進嘴裡。「不如我們來找流星，然後我來鬧你，惹你生氣？」他歸還安德魯的筆記本。

「你已經讓我不爽了。不必加碼努力。」

湯馬斯皺起鼻子。

安德魯的聲音不再輕盈。「你真的還好嗎？」

他們不曾如此——不曾對質，不曾請對方以明晰的言語，澄清哪裡出了岔錯。安德魯很不擅長有話直說，要麼不講，要麼漫天撒謊，生怕別人把他剝皮去骨，硬是挖出他的內心為什麼充滿奇怪的煎熬。他說不清自己的心思，所以不能問德芙為什麼要瘋狂用功，不能問湯馬斯為什麼他的肩胛骨上有一道酒紅色的疤。所以，安德魯掩飾自己的問題——掩飾他的恐慌來襲，掩飾他羞怯得喘不過氣，掩飾他耽溺在白日夢裡不可自拔。

湯馬斯抬起一條手臂蓋住眼睛。「我沒事。你呢？你從晚飯之後就魂不守舍。」

安德魯死都不要說出……有某種玩意兒舔了他的脖子。那玩意兒什麼都不是。那是一場清醒的夢。聳人聽聞，而且不是他的夢。

「沒什麼。」安德魯說。「你為什麼要跟警察撒謊？」

湯馬斯僵住。

即使是輕聲細語，他們的嗓音在黑夜裡也顯得太響亮。當湯馬斯挪開擋住臉的手臂，他的眼底有某種苦楚。恐懼不適合他。他生來就應該所向無敵。

「因為情況好像很糟。」湯馬斯的聲音很低沉。「我、我不能解釋。我不要你擔心，好嗎？我知道我家——我出門之前，家裡就被砸得稀巴爛。我扔著沒管，照樣來學校。」

「你爸媽有沒有打傷你？」安德魯討厭自己的嗓音拔尖了。他想到湯馬斯撕掉的那張畫。

「什麼？沒有。我之前就跟你說過，他們有時候會有點激動、會喝醉，然後忘情地作畫。所有的家庭都功能失調，就別再把我當作什麼落難的少年，自己在那邊編故事。」

「湯馬斯——」

他撐著手肘坐起來，揪住安德魯的衣服。「別問了。」

安德魯沉默了。

湯馬斯拉他躺下，兩人又一次並肩而臥。千萬顆璀燦的星辰鋪排在他們上方，抹除黑暗。

「跟我說一個祕密。」湯馬斯說。「然後我也跟你說一個。」

我很高興今天晚上德芙沒跟我們一起來。安德魯嚥嚥口水，皮膚突然滾燙起來。

「我什麼都怕，就是不怕黑。」

湯馬斯浮出最細微的笑。「我早就知道了。你寫最黑暗的故事，都不會睡不著。」

「換你講祕密了。」

「我覺得有一天你會討厭我。」湯馬斯的聲音裡夾帶著安德魯沒聽過的寂寞。「你會剖開我，在原本該是心臟的地方，發現一座腐爛花園。」

安德魯讓他們之間的沉默變尖銳，直到湯馬斯因為被迫等待，呼吸悄悄地染上痛楚。

「當我剖開你，」安德魯終於說，「我只會發現我們兩個一模一樣。」

在他們下方，有某種東西在輕輕刮過石頭小徑。腐敗的落葉及土壤，讓世界發出甜到發膩的氣味。

「你聽到了嗎？」安德魯兀自衝向屋頂的邊緣，但湯馬斯拉住他的手臂。

暗影遮住他的臉，但沒遮住他嘴巴的尖銳線條。「大概是狐狸什麼的。反正我們該走了。」

他們一起靜靜爬下屋頂，手指冰涼，肺發疼。安德魯心想，真是怪了，怎麼大家一發現黑暗裡有東西在移動，本能反應就是進屋子，躲進被窩。

好像怪物不會自己開門，爬到床上找你似的。

從前從前，割喉王后與苦艾❀國王育有七個兒子。他們喜愛前六個兒子，唯獨不愛小兒子。小兒子是用菝葜◎做成的，脾氣很壞，有一口漂亮的尖牙。

他們贈送前六個兒子柳條編織的王冠，卻下令抽掉構成第七個兒子身體的菝葜，拿剩下的柳條去頂替。

他們贈送前六個兒子金蘋果。至於第七個兒子，他們把蟲子放在他的舌頭上，逼他吞下去。

他們贈送前六個兒子許願井。至於第七個兒子，他們砍下一隻小狼的頭，要他戴上。

歲月悠悠，第七個兒子的皮膚因屢遭鞭打變得堅韌，他也愛上了血肉的味道。他與這隻被殺掉的小狼交上朋友，將自己的祕密全告訴牠。

小狼認為有必要去討公道，就扯出割喉王后跟苦艾國王的心臟，還吃掉他們六個完美的兒子，第七個兒子根本沒注意到這些。他在許願井發現自己的倒影，喜不自勝地欣賞起自己的尖牙。

❀花語：缺席。
◎花語：恩惠。

6

星期三，湯馬斯從課堂上被帶走。

他收起課本，安靜離去，只在經過安德魯的位子時，用指尖碰了碰他的桌面。湯馬斯沒有回頭。安德魯從敞開的教室門，看到奶油色風衣的衣角，是女警探貝爾，然後她移動到他看不見的位置。

安德魯待在座位上一動不動直到下課，努力讓每一次的呼吸都比上一次更輕。要是可以的話，他情願消失。只消失到湯馬斯回來就好。

下課後，大家立刻魚貫離去，開始嚼舌根。

「不意外……」

「他本來就很沒禮貌。」

「……有點暴力傾向——」

「我敢打賭他殺了他爸媽。」

根本不應該有人知道他父母的變故。如果不是有誰偶然聽到什麼，就是德芙上次吵架之後太記恨，放出了風聲。於是安德魯熬過一堂又一堂的課，覺得活像是有針扎進他的皮膚，一根接一根，弄得他滿嘴金屬味，幾乎說不出話。

他的下唇在流血。絕對不能再咬下唇了。

湯馬斯沒回來吃午飯，最後一節課都結束了依舊不見人影。警察到底找他什麼事，需要這麼久？

因為情況好像很糟，他開學第一天晚上就這麼說。

你到底做了什麼呀，湯馬斯？

要是開始思考各種假如與或許，安德魯會墜入深淵。他不能再往下想了。

他蹺掉輔導課，去找德芙。他知道她會在哪裡。

威克伍的圖書館向來以吃學生不吐骨頭聞名。圖書館是獨立的建築，在教學大樓旁，較小，但同樣是石砌建築，也長滿了常春藤，有大量的書櫃和舒適的自習桌位。上面的樓層設置了幾間研究室，不情願地提供給美術生及社團活動使用，導致整棟建築隨時都瀰漫著書籍跟顏料的味道，有時還可以聽到牆壁裡飄出的莎士比亞獨白。

既然啃書是德芙的命，繪畫是湯馬斯的氧氣，故事是安德魯的能量，那他們三個就都把心獻給了這間圖書館。

安德魯在書櫃之間的狹窄通道閒晃，來到他最愛的一區，伸出手指撫過書背。皮革裝幀的初版書籍排放在上方架位，你想要什麼參考書籍，都可以跟學校申請採購，因為威克伍的教育理念是滿足學子對任何知識的渴求。這是一所培養卓越學子的學校，致力於協助學子們仰望星辰，讓他們壯大到足以摘星。

安德魯發現德芙窩在窗邊的自習桌位，與她最要好的朋友「額外加分作業」為伍。這裡可以把停車場一覽無遺——太好了，這樣就能看得到湯馬斯回來。

安德魯隨手將包包放在她的桌面。「開學第一週哪來這麼多的家庭作業。」

「這甚至不應該稱為家庭作業，不是嗎？」德芙一隻耳朵上夾了一枝鉛筆，另一枝插進她的馬尾。「我們住在這裡。這應該是以校為家作業。我剛開始寫的報告題目，是分析童話裡的刻板性別角色。這個主題要是由你來寫，一定比我強。」

安德魯翻開今天上課的筆記，但他焦慮到不能專心。他拿出筆記本。「妳知道我不給人看我寫的故事。別人不會懂的。」

他們吵過這件事，但德芙依舊望著他。「老師都能接受湯馬斯的畫了，他還專門走浮誇的恐怖路線咧。要是你肯為你修的課寫點東西，你也可以加分。或者——聽我說——你可以寫溫馨的故事啊。」

要他寫溫馨的故事，也得他有溫馨的題材可寫。但他的胸廓是怪物的牢籠，而怪物們靠著啃他的骨頭來磨牙。

「妳聽說湯馬斯的事了沒？有什麼消息嗎？」安德魯撫弄筆記本的邊緣，看向窗外。

「我們應該擔心嗎？」

德芙重新排放她已經堆得整整齊齊的作業，然後整理她那一罐子的螢光筆。「你先別急。等晚飯的時候再說。」

「到時妳就會去打聽嗎？」他討厭自己的音量有多低。可悲。

但德芙說：「對，我會去問。」語氣堅定，不帶批判。

他們不就是雙胞胎嗎？當然是一個負責大聲嚷嚷，一個負責囁囁嚅嚅。

她開始關切他的數學作業——數學是他最差勁的科目之一，而克萊蒙斯教授是小人得志的惡霸——但這時圖書館的門猛然打開，一群青少年喳喳呼呼地湧入，但隨即中斷講話，彼此互噓提醒要安靜，又因此忍不住迸出笑聲。安德魯手肘靠在桌面，支起手捂住耳朵來抵擋一部分的嘈雜。

德芙忽然起身。「我該走了。」她把幾疊紙張跟課本塞在一起，而安德魯的困惑轉為錯愕。德芙從不打亂她秩序井然的完美。

「我們在躲誰？」他連忙扭頭去看剛才進來的那群人。

郎蘭娜從書櫃之間出來。先是她紫色的軍靴，之後是她銳利的表情，她肩膀上揹了一袋旗幟，五顏六色的旗幟邊緣從袋口露出。她後面跟著一群像是剛從戲劇課放出來的人——年級各異，有的仍穿著戲服或戲劇課沾上的閃閃亮粉，還有幾個的髮型根本不符合威克伍嚴格的儀容規範。他們一路低聲細語，或是挽著手臂走上樓去。

只有蘭娜停下腳步。她一手扠腰，挑起一側眉毛，檢視起他推到一旁的作業。「你一個人來念書？」

「沒有，我跟……」他側頭去看，德芙已經像一縷青煙不見蹤影。

她冷戰的對象也包括蘭娜嗎？

蘭娜目送那群夥伴的身影消失到樓上，重新調整了那一袋旗幟的位置。「要不要一起來？」她平日那種率直口吻中，多帶了一絲試探。

「妳在主持藝術社團？」安德魯說。

蘭娜瞇眼看他，他頓時慌了，怕自己說了蠢話。他實在很討厭跟人交談。

「同志與非同志聯盟（GSA）社團是帕琵女士負責的，我們只是提早來打發時間。」

安德魯恨不得自己能變成另外一個人。「那不是……我的興趣。」蘭娜是不是生氣了？她現在大概會認為他死腦筋，而不是那種單純對自己的性向有困擾、所以打死都不想跟任何人討論的傢伙。

「隨便你。」蘭娜一腳踩上他旁邊的空椅子，調整軍靴的鞋帶。「你只要知道，我們來者不拒，彎的、直的、不確定的都行。」她暫停一會兒。「我只是覺得，這樣或許會比你孤孤單單來得強。」

但獨自寫作業是很稀鬆平常的事……除非蘭娜認為他的情緒太不穩定，不適合獨處。

安德魯在桌子底下揉揉那隻有疤痕的手。「德芙跟妳去過嗎？」

蘭娜哼了一聲，但她的笑容很慈祥。「去了幾次。她把我們掛歪的彩虹旗都弄正，還自告奮勇要幫我們熨平。」

一輛車駛進停車場停下，他匆匆瞥一眼。距離太遠，他看不清那些人的面孔，但有個一頭凌亂赭色鬈髮的男孩從後座下來，他大力摔門的衝擊波連圖書館內都感覺到了。其中一位教授從車子的另一頭出來，鑰匙還拿在手上，想示意湯馬斯到教學大樓，但男孩全速衝向宿舍。那位教授沒有去逮他。

「我得走了。」安德魯咕噥道，並意識到自己拿追湯馬斯當理由去避開蘭娜，都快成了一種習慣。

他也意識到，蘭娜察覺到了這一點。

他收起作業，跑出圖書館。

反正蘭娜跑來邀請他是找錯對象了。他跟那些人不是同一類，他只跟湯馬斯、德芙合得來。況且他想要的男孩只有一個，不曉得這樣算不算同性戀。在他內心私密的小角落，他知道自己必然是無性戀，所以他同志的屬性是否夠強烈根本不是問題。他曾經打量過其他男生，完全無感，所以或許他不希望湯馬斯親吻德芙的唯一原因是，希望他們三人的關係不要改變——而不是他想要親吻湯馬斯。

或者他……其實是想？

總之，現在這樣也好；湯馬斯愛德芙，而且他可不是親一親就能滿足的人。安德魯到時肯定受不了那種帶著溫柔與憐憫的拒絕。絕對活不下去。

安德魯回到宿舍，但他們的寢室是空的。他將書包扔到床上，查看澡堂，然後是交誼室。一無所獲。他跑到校園跟運動場匆匆巡了一遍，都沒有湯馬斯的蹤影。

午後逐漸走向黃昏。他還剩下一個地方要找。

他走向人工栽培的草皮，穿過廣闊的青草地，邁向拔地而起的森林。一直以來，那條鮮明的深色森林線便是校園的邊界。以前，出界的球很容易被踢過去，學生們要溜到森林線另一邊也很簡單。但現在那裡立起了柵欄。

難道他們以為這能擋得住湯馬斯？森林廣袤無邊，難以描繪，一如怪物——可是森林一向是他的地盤，他溜去森林可從來沒被抓到過。

但穿越那一片開闊的草地，很難不被人從學校那無數扇窗戶望見。所以安德魯只好拔腿狂奔。不要看到我，千萬不要有人看到我啊。

直到靠近一看，那柵欄實在是龐然大物。有八呎高？也許是十呎。柵欄以金屬網交織而成，應該很好爬，但網子頂端是尖刺狀。安德魯撐著身體翻過去，等著警鈴什麼的啟動。畢竟，膽敢翻牆出去的人，會立刻被開除學籍。

以前不是這樣的，但或許天黑後摸出去廝混或喝酒的學生太多，校長忍無可忍了。安德魯在翻越頂端的時候刮傷了手臂。他跳落到另一側的柔軟草葉上時哼了一聲。他一邊踏上森林的羊腸小徑，一邊試圖以言語化解自己節節上升的驚慌。不管警方為什麼找湯馬斯，都不要緊。他們已經把人送回來了。他不可能真的有麻煩。

因爲情況好像很糟——

安德魯摔了一跤，兩側的柏樹✡在嘆息。森林裡已經有鮮活的暗處，即將降臨的暮色在樹影間逐漸濃重。他離開光禿禿的步道，走上一條長滿了灌木及灰藍色花朵的窄徑。青苔在他的腳下，蕨類在他腳邊搖曳。

然後，林木間的草叢轉為稀薄，他的目的地就在眼前展開——一棵大到足以撐起半邊天的白橡※。這棵老樹很可愛，蜷曲的枝椏像手一樣伸出來歡迎他。他們叫它野林樹，從以前就愛爬。他們常跟它的樹幹輕聲訴說內心的恐懼，好讓它完整吞噬他們的話語。

✡花語：永恆不渝。
※花語：生命。

湯馬斯一定在這裡。

安德魯在這棵橡樹底下停住腳步，仰起頭。「湯馬斯？」一開始，沒有任何動靜。空寂擴散到安德魯的四面八方，耳裡的心跳聲顯得太響亮，他的腳漸漸陷入堆疊著落葉的柔軟大地中。他強烈意識到自己的孤單，要是他放聲大喊，學校那邊沒人會聽到。他幹麼操這種心？不會有事的。這是他們的地盤，他們在這裡最親暱了，彼此作伴就是舒服。

寒意像冰涼的糖蜜從他的脖頸慢慢向下淌，他抖了抖身體，打破自己的不安。這裡不該如此寂靜，地上不該如此柔軟。他按壓太陽穴，抑制一顫一顫的頭痛。

有人在他的背後喘著粗氣。他硬著頭皮緩緩轉身，但後面沒人。是風，只是風在吹。他拒絕又一次為了不存在的東西驚慌失措。但當他靠近白橡樹，去看湯馬斯有沒有爬到樹上，土地似乎吸住安德魯的鞋。這裡不該濕成這樣——又沒下雨。當他向下看，地上像泥沼一樣濕漉漉。午後的天光漸漸熄滅，在濕答答的葉片上閃著微光，有一瞬間，那些葉片幾乎是……猩紅的。

安德魯跪下來，戰戰兢兢地，碰觸一片爛葉的尖角。

移開手指時，指尖沾了血。

野林樹上有個東西動了一下，安德魯霍然起身，心臟在胸膛裡狂飆。

但只有湯馬斯從枝幹上落下，神情緊張，嘴角的線條跟生氣時幾乎一樣。

「你不該來這裡的。」他說。

7

安德魯不曉得該作何反應，他一向守規矩，至少不會獨自違反規定——但他之所以來，顯然就是為了湯馬斯。安德魯試圖穩住失控的心跳，一邊盯著手。指尖只有濕潤的土壤。沒有血。當然不會有，他是哪根筋不對？

安德魯嚥了口水。「我來找你？」他討厭自己把話說成了疑問句。

湯馬斯從橡樹的暗影裡出來，畫本垂在手下拿著，嘴邊有炭筆的痕跡。如此仔細看湯馬斯的嘴，令安德魯很煎熬。即將消逝的薄暮天光，將他褚色鬈髮的髮尾映照成悶燒的火，而且啊，這個皺眉紋路有稜有角、說話夾刀帶刺的男孩，渾身散發出一種野性。他聰穎，他糟糕，他不受管束。

湯馬斯突然迸發的奇怪怒意消失了，愧色在他的眉眼間縈繞不去。他從色澤斑駁的樹根之間找地方下腳，走向安德魯。他腳下打滑了一次，連忙抬起手臂來穩住身子，同時間畫本的紙頁在他手裡嘩啦翻開。當他翻跳過最後一根樹根，踉蹌落地時，安德魯忍不住出手揪住湯馬斯的衣襟，讓他倆能在原地站定。

但還是湯馬斯出手扳著安德魯的肩頭，將他推離那棵橡樹。他扳得很小心，彷彿安德魯是易碎品，容易損壞，尤其是在外面這裡，遠離了學校的圍牆與維護安全的柵欄。

湯馬斯的低語來得太急。「以後不可以這樣，好嗎？你別來這裡。」

「你也不該來。」安德魯說。「平常你都要我跟你一起違反校規。」

一陣怪異的茫然竊據了湯馬斯的臉色。「我們回去吧。」

「你到底來這裡做什麼的？」

「沒什麼。」

他們並肩同行，走向柵欄。湯馬斯的手仍然拉著安德魯的上衣，彷彿要拖著安德魯遠離糟糕的決定。

「今天是什麼情況？」安德魯說。「警察怎麼把你帶走那麼久？」

湯馬斯沒有應聲。光線從天空消逝，地面在暗影裡變得高低不平，險象環生。安德魯老是覺得隨時會看見淤積的血泊，卻始終沒有。可見那確實是他的幻想。不過感覺上，有某種東西在目送他們，以飢渴的視線追蹤他們的腳步，描摩他們肩胛骨的形狀。他幾乎要以為自己聽見了血肉之軀擦過樹皮的沙沙聲，還有粗濁的呼吸聲。他悄悄往後看，只見森林以空洞的目光看著他們撤離。

走到柵欄時，兩人都汗淋淋、喘吁吁的。森林在湯馬斯白色的制服襯衫留下青綠的印子，而他那一副桀驁不馴的模樣——衣領立起，長褲沾泥，完全瞞不住他的去向。

「爬啊。」湯馬斯的聲音有一絲尖銳。

安德魯乖乖照辦。但他理應得到個答案。儘管固執不是他的性格，但他可以假裝自己有一點點德芙的執拗。

他等到他們衝過運動場，進入玫瑰花園，才再次開口。窗內有柔和的暖光，晚餐的鐘聲一定響過了。學校會點名，缺席會被記上一筆。

但安德魯不能不把事情問清楚。

他停下腳步。

那裡有一座柳條編製的拱門，拱門上攀附著藤蔓，湯馬斯躲到那底下，才察覺安德魯沒有跟上來。他轉身，看到安德魯定定站在原地，手臂交抱，抿著嘴，形成他在德芙身上見過的緊繃角度。

湯馬斯看著他的目光中半是絕望，半是挫敗。

「告訴我，你是什麼情況？」安德魯說。

湯馬斯檢視花園，不過這裡沒別人，只有他們。但安德魯甩不掉在森林的感覺——被某種飢渴的東西盯著的感覺。

湯馬斯嘆了氣，走回去，倚著花園的矮牆。「我爸媽正式成為失蹤案的主角。」

「好。」安德魯說。

「而我，」湯馬斯說道，暮色將他的雙眸染成黑色，「是嫌疑犯。」

安德魯瞪大眼睛。「什、什麼？怎麼會？」

湯馬斯聳聳肩，將畫本拋到矮牆上。他扳著牆爬上去，坐在那裡，腳跟敲著牆面。「他們化驗血跡，確認屬於兩個人。警方說，一個人在流那麼多血以後，是不可能走得出我家。」他的聲音很呆板。「你知道我家是在死巷子的最裡面吧？所以說，愛打探的人能看進我們家屋裡。鄰居聽到……尖叫。看到我們吵架。還看到我……」這時他用力踢了牆壁一腳。「看到我……照警方的說法是我帶著『一把刀』。但沒有確切的證據。我們各執一詞。」

安德魯的胃絞得太緊，十分吃力地擠出話。「那實際上是怎樣？」

「沒怎樣。普通的家庭糾紛。後來我就出門了……我回來學校。」

他無法看著安德魯。

說謊。

他在說謊。

湯馬斯的肩膀向前拱，輕晃著身體，隨後一掌拍在牆面。一下、兩下。有一股子戾氣。

安德魯想到了湯馬斯遮掩的那些疤痕，以開玩笑的口吻說出來的殘暴故事，不用別人勸就自己喝的酒，他那顆被困在猜疑中的心，還有他曾說全天下的父母都會用小孩耳光。安德魯說沒有那種事。湯馬斯露出的驚訝神情沒半分虛假，安德魯看得心都碎了。

湯馬斯的父母應該千刀萬剮。

一陣奇異的平靜在安德魯心裡舒展開來。他呼出一口氣，悠長而緩慢。

「你要知道，我不在乎。」他說。「即使你真的下手了。」

湯馬斯愣住。

時間的齒輪生鏽卡住，顫抖著慢下來。在這氛圍下，安德魯的話整個就是不對勁。

湯馬斯的聲音低啞到發顫。「你胡說什麼？」

安德魯的腳扎根到小徑底下，心臟在胸膛裡變成木化石。

湯馬斯從牆頭慢慢滑下來。「你比誰都了解我。但你……你的想法是跟其他人一樣？你也覺得我是殺人凶手？」最後一個詞是怒不可遏的嘶聲，怨毒到足以腐蝕骨骼。

安德魯無言以對。

「你覺得我殺了父母，然後把屍體埋在後院？因為」——湯馬斯伸出一根手指，指向學校——「他們就是這麼想。他們根本沒有可以指控我的理由，沒有證據，卻還是這樣想。」

在開學第一天，他的上衣有血跡。沒有傷口。

「對不起。」安德魯囁嚅。

「你要是真的對不起，就把話收回去。」湯馬斯一把拿起畫本，站在那裡，渾身散發怒意。即使在黑暗中，也看得出他連耳尖都紅了。他一困窘就會有這反應，氣憤時也會。

但主要是在他撒謊的時候。

兩人之間的空氣凝滯了太久。但安德魯不急著填補空白，因為他剛剛的話是認真的，他不認為自己說錯什麼。他滿腦子只想著讓湯馬斯安心。

他伸出一隻手，卻是白搭。

湯馬斯斷然退開。「所以我才沒辦法跟你講真話。你不是被真相嚇成一灘爛泥，就是作出最糟的反應，怎麼糟糕就怎麼來。」

這話像一記重拳。這不是真的。不會的。他們不是在吵架。

停下來。

非停不可。

「這種時候還是得找德芙。」湯馬斯眼神明亮，風暴已經自行消散。

安德魯的聲音透出了不曾洩漏的濃重苦澀，連他自己都幾乎不認得。「那你去找德芙啊。」

湯馬斯一臉錯愕，整個人抖得快要散了——也或許快要散掉的人是安德魯。安德魯簡直像是傾身倒向峭壁，下面是無底的深淵。他沒有翅膀。他會摔死。他會無聲無息地消失。

他從沒把湯馬斯激到用那種眼神看他，眼底是憤怒或傷心或——更等而下之。背叛。

當湯馬斯終於開口，聲音冷靜又可怕。「我現在就去，不管你了。我不會再回來。」世界在安德魯的身邊融化，坍縮成一把劍刺入他的肚腹，只剩劍柄在外。他想要輕聲說等一下。他會活不下去的，他不能被孤伶伶地留在這裡，感覺上，森林實在近得太詭異，彷彿那個飢渴的卑鄙玩意兒也被他們的爭執吸引過來，一直在注視他們。

湯馬斯轉身，一手插在口袋，另一手拿著畫本，彷彿那是一隻他恨不得埋在森林裡的死物。他走了。

在安德魯內心，世界正在終結。他的呼吸急促，卻沒吸到半口氣。他根本不該開口的，即使他句句真心。

然而一個清白無辜的人，是犯不著這麼猛烈地捍衛自己。

8

安德魯起床時，湯馬斯已經去吃早餐了。

湯馬斯很清楚怎樣以極為明確的方式表達去你的，這都多虧了他跟安德魯在威克伍的大半期間是室友，他太懂安德魯了。而他會做的第一件事是：

悄悄溜出寢室，放安德魯睡過頭。

提前吃飯，這樣要是安德魯沒找到德芙，就得冒險獨自用餐。

他會讓凌亂駐留在自己那一半的寢室，以標出清晰的界線。平時，他的繪畫用品、糾成一團的牛仔褲、揉成一球的廢紙都是四處亂扔的。

最狠的一招是，湯馬斯歸還了他翻閱無數次的筆記本。那是安德魯多年前的作品，被湯馬斯拿去當靈感的泉源，而現在筆記本攤開放在安德魯的床上，遭嫌棄的紙頁鬆鬆散散的。

安德魯煩燥地更衣，給白襯衫扣鈕子的手指都在抖，領帶打了半天還是打不好，乾脆用背心掩蓋失敗，不穿森林綠的威克伍外套。現在就穿毛料、包得像木乃伊是有點太暖了，但他活該受罪。

他老是搞砸。

他們不曾這樣子吵架。湯馬斯是會跟德芙拌嘴一整天，但他對安德魯比較小心翼翼。要是他們起爭執，湯馬斯會在一天終了時砰地蹦到他床上，要求討論童話的學問，鑽研怎麼描述怪物才最好，以撫平他們的嫌隙。

安德魯需要湯馬斯來跟他和解，他厭惡自己這副德性。他需要湯馬斯來照顧他的焦慮，但這令他感到卑微。安德魯應付不了情緒，所以由湯馬斯負責，這是他們之間心照不宣的默契。

直到湯馬斯再也不肯為止。

安德魯沒去吃早餐，上午的課都渾渾噩噩的。他趴在桌上，不能專心聽講、寫筆記。其他同學似乎也無心上課。他們光是打量湯馬斯就忙不過來。

你聽說萊伊的事了沒？

他絕對宰了他父母。

繪聲繪影的八卦四處流傳，幸災樂禍的驚悚氛圍在校園肆虐。學生應該完全不知情的，但他們很多人的家長是教職員，只要將他們聽到的隻言片語上網一查，便能夠確認萊伊夫婦的失蹤案。湯馬斯的父母擁有金光閃閃的名氣，畫風奇詭而搶手，他們不會無緣無故人間蒸發。

湯馬斯看起來一點都不好。雀斑襯得他臉色慘白，每一堂課都在恍神，連平時的塗鴉都不畫了。他的指尖也不再染著顏料，衣服上沒有沾著削鉛筆的木屑，總是不離身的畫本也不在手邊——彷彿對他平日裡最喜愛的事不再感興趣了。現在他需要的是最要好的朋友，而不是他們之間冷冰冰的靜默，尤其是安德魯願意接受他的一切作為，絕不會論斷他或討厭他。

但湯馬斯只聽到了——

我也覺得你是殺人犯。

安德魯不該說那些話的。他需要湯馬斯，但他一向都很清楚，湯馬斯對他並沒有相同的需求。

午餐時，安德魯在臉上潑水，叫自己振作一點。等待風波平息。關於湯馬斯父母的指控會消散，因為誰都不能證明湯馬斯犯了案。

但為了安全起見，安德魯把握午餐的短暫自由時間，溜回寢室，在待洗的衣物堆裡翻翻找找，挑出湯馬斯在開學第一天穿的染血襯衫。他蹲在那裡，撫摸那褐色的痕跡，跟自己說血漬不代表什麼。但萬一警方下令搜查——

安德魯將那件襯衫團成一球匆匆下樓，像捧著什麼受傷的東西、某種活物一樣抱在肚腹前方。他奪門而出，三步併作兩步，繞到宿舍後面。

不久，他便在玫瑰叢底下的潮濕土壤挖出一個坑。泥土在他的指甲邊緣卡了一圈，弄髒他的手心，但他又挖得更深一點。以策安全。蚯蚓蠕動著鑽出軟土，通紅的身體一伸一屈，在他手指上亂爬，激得他嫌惡地甩掉牠們。他又一次伸手，要從洞裡挖出一捧土——有牙齒陷入他的掌心。

安德魯驚呼一聲，急著要縮手，手卻拔不出來。在狂亂驚慌的瞬間，他滿腦子都是扎進血肉的痛楚與受困的禁錮感，他需要脫身，要脫身不能動不能動不能——

那牙齒從他的皮肉滑開，平順得像從血肉裡拔出扎進去的針。安德魯趕緊從洞裡縮回手，掌心都是泥，甲蟲爬到他手上，像在尋找可以鑽進去的傷口。他在褲子上揩掉甲蟲，心臟像兔子在胸膛裡狂蹦亂跳，呼吸是不規則的急喘。他瞪著自己完好無損的皮膚，飛快向洞口看一眼。

空的。沒有動物蜷縮在裡面，沒有長了尖牙的東西。

「冷靜。」他啞聲對自己說，講得又凶又愧。他揉著掌心，在他被受困的驚恐嚇得大腦當機的激動時刻，疼痛是在神經末梢徘徊的鬼影。不可能有東西咬他，甚至連牙印都沒有。

他將那件襯衫塞進洞裡，將氣味甜膩的軟土覆蓋上去。一切很快便會恢復正常。

隔週，雨沒停過。

安德魯前腳踏進圖書館，湯馬斯後腳便離開。他也不待在他們的寢室。下午，根本看不到他人。連在化學實驗時他倆明明被分成一組，湯馬斯也能尿遁，安德魯只好跟不認識的同學合作，整節課都在努力從緊縮的喉嚨擠出話語。

整個星期都是如此。湯馬斯會用口型無聲地咒罵師長，以致遭處罰午休要待在辦公室裡。而安德魯則是窩在圖書館跟德芙作伴，聽她彷彿什麼都沒發生似的，拉拉雜雜地分析一本書——她正為了英文課給那本書撰寫注釋。在體育館，他們四年級生會分為游泳組跟跑步組。安德魯跑步，湯馬斯的身影則消失到泳池。

隨著四年級課程如火如荼地展開，家庭作業與課外活動占據了週末。安德魯的眼睛已經裝滿了紙張的灰塵跟破碎的句子，作業被紅筆劃成滿江紅。湯馬斯留下的巨大缺口，由他跟德芙過量的用功時間填補，這不是安德魯心目中的美好時光，尤其是德芙已經沉浸在學習狂熱中，精密監控著他的學習進度。安德魯甚至沒辦法告訴她，湯馬斯跟他在吵架，因為這些話堵在他嘴裡，就像是綑成一束的幾把剃刀。

或許湯馬斯說的對，安德魯就是一灘爛泥。只不過湯馬斯花了五年才看穿他的真面目，現在既然已經識破了，就變成連跟安德魯睡同一間寢室都不想。

每一夜，安德魯醒來時都是獨自一人，滿室寂靜，湯馬斯的被窩皺巴巴，裡面沒人，而窗戶開著。黎明會帶來潮濕的腳印，看一眼地上的腳印位置，就曉得他走過的路線。他東倒西歪地坐在課堂上時，下巴還有泥痕，眼底有黑眼圈。

安德魯跟德芙一起念書時，德芙壓下了呵欠，這時安德魯注意到德芙跟湯馬斯一樣，鞋子有森林的泥土——他便明白了。

那你就去找德芙啊。

原來湯馬斯真的去了。

學生在夜晚溜進森林的原因只有一個。

安德魯不斷檢視自己在鏡中的面容，確認臉上沒有露出端倪。確認他已將碎成玻璃渣的心情通通吞進去。他將手掌平貼鏡面，想把纖細的疤痕一條條算清楚。他這次沒有打碎任何東西。

悄無聲息間，他作出決斷，以後見了那兩人就要繞道走，以茲回敬。

只是那兩人根本沒注意到他在冷戰。

於是冷戰延長到一週，接著是兩週。他不曾如此孤單。

星期四，安德魯沒出席下午的森林導覽活動，理由是胃痛——不是謊言，因為他確實覺得自己像吞了大把、大把的水泥。整天都沒人跟他說話，似乎連看見他的人都沒有。當他踩著艱難的腳步，踏上回寢室的樓梯一邊打電話時，心裡帶著空落落的絕望。

他以為會進入語音信箱，或者更糟的是聽見祕書以活潑嗓音回答他，然而這一回他父親居然接聽了。

「嘿，小朋友。」背景有嘈雜的噪音，似乎是在忙碌的辦公室裡接電話的。「你在學校還好嗎？」

安德魯倚著樓梯欄杆，調整抱在懷裡的沉重課本，吸進帶有麝香味的安靜空氣。此刻，絕大部分學生都去參與課外活動，宿舍沒人，只有安德魯像一隻孤單的幽靈在走廊作祟。

「不太好。」安德魯討厭自己的聲音像生了鏽。

電話裡的背景音更吵了，又驟然消減，像是他父親離開了會議。他聽起來心不在焉。「我現在不太方便講話，小朋友，今天晚上我們再找個時間聊聊，好嗎？」

要是安德魯張嘴，他可能會爆出狂笑。他最親密的朋友不要他；他煩到腦子都不清醒了；恐怖玩意兒一直伸出手指撫上他的背脊，雖然那不可能是真的，但也絕對有某種東西在作怪——而他的父親卻想要找個時間聊聊。

他們的關係並非一直如此。以前，他父親、安德魯、德芙是鐵三角，在他們母親離去以後，就剩他們三人相依為命。雖然沒人明講，但他跟德芙的誕生是個錯誤，是一個法國男孩在大學最後一年跑去澳洲求學，然後一個雪梨女孩意識到自己不想養育一對雙胞胎。安德魯的祖父母是豪門，但辭世時僅僅分了一點零頭給感情疏遠的兒子，光是這樣就讓原本住在陰濕公寓給十一歲雙胞胎兒女餵食義大利麵的兒子，搖身一變改以賓士車代步，成為備受敬重的國際投資客。

最近，他父親似乎忙到不記得自己有小孩。

安德魯不曉得自己怎麼會打電話給父親。到底想怎樣啊？等父親開口提議他轉學，回澳洲念書？要是他拖著德芙離開威克伍，未免太過自私。

「嗯，好啊。」安德魯吃力地說。

「好。」他父親像在講商務電話，不像在跟兒子說話。「上課順利嗎？有沒有好好睡覺？好好吃飯？有跟學校的輔導老師談過了嗎？」

這些事安德魯一件都沒做。「有。」

「真乖啊，兒子。我們晚點聊。愛你。」機械化的字眼。他父親的話音還沒完全落下，便已經掛斷電話。

安德魯進入寢室，將書扔在地上，想要砸手機或是把舌頭咬到流血——

「湯馬斯？」

湯馬斯大字型躺在床上，穿著運動短褲，上衣脫了，鬈髮黏在仍然濕亮的臉頰上。這看來不像慵懶的午睡。他睡得很沉，連安德魯進門的動靜都沒擾動他。

他睡臉的線條比較柔和，近乎親切。但他哭過了。

想要躺到他身邊的衝動差點要了安德魯的命。湯馬斯的狀態實在很糟很糟。但，是他自己要跟安德魯決裂的。這兩週以來，他們幾乎都沒共處一室。

「要知道你明明可以晚上睡覺，不必偷偷去森林的。」安德魯說，反正他的話不會被聽見。「你現在不是應該在練足球嗎？還是去讀書會？你不用一直——你知道的——不用一直都跟德芙一起念書。」

湯馬斯的背部最完美了，還有雀斑沿著脊椎潑灑而下呢。但安德魯只能盯著他肩膀上那一道酒紅色的深色疤痕。那是他失蹤的父母弄的。

安德魯鬆開領帶，打開衣櫃，想找一件柔軟的毛衣來穿，因為下課後可以不穿制服。「我先聲明，我不認為你殺過人。要不然你早就被捕了。你做事真的很沒計畫。」安德魯將襯衫扔進洗衣籃，很滿意自己的語氣這麼務實，冷靜又平穩。他正好好用自己的聲音，抹去嗓子裡的生澀感。「真正的關鍵在於，你為什麼隱瞞真相？你在保護某個人。你太討厭你的爸媽，不可能是替他們掩護什麼，所以你必然是在保護——」

「你。」

安德魯猛地轉身，一頭撞上衣櫃門，疼得他叫出來。

湯馬斯在床上伸個懶腰，像在太陽底下曬得暖呼呼的貓咪。他一定是用床單抹過臉，因為他的臉頰現在紅紅的，並不潮濕。或許之前的淚痕是安德魯的幻想。

他半瞇著眼打量安德魯，帶著睡意的聲音相當低啞。「多謝你分析我殺人的成功率。」

他們又能講話了。安德魯的心跳漏了一拍。「你說保護『我』是指？」

「就是不跟你往來。」他咕噥著翻身下床，撿起一件威克伍的運動衫。「你不跟我打交道比較安全。」

「屁啦。」安德魯說，異常平靜。「你講得好像我們兩個都不會應付謠言。」

湯馬斯用一隻手的掌心揉眼睛，身體縮了一下。

安德魯這才注意到湯馬斯滿手的水泡。他的腿上也有交錯的傷痕。這是在黑暗的森林裡奔跑的結果嗎？

「我願意道歉。」安德魯說。「你想聽什麼我都說。」

湯馬斯發出嘲諷的聲音。「我剛剛才聽到你說什麼我太蠢，殺人一定會被逮。也許你還是別說話了。」

絕望掐住安德魯的喉嚨，他應該乖乖沉默的，但他做不到。「誰都可能變成怪物。只要有適當的情境，只要有適當的誘因。要保護別人或是保護……自己。要是沒人願意為你奮戰，為自己奮戰難道錯了嗎？」

湯馬斯走向門口。他沒穿鞋，頭髮像觸電過，眼神也失焦。「我需要一點空間。」他聽起來很疲憊，已經不帶惡意。

「自衛不是謀殺。」安德魯知道自己在胡說，但他不要湯馬斯走開。「倒、倒不是說你做了什麼。但我不懂你怎麼糾結成這樣，明明是他們虐待你——」

「他們沒有虐待我。意外總是難免。」

「是是是，意外就是接二連三地來，還留下一堆疤痕。」

湯馬斯擺出臭臉給他看。

「如果我想要保護什麼人，也是會心狠手辣的。」安德魯說，恨不得自己閉嘴。「為了德芙，或是……或是你，我什麼都願意做。」

但湯馬斯沒有應聲，逕自離開，砰地摔上門。

安德魯捶了門。只有一下。他手指的每一塊骨頭都在尖叫，他不得不甩甩手，在他們的小房間裡踱來踱去以恢復冷靜。他的心臟在狂飆，腎上腺素因為驚恐而濃稠，讓他的心怦怦跳。他要失去湯馬斯了，湯馬斯正從他的指縫滑落，沉入大地。植物的根會爬滿他的臉龐，泥土會填滿他的嘴，永遠湮滅。

安德魯拿起筆記本，寫出他構思了幾天的故事。他撕下紙頁，紙頁參差的邊緣，搭配參差的呼吸。

他將紙頁夾進窗縫，等下一回湯馬斯打開窗戶溜出去，紙頁就會落下，他就得閱讀那個故事。

故事本身沒什麼大不了，只是一個小片段，但也許湯馬斯會畫點什麼，那就像是兩人又開始說話了。雖然湯馬斯已不再隨身帶著畫本。但繪畫是湯馬斯的氧氣，搶走他的筆，他仍會手癢難耐地想要畫。

只是若有什麼讓湯馬斯無法畫畫，那東西肯定正在啃噬著他。

從前從前有一位樵夫，他悄悄進入一座魔法森林，帶著斧頭去砍一棵魔法樹。據說，用這裡砍的柴生火，火便會燒得明亮而愉快，並且永不熄滅。傳聞果然是真的，樵夫烤起蘋果，度過舒服的夜晚，什麼煩憂都沒有。

可是隔天早晨，他發現魔法森林甦醒了。大片的樹木包圍他的小屋，每棵樹都哭出了鮮血般的眼淚。他在一棵又一棵的樹木之間奔跑，卻找不到離開的路。

他跑到哪裡都是哭泣的樹，它們哭著流出鮮血與鮮血與鮮血。

9

午後的空氣嗆鼻而血腥。

安德魯將所有的怨憎投注到每一次的網球揮拍動作，以致被訓斥了兩次。但教練是喜歡他的。教練很矮小，很法國，會用正確的發音念出他的姓氏 Perrault。是佩羅，不是佩羅特。他一直鼓吹安德魯多練習、多吃飯，還要重訓，全是些安德魯沒興趣做的事。他打網球不過是因為學校規定學生必須參與一項運動——他也不過是倒楣，網球打得有點好罷了。也因此，教練一直讓他跟另一位球技厲害的人對打。

布萊斯．肯恩。

「輪到你發球了，小喵咪。」布萊斯完美的波浪髮在吸汗頭帶上方閃閃發亮，笑嘻嘻的嘴裡是完美的閃潔白牙。他本該是個美男子，但那一個個自鳴得意的笑容底下都帶著惹厭的鄙夷。他這輩子不曾陷入麻煩，而且知道不會有人敢找他麻煩，讓他更加得意洋洋。

「你今天怎麼心不在焉的？」布萊斯轉動球拍。「我是說，你平常色瞇瞇偷窺的那個萊伊又不在這，還是說……你看上別人啦？」他一手撫胸。「是我嗎？」

安德魯拍了拍球。

「可惜，我已經名草有主了。」布萊斯故意撅起嘴，搧動睫毛。「你得等到下課以後，再去幫萊伊口口。」

安德魯凶悍地發球，球直接掠過布萊斯，快到他連舉拍都來不及。布萊斯大失分，眼神瞬間變得晦暗。

教練吹了哨子，大步走來。「專心，年輕人！你們給我練球，不要聊天。佩羅！」

安德魯僵硬地轉身，教練拍拍他的肩膀。「你保持這個氣勢，十一月比賽就能上場。」

「不好意思。」布萊斯在球網另一頭嚷道。「他沒那種體力。讓他打個十五分鐘，之後的每一局他都會輸。」

「開始多吃飯，好嗎？」教練的語氣很溫暖。「做重訓、練步法。敏捷一點。一言為定？」

「其實我打算當作家。」安德魯盯著地面說。

「我還想當畢卡索咧。」教練似乎並不擔心，推安德魯轉向球網。「最好還是念法律、打網球，然後有親不完的美女。」

布萊斯爆出大笑。

安德魯用力發球。布萊斯還擊，揭開真正的戰鬥。教練熱情萬丈地邁開大步，去騷擾其他學生。

安德魯口袋裡有個東西動了一下，害他差一點沒打到下一球。他換上運動褲的時候口袋是空的，但也許那是湯馬斯的紙條——他經常偷偷把畫作塞給安德魯跟德芙，等他們在乏味的課堂上發現後，便會露出笑容。也許那是透過炭筆及油墨表達的原諒。

可是安德魯的口袋又動了一下，碰到大腿的觸感不太像摺疊的紙張，更像是一把土——

一陣戰慄竄下安德魯的脊椎，他的身體抖了一下。他口袋不對勁。溫熱、柔軟、像麵糰——

網球命中了他的臉。

還撞上安德魯的牙齒。疼痛在他臉上爆開，空氣離開他的肺，灼熱的白光從他眼前閃過，之後便看不到東西。球拍從他的手裡無力地滑落。他俯身摀住鼻子，血從指縫流下。

「哎呀！」飛奔而來的腳步聲。布萊斯的影子在俯瞰他。「那是意外。你白痴喔，怎麼不揮拍？教練！」

安德魯考慮要不要揍布萊斯一拳，讓他一頭撞上網球場的地面。但他挪開一隻摀臉的手，將血淋淋的手伸進口袋。

他的手指插進了某種像海綿的東西。他瞇著淚汪汪的眼睛，打量手上那團玩意兒。

「搞什麼……？」布萊斯說。「你口袋裡怎麼有蘑菇✲？」

真菌在安德魯的手裡碎爛。他困惑得張開嘴，嘴唇在流血。他又從口袋扯出一把蘑菇，但口袋依舊是鼓的，裝滿肉質的爛蘑菇，森林的臭味飄散到四面八方。這不合理。他穿運動褲的時候怎麼可能沒感覺到異狀？他又掏出一把，扔到地上。

他在短褲上擦手，卻擦不掉污漬。

教練跑過來，用法語罵罵咧咧，一邊讓安德魯仰起頭。「鼻梁沒斷。但你應該去醫務室。」

「我沒事。」安德魯用手背在嘴上抹了一把。每一處都在抽痛。

「那就去洗手間。去弄乾淨。」教練突然向布萊斯發難。「你搞什麼？」

安德魯溜走了，讓布萊斯去承受罪有應得的斥責。但安德魯沒有暗爽在心頭，因為他的皮膚浮起雞皮疙瘩。

✲花語：左右為難。

是不是湯馬斯把爛蘑菇塞到安德魯的口袋？

室內游泳池那邊有更衣室——威克伍當然有自己的泳池——而洗手間在下午這個時段總是人滿為患。但安德魯蹣跚進入的時候，死寂籠罩著男廁。他的網球鞋在白色瓷磚地上唧唧作響，身後留下一排筆直的血滴，每一滴都跟彈珠一樣圓。

他踉蹌來到洗手臺，還在不住掏口袋。口袋的重量拽著他的短褲，幾乎要露出半個臀部。可是他都掏出來了啊——

他的口袋又滿了，縫邊瀕臨撐破。

蘑菇持續在生長。

他掏出更多肉呼呼的爛蘑菇，扔進垃圾桶。掏了再扔，還有更多。他的心幾乎蹦進喉嚨，他開始發抖。無論怎麼想，都找不到合邏輯的解釋。

他必須冷靜，呼吸太快了。

停下來、停，呼吸。這一定是某種怪異的超級真菌。噁心，但合理。他看著手，手上有褐色髒污，他試圖擦掉。污漬附著在皮膚上，順著青色的血管蔓延開來。

「拜託、拜託，不要鬧我了。」他聲音破碎，連在跟誰說話都不知道。

燈被關掉，又打開，安德魯皺起臉，抓扯紙巾，用力擦拭指尖。該死、該死。擦不掉。他把紙巾扔到一邊，開始摳手，剝掉手指上的蘑菇。蘑菇像吸嘴一樣脫落，留下紅痕。他呻吟著將剝落的蘑菇丟到地上，蹣跚地後退。

這裡應該有人的。游泳隊呢？他需要見證人。他需要湯馬斯目睹這個現場，這樣他才能確定自己沒有瘋。

這空氣有問題。它有生命。在呼吸。

感覺就像開學那一天，在門廳有個東西伸出了炙熱的舌頭，舔上他的脖子。

歡愉

恐怖。

甜美

恐怖。

爲我張開你漂亮的嘴……

不要——

背後不曉得哪一間廁所的門被拉開。

安德魯的心狂跳，撞擊肋骨的力道大到足以瘀青。「有人嗎？」有生以來第一次，他一點都不在乎是誰走進來，目睹他頂著一張染血的臉，同時還有真菌沿著他的手臂往上爬。他正在經歷這輩子最嚴重的精神崩潰。

來的人千萬要是湯馬斯。

但沒人從轉角處出來。

另一間廁所被打開，門板砰地撞上牆面。安德魯的心臟都要從喉嚨蹦出來了，汗水從頸背滑落，突然間，他不能呼吸。他不能——

他後退一步，又一步。然後衝到最後一間廁所，將自己鎖起來。

在那一排廁所的某處，另一扇門砰地開啟。又一扇。像寂靜中的槍聲。

呼吸變得粗重。某個東西刮擦過廁所門，還發出尖銳的叫聲。隨後是寂靜。

安德魯揩了揩鼻子，鼻血抹開到臉頰上。他視線模糊，用力吞嚥口水。這不會是真的。不管這是怎麼回事。這都不可能發生。

他縮起身體，坐在馬桶蓋上，將膝蓋靠向下巴，努力不要換氣過度。上方，日光燈發出電流的嗞嗞響，又一次關閉。點亮。

關閉。

黑暗來了，全面籠罩。黑暗爬上他的手臂，將他釘在原地，連想要尖叫都沒有足夠的空氣。

另一間廁所的門砰一聲就開了，砰——砰砰砰——

那玩意兒就要到他這一間了。他已經鎖上門，已經選擇相信這不是現實的情況，不可能有這種事。一切只發生在他的腦海中。

在緊急逃生口標誌的綠光襯映下，安德魯看到門底下的腿。腿的外觀很難辨識，一半隱沒在黑暗中，但看得出來那腿很細，還長著毛。

這應該是四年級生的惡作劇，一定是。他們想害他尿褲子，這就夠他們笑上幾星期。但這個他應付得來，他懂得如何熬過被人針對的日子。

他嘴唇顫抖。他性格太軟弱、太敏感了。

可悲——

驚慌像磚頭堵在他的肺。他只想要這一切結束。

咚、——拳頭砸在門板上。門在顫動。

那一雙腿在拖著腳走動，發出兩聲明晰的脆響，像馬蹄鐵踏在瓷磚上。

安德魯硬著頭皮，從門板底下偷窺。

蹄子。腿的盡頭是圓溜溜的蹄子。

指甲刮過廁所隔間的門鎖。鎖頭開始顫動，緩緩地、緩緩地——

就一點點

又一點點

越來越多，然後——

現在他發出低喃，怔怔地祈禱，將臉用力埋在膝蓋上。「求求你、求求你放過我——」

「安德魯。」

他猛地抬頭，身體驟然後退，無處可逃。

德芙在這裡。他不曉得德芙是怎麼打開廁所的門，悄無聲息地進來。她的肌膚被緊急逃生指示燈照得發綠，嘴唇在冰冷的憤怒下抿成一線，每當她決心終結欺負他的人，就會露出這個表情。她捧起他的雙手捏一捏。

他抖得不成樣子。

「來吧，我帶你出去。」

「可、可、可是，那東西——」他最後的語音像是在啜泣，也像在咒罵。長了蹄子的那東西消失無蹤，可是呼吸還在，粗重且刺耳，是從洗手間另一頭傳來。

「預備，」德芙輕聲說，「就定位……跑啊。」

他們一起衝出廁所隔間。她緊緊拽著他，他覺得自己像一個用繩子牽起的紙風箏，在她身後飛。

灼熱的呼吸噴到安德魯的後頸。他感覺到那氣息在游走，在順著他的脊椎向下游走。是股霉味，腐肉味。

德芙拉開男廁大門，他們衝到門外，安德魯的叫喊堵在喉嚨。

他踉踉蹌蹌走向午後的陽光，跪倒在草地上。膽汁衝上喉頭，他因牙間沾的血而乾嘔，也因為剛才這一切的不對勁而倍感噁心。

「你只是恐慌發作。」德芙的聲音似乎很遙遠。

兩個三年級生從轉角出來，嘻嘻哈哈，推推搡搡，但在看見雙胞胎時便停下來。

「哇。」一人說，另一人問：「呃，你還好嗎？」

「別進去。」安德魯擦掉嘴上的血。「不、別、別——」

其中一人立刻推開門。安德魯試圖站起來，一定要想辦法救他們，但他感覺不到自己的骨頭。不能站，不能思考，不能——

「裡面根本沒有東西。」

安德魯的胸膛裡升起一股作嘔的下墜感。直到這一刻，他才意識到自己有多害怕，他好怕剛才的事不是真的。但那怎麼可能是真的，安德魯，你是該死的笨蛋嗎？

德芙著急地拍著他的頭髮，表情絲毫沒有一點譴責或羞赧。他真恨她的憐憫，她緊閉的嘴唇線條彷彿在說，我弟又無緣無故地崩潰了。

不一會兒，人群圍攏過來。有人去叫老師，跑完步的田徑隊三三兩兩地過來。旁人看著安德魯的眼神一半是同情，一半是尷尬，不曉得是幫忙好，還是應該對這個爛攤子敬而遠之。安德魯凝神看著自己顫抖的雙手，好像雙手已經不附著在他身上。他知道自己快哭了，就在這一大群打量他的青少年面前。

言語在他腦海裡來回碰撞，德芙在支支吾吾，試圖簡略地講出合理的解釋，但在場的人都清楚她挽不回這個局面。

「他身體不舒服。」德芙說，語氣剛強。「就這樣。」

「那只是一個差勁的惡作劇，佩羅特。」有人說。「你沒事的。」

「抱、抱歉，對不起。我對、對、對——」安德魯喘不過氣。「裡面有個——有個東西。那不是惡作劇。那是真的——」但他沒講下去，明白自己必須停下來，不然只會更難堪。

他在
喪
失
該死的
理智。

10

他蜷縮在被子底下，在黑暗中背對牆壁，聽著湯馬斯在寢室另一邊的呼吸。電子時鐘擱在凌亂的課本上方，時間顯示凌晨兩點。他看著黑暗消融在天花板，期盼湯馬斯會打破他們之間的寂靜，輕聲問：*那是怎麼回事？我來替你解決*。

安德魯還沒解釋前一天洗手間的那件事——是說原本該是他摯友的人也根本不在他身邊、可以聽他說。直到熄燈的前兩秒，湯馬斯才返回房間，鑽到床上，那時安德魯覺得自己太卑微，沒開口說話。反正風聲也傳遍了學校：有個男生宣稱遭高年級惡作劇而精神崩潰，一直在醫務室待到放學。

他寧願相信湯馬斯是還沒聽到消息，而不去想湯馬斯是根本不在乎的可能性。

一切都不對勁。眼前黑得彷彿可以滲出墨汁的黑暗不對勁，而那一段鬼魅般的記憶中，有個彷彿在渴求他、主宰他的東西碰了他，這也很不對勁。

他死死閉上眼睛。「湯馬斯？」

唯一的回應是彈簧床的動靜，顯示湯馬斯翻了身，將被子蓋過頭頂。

安德魯頓時就按捺不住了。冰冷的怒意湧上喉嚨，他一把揭開被子，擰亮了書桌的檯燈。「湯馬斯。你起來，聽我說——」

湯馬斯不在床上。

安德魯在檯燈的金黃色光暈裡瞇起眼，又揉揉眼睛，因為一秒之前他明明看見他了。聽到他在動。在呼吸。

但眼前的另一張床鋪是空的，被子跟床單皺巴巴，安德魯過去摸摸床墊，並沒有餘溫。

那裡原本有個東西——

他心裡癢癢的，想要查看床底。

不，不。安德魯伸手扒起頭髮，咬著牙發出嘶聲。這不是他捏造的。

冷風從窗縫鑽進來。紙張在地上沙沙翻動，湯馬斯畫到一半就揉成紙團的作品像風滾草一般，在他那一半寢室滾動。

安德魯得等到明天才能跟他對質——只是，為什麼每次都是他要耐著性子，靜靜等待別人有聆聽的興致？也許他應該逼湯馬斯聽他說。

安德魯咬著牙，覺得自己絕對有資格這樣做。

他套上運動衫跟網球鞋，將窗戶開到最大。他咬著唇向下爬，直到嘴唇刺痛腫脹，才在玫瑰叢之間落了地。他仍然穿著睡覺的短褲，夜晚的寒意侵襲他光溜溜的兩條腿，但這不會花太多時間。等安德魯在森林裡撞破他們倆的好事，他們就不會再到森林裡逗留。

湯馬斯和德芙。德芙和湯馬斯。

唇瓣貼著皮膚，上衣從肩頭滑落，森林也伸出了手指，葉狀的青色指節與他們的髮絲交纏在一起。

他們好歹應該坦承戀情，給安德魯最起碼的尊重。

他用寬大的運動衫袖子揩眼睛。改寫劇本的時候到了。

月光將他的頭髮映照成銀色，他奔過運動場，心想，至少自己依舊不怕黑。

安德魯爬上柵欄，無聲地在另一邊落地。暮色四合，他踏入森林。高聳的樹木遮得四周全變成黑的，他打開手機的手電筒，腳步沉重地轉來轉去，好不容易才找到那條羊腸小徑，走向那棵古老的白橡樹。

他決定要出點聲音，他絕對不想嚇到誰。

他的整顆心都變得易碎。以他天然的性向，是不可能談一場跟所有愛情故事一樣的戀愛。誰都不會覺得親吻他有任何意義，所以不會碰他，然而親吻卻是他最嚮往的事。

樹枝在他腳下咔嚓斷裂，腳步像犁田一樣從落葉之間犁過去，強行製造出暴雨的聲勢。但疑慮像最小的小蟲從他的肚腹間鑽出來。這主意真的好嗎？既然某種玩意兒都出現在校園了，說不定也會跑到森林裡活動。

偶蹄。氣息像腐爛的苦艾。

「我不怕。」他對樹木說。「森林裡從沒出過事。」

草葉掃過他的足踝，一個詞滑進了樹根與樹叢之間最黑的地方。

騙子。

風驟然止住，像關上了開關。靜謐從他的肩膀往下壓，彷彿要將他深深壓進地底。

他站著沒動，舉著手機的手電筒探照四周。「湯馬斯？德芙？湯馬斯。」

靜寂呼出一口氣。

雞皮疙瘩從他的手臂冒出來。

他緩緩轉圈，手電筒的光隨之畫出圓滑的弧度，映出一棵柏樹旁的一坨黑色隆起。他將光束移過去，還沒來得及看出什麼就不見了。原本有人躲在樹幹後面嗎？他將光束拉回原位。什麼都沒有。眼前只有一棵直指天空的柏樹。

「要是你向我撲過來，」安德魯說，聲音出奇沉穩。「我會暴打你，會流血的那一種，湯馬斯．萊伊。我受夠了。」我受夠你了，他本想要補充。

沒人走出來。

他咬著牙，轉身在高低不平的小徑上繼續前進。

一個龐然大物站在他面前。

安德魯驚呼出聲，差一點拋出手機。光束四處照了一圈，才落在他面前的東西上。

不是湯馬斯。

不是湯馬斯。

牠伸出一隻手——爪子。手臂全是骨骼，肉爛成一條一條的，垂掛下來，皮膚在赤裸胸膛上繃得很緊，肋骨都刺穿出來。但牠的臉——藤蔓從嘴巴、眼睛、耳朵位置湧出，還繼續生長、撲騰。另一條藤蔓從血肉裡鑽出，血從唇瓣之間淌下，地上積了一大灘。

牠的腳是偶蹄。

安德魯拔腿就跑。

奮力向前狂奔，叫聲驚恐到不像他的聲音。

這不是真的。*沒這種事*。

那東西跟著他。他感覺到牠追上來了，很沉、很重，速度很快、很快越來越快——

越來越快越來越快——

手電筒晃得太厲害，他什麼都看不見。小徑太窄，路又高低不平。他跌了一跤，繼續跑。再摔，硬是爬起來，樹根跟石頭割傷了他的手，驚慌在他的肚腹裡炸開花，一波波湧上他的喉嚨，噎得他不能喘氣。

一隻爪子向前一扒。

他感覺到那隻爪子了，他的運動衫被扯破，火辣辣的劇痛劃過肩膀後方。他腿一軟，膝蓋還沒撞上地面，人便已經在向前爬，手機也從手裡飛脫。

怪物步步進逼，身軀向下壓，體形越顯龐大，擋住安德魯上方的整片森林。牠抓住安德魯的腿，溫吞而慵懶地將他往後拖。爪子扎進他的皮膚。

安德魯尖叫著蹬腿。現在，那東西幾乎整個覆在他身上。他絕對會沒命的。他很清楚。藤蔓從怪物的嘴裡落下，一顫一顫地蜿蜒挺進，尖端在安德魯臉上摸索。尋找可以刺進，到裡面開枝散葉的入口。

他的眼睛。

他的耳朵。

他的嘴巴。

他死命地搖頭，驚恐到忘記掙扎。*不要尖叫。*嘴巴要閉緊，不能讓它闖進去。

有個東西重擊了這怪物。

安德魯並沒有看到，只是感覺到怪物挨揍了。牠的重心驟然歪到一邊，跪倒在地，藤蔓從安德魯身上撤回。怪物怒吼聲撼動了樹木，連樹根都在震。

安德魯四肢並用，連忙往後退。他手機的燈光一定是熄滅了，因為四周一片漆黑。小石子扎到他的手、他的膝蓋，草叢劃過他的運動衫。他不能起身。他不能把腿縮回自己的身體底下，他不能、他——

一雙手攀住他的肩膀，把他拽起來。柔軟的雙手，溫暖、有斑、屬於人類。

一張臉湊到安德魯面前，近到他能感覺到有一個人的睫毛在他臉上停留了一下。

然後他聽懂了那叫嚷。

「起來、快起來。安德魯！該死。你給我站起來。」

在他們的後方，怪物在咆哮。

安德魯任由對方拽他起來，他一直沒鬆開拉著他的那雙手。他牢牢抓住湯馬斯，彷彿在這個噩夢般的世界裡，湯馬斯是唯一真實的存在。

湯馬斯攥住他的手，拉著他往前衝，兩人在羊腸小徑上一起奔跑，跌跌撞撞但越來越快。他的手指汗津津的，一直打滑。

湯馬斯不曾鬆手。

他的另一隻手拿著一支尖鐵樁，像是宿舍附近圍繞著玫瑰叢的那一種。但這也表示，他是特地帶著尖鐵樁到森林的。

怪物向他們撲來，射出藤蔓來抓他們的上衣、手肘、足踝。湯馬斯拉著安德魯突然右轉，兩人倒在多刺的黑莓❀叢裡。

安德魯喘得說不出話，嘴裡有森林的氣息。

湯馬斯及時說出「跳！」，而安德魯的腦子還夠清楚，真的跳了。然後兩人往下墜。

驚駭填滿他的心，兩人摔作一團。高度只有幾呎，可是他們摔得很重，安德魯膝蓋撞上地面，拖得湯馬斯栽到他身上。他們必然是滾進一條小溝裡，在樹根形成的天然屏障下，他們只能勉強擠進凹處。不過，在將腿縮向下巴，後背緊抵著土壁之後，他們得到了喘息的時間。

湯馬斯一手勾著安德魯的脖子，一手捂他的嘴。他扣住安德魯下巴的勁道很大，明天一定會浮現手指形狀的瘀青。

森林安靜下來。

他們緊密相依，心臟狂跳，胸膛有節奏地起伏。一切都帶著泥土、汗水、鮮血的氣息。土塊在他們上方崩裂，落進他們的髮絲間。

他們聽見怪物站在樹根屏障的上方，嗅聞著空氣。

湯馬斯沒有鬆開捂住安德魯嘴巴的手，卻不知何故轉了頭，嘴唇貼上安德魯沾了一堆泥印子的額頭。貼了半秒。這是吻，卻又不是吻。是安慰，卻沒效果。但這也是一切

❀花語：力量、保護。

有我在的無聲承諾。

安德魯呼出一口氣，打了哆嗦。

然後怪物跳下來。

落在他們前方，土塊與折斷的樹根如雨點一般落下。怪物吼叫著，藤蔓衝向相擁的兩個男孩。藤蔓先碰上安德魯，攀上他的身體，但他不能叫，因為湯馬斯仍然捂著他的嘴。

然而這時，湯馬斯放開手。

湯馬斯一衝出去就跑。

他沒有拉著安德魯逃命。沒有回頭找他。沒救他——

安德魯抬起手臂抱著臉，倒在林地上蜷起身體。恐怖的醒悟像千斤重擔壓在心頭——湯馬斯竟然獨自逃跑，放任安德魯分崩離析，這豈不正是最適合他們的結局嗎？

只不過這時，湯馬斯嘶吼起來。

他竄到怪物的背後，掄起他的園藝尖鐵椿，向怪物的頭顱砸下去。碎裂聲在森林裡迴盪。湯馬斯一次又一次揮動尖鐵椿，彷彿那是球棒，而他恨不得把怪物砸碎成千萬片。

怪物向後退，撤回安德魯那邊的藤蔓，轉而向湯馬斯擊出藤蔓。

安德魯待在原地，蜷縮在落葉間。

只有最稀微的月光穿透樹根形成的屏障，照亮這一場對戰。一次又一次，湯馬斯揮舞的尖鐵椿砸進怪物的腦袋。骨骼破裂。藤蔓襲上他的臉，企圖捆住他的手臂、壓制他，但湯馬斯的步法狂暴且混亂，逮都逮不住。

然後怪物的身體向下滑，跪在那邊。湯馬斯發出粗啞又凶悍的勝利吶喊，同時將尖鐵椿刺進怪物的眼睛。

他傾盡全身的重量，讓尖鐵椿不斷深入怪物，怪物嚎叫倒下。血濺了湯馬斯一身，渾濁漆黑。他沒歇手，直到怪物躺地，園藝尖鐵椿釘在牠頭顱上，刺進地底。

嚎叫停止了。怪物的蹄子抽動幾次。然後，寂靜像厚重的天鵝絨簾幕落下，籠罩世界。

只剩下：

安德魯蜷著身體，膝蓋在胸前，驚駭得愣愣地看著這一切。

湯馬斯逼自己鬆開手指，放下尖鐵椿，緩緩站直。

他甩甩手，看著沾染到手肘的鮮血。他用腳尖戳戳已經不動的怪物，然後走開一步。又一步。

他揩揩嘴，把血痕抹開到了臉頰上。

最後，他凝視安德魯。

「請不要討厭我。」湯馬斯輕聲說。

他們動作輕柔，將精靈王子的遺體緩緩放進玻璃棺，在棺槨留下染血的指印。王子在戰鬥中落敗，胸膛被打凹，但他們用鮮花填滿王子肋骨間的空洞。即便是現在，鮮花仍繼續生長，啜飲王子最後的鮮血來綻放花朵。

公主的銀色淚珠像雨滴般落在棺槨上。真愛之吻應該可以喚醒王子，但她都親了七次了，卻毫不見效。

她的兄長站在後方，他是一位詩人，嘴唇柔軟，還有軟如苔蘚的頭髮。

他輕聲道：「讓我試試。」但沒人聽見。

他們將精靈王子獨自下葬。

到了夜晚，鮮花已經長到蓋滿王子的整張臉孔。

11

湯馬斯拉著安德魯站起來，帶他走出森林。

他們走得很慢，隨著每踏出一步，腎上腺素就流逝一些，身體無力，骨頭發軟像水一般。安德魯仍然抓著湯馬斯的手，兩人十指交握，手心因為鮮血和泥土而黏滑。顯然有人忘記要怎麼鬆手了。

柵欄簡直不可能爬得上去，但他們拚著一口氣翻過去。安德魯的運動衫被柵欄頂端的粗糙鐵絲鉤破，湯馬斯也滑了一下，手臂被劃破。他目光呆滯而渙散地看看傷勢，彷彿根本不覺得痛。他們即將抵達宿舍時，安德魯才意識到自己居然走在前面。是他在拖著湯馬斯走，逼他前進，讓他振作。

兩人的角色是幾時換過來的？

當他們從窗戶爬進寢室，房間看起來簡直不像是真實的。安德魯摸摸嘴巴、眼睛，彷彿幽靈藤蔓仍然在摳挖他的皮膚。也許是他自己不再真實，是他掉到了自身之外。

湯馬斯癱軟坐在安德魯的床上，盯著自己顫抖的雙手。他的指甲被啃到根部，鮮血在他泥濘的掌心刻劃出紋路。

安德魯在他旁邊一屁股坐下，他們的身體緊緊相抵，髖部挨著髖部。「你傷得多重？」

「應該是我要問你。」湯馬斯的嗓音有些沙啞，像是吼了太久。也許在安德魯到場之前，他一直在吼。

「牠弄到我的肩膀，應該吧。」安德魯覺得身體沒有異狀，所以應該不要緊。「這……不是真的。」

湯馬斯笑出來，笑聲又漸漸淡去，轉為啜泣。「牠們不一定都那麼大隻。小隻的骨骼是黏土跟玻璃，比較容易砸爛。我得殺掉牠們，來一隻殺一隻，不然牠們會爬過柵欄，闖進學校，愛攻擊誰就攻擊誰，暢行無阻。我必、必須阻止牠們。」

湯馬斯離開安德魯的床鋪，拖出一個紙箱，裡面都是繃帶、消毒棉籤、蝴蝶型的傷口保護貼，甚至有一罐溫和的止痛藥。這是一個求生包。

他老練地用牙齒撕開包裝。

「你每天晚上都在忙這些。」安德魯僵坐在那裡。「你都沒跟我說——」他哽住。「我們得說出來。我們要——」

「不行。」湯馬斯抬頭，眼裡的戾氣令安德魯膽怯。

他差一點說我們要告訴德芙，但也許不該講的。他坐在那裡，內心一個角落融化在可恥的如釋重負中，原來他猜錯了，湯馬斯跟德芙並沒有在森林幽會，湯馬斯也沒有討厭他。滿溢的慶幸將他的唇拉成一個癲狂的笑。怪物當然是真的，也真的想扯斷他們的咽喉，但好歹他仍然擁有最知心的朋友。

湯馬斯坐回床上，轉個方向，叉起腿。「把上衣脫了。」

安德魯的胃輕輕翻攪起來。他溫順地扯開被血液黏在皮膚上的衣服時，臉都皺了起來。他想要察看自己的傷勢，湯馬斯卻扳住他的下巴，硬是讓他移開視線。然後湯馬斯小心翼翼一手拿棉花棒清理他的肩膀，另一手按著他的鎖骨。安德魯的心竟詭異且恐怖地甜蜜起來。

「以後牠們會追著你跑。」湯馬斯說。「牠們嘗過你的血了。」

「牠們早已經盯上我了。」安德魯說。「昨天在廁所。我、我看到蹄子。牠在獵捕我。」

湯馬斯發出緊繃的怒聲。「牠們每晚都從森林裡長出來，我本以為天亮了怪物就會消失。可是沒有。要是我不把牠們殺乾淨，牠們就會找上我身邊的任何人。所以我的……」

「你爸媽。」安德魯喃喃道。

一切都說得通了。

湯馬斯的嗓音抖到不行，一再停下來嚥口水。「開學前一天？鄰居聽到的爭吵聲？那是一隻怪物。我躲起來了。我聽到爸媽跟怪物打鬥，但他們那陣子經常嗑藥嗑到很嗨，我還以為那不是眞的。那怎麼可能是真的呢？我去廚房拿刀，但我一跟怪物面對面，就嚇跑了。我直接跑掉。」

他伸手撫過安德魯肩膀傷口的邊緣，然後上繃帶。痛楚來襲，火辣辣的抽痛，但安德魯依舊不在乎。湯馬斯的苦悶淹沒整間寢室，但他們沉溺其中，一起沉下去。

「我爸媽是我害死的。」湯馬斯說，聲音輕柔、嫌惡、驚駭。

「別這麼說。」血液在安德魯耳朵裡洶湧澎湃。「那些怪物不是你的錯。你沒叫牠們攻擊——」

「沒有嗎？」湯馬斯走到書桌，翻出畫本。他從紙頁間取出一幅撕下來的畫，攤平皺摺的邊緣，然後摜到地上。這是湯馬斯在工具棚屋的屋頂上突然搶走的那一張——第七個兒子凝視許願井，背景是一隻將砍下的狼頭當作腦袋的怪物，牠在吞噬他的父母。

湯馬斯的聲音是十二萬分的痛苦：「那個怪物就長這個樣子。就是我家的那隻，跟這隻一模一樣，包括脖子上的縫痕。而這——」他從牆壁扯下一幅畫，力道大到那幅畫的四個角還留在牆面上。

安德魯從湯馬斯染血的手中拽出那張畫來看。

蹄子、死屍的皮膚，從嘴巴、耳朵、眼睛爆出來的藤蔓。

是森林那隻怪物。

「你什麼時候——」他停口。

「不知道……上個學期的某個時候？」湯馬斯扒著頭髮，在他們的床位之間走來走去。「這不是巧合。都是我害的。我、我創造了牠們。」

安德魯不能接受這種事。他瞪著畫，瞪到眼睛都花了，然後撕爛，碎片散落一地，像炭筆版的五彩紙屑。

「我不該跟你說的。這下子更麻煩了。」湯馬斯抱著肚子。「牠們會殺掉你的，就像牠們想要殺掉我。要是牠們也從我身邊奪走你，我會受不了的。我必須——我必須——我實在他媽的累死了。每天晚上耶，有完沒完？每天晚上我都去森林打倒牠們，以免牠們翻過柵欄，但我沒辦法阻止怪物出現。我做不、不、不到——」

要是湯馬斯的音量繼續升高，全宿舍的人都會被吵醒。要是舍監衝進他們寢室，他們根本無法說明身上為什麼有血跡，臉上為什麼有泥痕，也不可能解釋湯馬斯怎麼一直在嚷嚷說怪物如何又如何。

安德魯扯著湯馬斯的上衣，拉他在床上躺倒，打斷他心慌意亂的踱步。他一手摀著湯馬斯的嘴，不是森林那時，湯馬斯把他的臉摀得都要瘀青的那種用力摀法；而是輕柔又躊躇，充滿渴求。

湯馬斯安靜下來。

是不是圖畫喚醒了怪物？但這說法似乎太薄弱，也沒有意義，所以安德魯沒有問。他剝下湯馬斯的上衣，尋找最嚴重的傷處——肋骨上一道斜斜的口子，血仍然緩緩從撕破的血肉裡滲出。

安德魯推著湯馬斯的肩膀，直到他倒向枕頭。他躺在那裡，放任安德魯清理他的傷口，胸口急促上下起伏。湯馬斯處理傷口的動作是粗暴而迅速，安德魯則是輕如羽毛。他張開手指，放在湯馬斯起伏的肚腹上，直到湯馬斯無淚的抽噎緩下來。

他們不曾在彼此面前裸露這麼多皮膚，還流這麼多血。

安德魯的心像瘀痕纍纍般疲憊，但他仍讓自己的聲音剛強堅定，「我幫你。」

湯馬斯抬起手臂擋住眼睛。「你知道我家後面的林子裡有一口封起來的舊水井？我甚至不能叫警察去查那一口井，不然就跟我承認犯案沒兩樣。可要是我把怪物掛在嘴上，他們也會把我抓去關。」

「我明白，但答案一定存在。這種事一定有一個起因。可是你不能一直推開我。」安德魯給湯馬斯處理傷口的手勁刻意加重了些，弄得湯馬斯發出哼的一聲。

「我沒辦法一邊保護你，一邊跟怪物戰鬥。」

這話很傷人，卻是真話。安德魯今晚比沒用更沒用，但他當時是嚇呆了。下一次他會表現得更好。

「你忙著打怪物，都沒睡覺，」安德魯語氣堅定，「這樣子是沒法找到事情的起因。讓我幫忙吧。」

湯馬斯依舊沒拿開擋住眼睛的手臂，悶聲不響。

有一瞬間，安德魯浮現一個殘酷的惡念，想把手插進湯馬斯的傷口，握住他的肋骨，折斷，然後從他胸腔中取出柔軟崩碎的骨頭，縫進自己裡面。這樣他倆就能永遠在一起，肋骨貼著肋骨，在血塊、骨頭、愛慕中，融合為一。

安德魯緊緊閉上眼睛。

他才不是那種人。他是被這一夜如真似幻的噩夢、退潮的腎上腺素給感染了——還有那股如絕望般的飢渴苦求，湯馬斯、湯馬斯，就只想要湯馬斯。

他在湯馬斯傷口的繃帶貼上膠布，還把找得到的傷口通通消毒一遍。

「你會不會怕我？」湯馬斯的聲音很微弱。

「不會。」安德魯說。「我們會終結這件事。凡是開始的事，一定都有終結的辦法。」

湯馬斯在安德魯的床上入睡。

安德魯考慮要不要在他身邊蜷起身體，看兩人的身軀能不能嚴絲合縫地相貼，彷彿他們是用同一棵橡樹雕刻出來的。最後他只是盯著窗外，直到黎明染紅天空，讓昨夜的真相沉入他的骨頭。通常到了白晝，恐怖的事都會變得沒那麼真實，但這樁事卻揮之不去。

安德魯沒在黑暗中問出口，但疑惑燒灼著他。

湯馬斯．萊伊是何方神聖，竟然可以打造怪物？

他是什麼東西——

儘管睡不到兩小時，安德魯仍在鬧鐘第一次響起時喚醒湯馬斯。他們不能引人注意——已經有太多需要隱瞞的祕密。

負責穩定彼此情緒的角色，莫名其妙地變成安德魯。這本來是德芙的分內事，她會用理性的言論，平衡湯馬斯火爆的衝動，並緩和安德魯節節攀升的驚慌。應該由她繪製流程圖，解釋擊倒怪物的方法，同時還兼顧學校的課業。然而湯馬斯卻下了封口令，不准安德魯告訴德芙這件事。

所以，改由安德魯確保兩人換好制服、去吃早餐。他們灌下過量的黑咖啡，幾乎沒怎麼吃東西，便腳步蹣跚地去上第一堂課。

這些日子以來，湯馬斯就像用繩子跟膠帶在撐住自己的人形，現在，他已經垮了。他樹立的圍牆被打穿，也沒力氣去重建。

他整天圍著安德魯轉，站得離他太近，焦燥地編出一千個藉口伸手碰他。要是可以的話，他似乎恨不得鑽進安德魯的衣服裡，將自己縫合到安德魯的皮膚內側。

平常，安德魯才是那個倒地不起的人，滿地是等著拼回重組的碎片，所以現在這樣的角色互換，至少感覺很公平。這是他欠湯馬斯的。

因為美麗、備受折磨、又帶有魔力的湯馬斯，正在崩潰。

出事時他們在上微積分。安德魯翻開課本，才注意到湯馬斯扳著桌子，指節都泛白了。他沒帶半枝筆跟筆記本。他瞪著前方，眼神空洞，呼吸越來越急。

恐慌發作了。

安德魯憐惜到心跳都漏了一拍，他從桌上靠向湯馬斯。「湯馬斯。」

克萊蒙斯教授踱進來，宏亮地打招呼。他是白種人，比他們之前的老師年輕許多，身上總是穿著時髦的三件式西裝，戴著厚厚的眼鏡，笑容迷人。他到校第一天，大家覺得他是型男。第二天，眾人調整了對他的看法：他眞討厭。

克萊蒙斯要求別人完美無瑕。完美的課業表現，完美的專注力，完美的態度，還要以完美的畢恭畢敬來對待他，否則，便會招徠他的揶揄。他會鎖定對象，說出像鹽酸一樣傷人的言語，把人叫到白板前面回答問題，全程都在奚落，要是哪個學生膽敢回嘴，就開開心心地當掉。

安德魯很清楚，他在炫耀權力。有些人會在權力裡沉淪。

「早安，同學們。」克萊蒙斯說，歡快而有活力。他褪下花呢外套，捲起襯衫袖子。「我們今天要講很多東西，很高興看到全體同學都坐在位子上。上星期的隨堂小考很好玩吧？誠摯恭喜艾莫森先生與歐芭拉小姐拿到滿分。莫菲先生拿到二十五分裡的三分，這沒人會感到意外。佐藤小姐沒有寫演算步驟，所以我會假設她作弊，給她相應的分數。」見到學生們瑟縮起來，他笑得更燦爛。「啊，喜歡在我的課堂上睡覺的萊伊先生。你來回答今天的題目。」他拿起白板的馬克筆，飛快在白板上寫字。

湯馬斯．萊依識字嗎？

教室裡響起幾聲緊張的竊笑。

安德魯的喉嚨發緊，緊到不能嚥口水。他沒有被針對的唯一理由，是德芙會幫他寫作業。

湯馬斯甚至沒注意到他是今天被修理的對象。他盯著桌面，每一次呼吸都很粗淺，速度仍然太急。

克萊蒙斯用馬克筆敲敲白板。「從你慘不忍睹的零分判斷，我想這道題目的答案是：

不識字。但我們要在課堂上示範計算的步驟，對吧，萊伊先生？到前面來重新回答第四題。」

湯馬斯沒有動。

克萊蒙斯背對全班，輕快地在白板上書寫。「筆拿出來，各位。我們來玩一個遊戲。最慢算出這一題答案的人，就是下一個到白板前的人。」

全班認真計算，沒有出聲。

「醒醒啊，萊伊先生，不然你這一整堂課，都得跟我一起待在教室前面。」

安德魯傾身過去，想掰開湯馬斯抓住桌面的手指。「喂。呼吸放慢啊。」

「我慢、慢不了。」他的嘴唇幾乎沒動。「我不行……不行……」

湯馬斯在受苦。其餘的一切都不重要了。

安德魯一把推開桌子，椅子發出刺耳的響聲。全班有一半的人轉頭來看。

安德魯雙手捧著湯馬斯的臉，來集中他的注意力。「看著我。」

「這是微積分課，不是在演戲，同學們。」克萊蒙斯以歌唱般的語調訕笑。

安德魯轉身，臉頰像火在燒，一句去死卡在喉嚨。「他需要透個氣。」

克萊蒙斯嘲諷地重新看了湯馬斯一眼。「可以啊。有何不可。不然我們今天全班都蹺課好了，誰叫我們不想學習？誰在乎成績？誰在乎大學？」

安德魯拽著湯馬斯離開桌位，拖著他走出教室。湯馬斯的動作像提線木偶，提線全都剪斷，纏在安德魯握起的手心裡。

克萊蒙斯為他們開門。「這樣子成績會不及格喔，你們兩位都是。等你們小小的喘息時間結束後，立刻去校長室報到，跟祕書說你們為了好玩蹺課。別以為你們演演戲，我就會買帳。」

他們走出去，門在他們背後闔上。

在走廊，世界似乎寂靜而灰敗。空氣有塵埃與紙張的味道，有沉重而壓抑的孤獨感。湯馬斯軟軟地滑向地面，但安德魯雙手揪住他的襯衫，握在拳頭裡，一把將他推向牆壁。下手很重。湯馬斯皺起臉，但仍然換氣過度。

「停下來。」安德魯壓著他，手指陷進湯馬斯的鎖骨。

「我快要死了。」湯馬斯的嘴無聲地顫動。

「這是一次恐慌發作。我一天還發作一千遍咧，但你不可以。你才是堅強的那個啊。」

湯馬斯的嗚咽從喉嚨低低響起，粗啞而強烈。「我不能這樣下去了。不能是每天晚上。我不行、我不行——」

「你不再是一個人了，好嗎？我發誓。」

湯馬斯閉上眼。

「假如問題出在你的畫本呢？」安德魯說。「畫本說不定被詛咒了。你要停止畫畫。」

「已經不畫了。這陣子只有上美術課的時候，畫過一張很白痴的水果靜物畫。但我、我的美術必須及格。這是我唯一的專長。要是我每一科都當掉，學校會開除我。到時我會失去你、失去——」

安德魯不想聽他說出德芙，不願因此記起此時此刻，湯馬斯實際上是希望得到誰的安慰。

「你不會失去我。」安德魯悍然說道。

湯馬斯的領帶鬆了，外套扔在一邊，袖口有顏料的舊痕。他看起來一團糟，混亂而不穩定。安德魯鬆開手，湯馬斯整個人便向下滑，倚牆坐著，安德魯站在他面前，腿像一堵牆一樣，庇護著湯馬斯坍塌的身軀。

「說不定是你用的筆？」安德魯的腦筋劇烈地瘋狂轉動。「還是你流血，弄到你的畫。而血，說不定喚醒了什麼？」

「才沒有。」湯馬斯把玩安德魯折起的褲腳。「有時候，我畫東西根本沒在用腦子。我會聽著音樂，隨意塗塗抹抹。我的畫沒有任何意義。我就是喜歡怪物。唔，是以前喜歡。」

以前，牠們的牙齒是畫在紙上，不是堅硬如骨。

安德魯的指節抵著牆壁。「今天晚上，我們去森林毀掉你的畫本。」

「你不能去。」

「我要去。」安德魯說。

湯馬斯沒繼續爭辯。他用手背擦了擦臉，抖著呼出一口氣。

他的呼吸恢復平緩，卻沒有要起身的意思。安德魯並不在乎，只要兩人還有身體接觸就好。他渴求湯馬斯的愛戀，渴望到腦子都暈糊糊的。如果永遠得不到更多，擁有此刻也是好的。

這樣即使之後被怪物扯成碎片，也算值得。

12

他們等到午夜。

安德魯坐在床上，腿上擱著課本，但課本上還擺著筆記本，新的故事才剛寫了幾句。故事始於一個邪惡的怪物，牠靠著從獵物臉上啜飲淚水來止渴，直到有一回牠選中的受害者緊握一把鹿角製的刀，割傷了邪惡怪物的臉。

他還這樣寫東西感覺很自私，尤其是湯馬斯躺在自己床上，拿著筆敲自己嘴唇，跟天花板乾瞪眼，不能作畫。湯馬斯這幾週以來都這麼絕決地跟他劃界線，應該跟這脫不了關係。若非如此，安德魯早該注意到他的袖子少了炭筆的痕跡，頭髮上少了顏料。戒斷繪畫想必很痛苦。

湯馬斯第一千次嘆息，拿筆敲著牆。從前的畫作從牆上凝視他；骸骨王冠、怪物尖牙、邪惡森林、一顆毒蘋果的曲線。

「最慢要在感恩節決定我期末的繪畫主題。」湯馬斯悶悶地說。「不然我會被當掉。我說服帕琵女士我目前遇到了繪畫瓶頸，她很寬容，所以我更過意不去。」

安德魯久久沒有回答。「巫異時刻是幾點？」

「不曉得。好像是半夜兩點？還是三點？」

「怪物在那個時間會更凶狠嗎？力氣更大？那說不定是……巫術。」

湯馬斯啃著筆頭。「你信那種東西？」

安德魯闔上筆記本。「你的現實都變異了。我很確定我們現在什麼都得信。」

湯馬斯狠狠將筆咬碎，一嘴碎片也不管，就躺在那裡，時間久到安德魯幾乎要伸手去搖他，怕他把碎片吞下肚。

最後湯馬斯起身，挑掉嘴唇上的碎片。「我猜牠們是每天晚上在巫異時刻出現，但那應該不是問題所在。我覺得問題在我。」

他們並肩進入森林，距離近到兩人的肩膀會輕輕相觸。到了一條雜草叢生的蜿蜒小徑時，路窄到容不下兩人，湯馬斯便一馬當先。他不時回頭查看，伸手碰碰安德魯，確認他安然無恙。

在黑暗中，湯馬斯的眼睛是一潭幽黑的水，眼底有活生生的恐懼。森林本來也應該會讓安德魯懼怕。可是沒有。

昨夜，他嚇到理智斷線，可是現在不一樣，他內心堅強穩穩地踏出腳步。這一回他穿了牛仔褲跟靴子，套上威克伍的連帽上衣來抵擋九月的寒意。他跟湯馬斯兩人都帶了手電筒，拿著從花園挖來的尖鐵樁，尖端還帶著泥土。等園丁看到新種的玫瑰植栽遭到打劫一定會很火大，但男孩們別無選擇。

安德魯拿著畫本，因為湯馬斯不想碰它。

「我們需要好一點的武器。」安德魯的音量似乎太大。

「就算只是在房間放一支奶油抹刀，一旦被學校逮到，你知道會怎樣嗎？」湯馬斯說。「你沒看到警方是怎麼質問我的。他們認為我是殺人凶手。」

安德魯被交錯縱橫的樹根絆到，湯馬斯連忙轉身扶他，拖得有點太久才放手。

他嘶嘶口水，繼續走。「要是被退學，就永遠都見不到你了。天曉得誰會收留我。我爺爺奶奶在退休村。我阿姨痛恨我媽，死都不會想跟我沾上邊。」

「我會收留你。」安德魯舉著手電筒檢視周遭的樹木。「我會把你塞進隨身行李箱帶走。」

「最好塞得下啦，好吧，我是很矮，但也沒那麼矮。」

安德魯哼了一聲。

湯馬斯瞇起眼，但是當安德魯一笑，湯馬斯臉上的慍色就消融無蹤。這樣很好。逗他繼續講話，分散他的注意力，別讓他陷入鋪天蓋地的驚懼中。

「我得找回手機。」安德魯說。「怪物會主動找你嗎？還是你得自己去找牠們？」

「牠們會找我。最好是不要躲。」他的聲音像被蟲子蛀了。「我一直想要解決這件事，我真他媽的累。」

安德魯把畫本夾在腋下，緩緩轉圈。手電筒的光束掠過黑暗裡的矮樹叢，除了樹木，沒有別的。沒有怪物。夜間的聲響在他們身邊扭曲，風吹得樹木沙沙響，蟋蟀唧唧叫。一隻貓頭鷹被什麼吸引，飛向黑暗。湯馬斯嚇了一跳，但安德魯做了個深呼吸，聞到苔蘚與潮濕的樹葉，森林鮮活的青翠生命力在他們的腳下搏動。

感覺就像他們在發燒中做了同一個夢，聯手捏造出怪物。

有東西叮咬安德魯的脖子，他啪地打下去。「只有蟲子在攻擊我。」

「你怎麼都不怕？」湯馬斯輕聲問道。

安德魯踢了踢落葉，找起手機。「不知道。我是瘋子吧？」

湯馬斯的語氣很嚴肅。「不准講這種話。」

安德魯嘆息。「我想……是因為什麼都能嚇倒我。什麼都行。我隨時都在驚慌失措，也說不上來為什麼，可能是頭腦在作怪。但怪物是我們殺得死的，所以我覺得挺好的。」他發出乾巴巴的笑。「我腦子真的碎成渣渣了。」

把這當成笑話講，總好過閉上眼睛，回想他無數次焦慮到淚眼汪汪地嘔吐，情緒暴走。那種時候德芙會抱住他，對他說：告訴我出什麼事了。你不說你遇到什麼問題，*我要怎麼幫忙？*

安德魯不知道自己有什麼問題。他跟生命就是格格不入，一向如此，以致有時不堪負荷生活裡的一切。

湯馬斯退回來，兩人背脊相貼，站在那裡。「你沒有碎成渣渣。」

「有就是有。」

湯馬斯關閉手電筒，安德魯也關了。他們在黑暗裡佇足片刻，湯馬斯才說：「我就喜歡這樣的你。你的腦袋裡可是有一整個墨水與魔法的世界，我覺得那很美。但我還是希望，人生別把你虐得那麼慘。」

安德魯的胸膛裡噴發出一千條開花的藤蔓，纏著他的心臟生長。湯馬斯從來不曾用過這種口吻跟他說話，既柔軟又脆弱。或許在黑暗中，比較能夠喃喃說出甜蜜又讓人心疼的話語。

安德魯顫抖地輕吐出一口氣，他需要說點什麼來回應，需要貼近這一份溫柔。

可是這時湯馬斯重新點亮手電筒，道：「你手機找不回來了。」說著便踩著慵懶的步伐繼續走。

安德魯跟上去。他又拍打脖子，總覺得有一些蟲子停在他的背上，是嗜血的小東西。「我發誓是掉在這附近。我記得旁邊的樹上有凸起一塊——」

「我得跟你聊聊森林的小知識。」

安德魯沒管他。「對了，明天星期六，四年級不是有一場參觀市區美術館的行程嗎？你知道吧？」

「又不是強制的。」

「我給我們兩個報名了。」

湯馬斯咕噥起來。「我要睡覺。」

安德魯晃了晃畫本。「我們可以去買新的繪畫用品。如果你用全新的畫紙作畫，說不定會不一樣。」另一隻蟲俯衝轟炸他的脖子，他痛呼一聲，拿著畫本就打下去。

「我想應該不是——安德魯。安德魯。到底怎麼了——」湯馬斯掉頭奔向他。「媽呀……你轉身。」

安德魯的胃往下沉。緩緩地，他轉了身。湯馬斯嘶了一聲，安德魯也感覺到了，有某種東西遍布在他的背部，在連帽上衣外面抽動。一千個小小的身軀釘在他背上，振翅的嗡嗡聲逐漸響亮。

「你千萬別動。」但湯馬斯的聲音很微弱。

安德魯閉上眼。某種東西刺進他的耳朵後方，但這一回他沒打。「拜託不要說那是黃蜂。」

「我覺得……嗯，是薊花❀妖。」

「湯馬斯，」安德魯努力保持平穩的嗓音，「你到底畫了什麼鬼？」

「是你先寫的！我只是把你故事裡的那些混帳小妖精畫出來一次。牠們是薊花的尺寸，但牙齒很長、很尖，會吸血。牠們……天啊，你整個背上都是牠們。」

安德魯紋風不動。「有幾隻？」

嗡嗡聲更加鮮明，更多薊花妖來了，將他肩膀壓得下沉。牠們爬過他的背部跟頸部，找到領口、翻開，細小的尖刺足戳傷他的皮膚。他努力克制身體的打顫，內心的每一個衝動都在乞求他抖動身體、放聲尖叫、拔腿快跑。要是牠們鑽進衣服底下——

「湯馬斯……」他聲音開始分岔。

「有很多隻，好嗎？我會把牠們弄掉。只是你……別動。萬一牠們同時咬你，你會——反正別動就對了。」

❀花語：默默的愛。

安德魯屏住氣，手上的手電筒光束定格在他前方的柏樹上，同時後背越來越沉、越來越沉。他是笨蛋，總以為怪物必定是龐然巨型的恐怖玩意兒，不會是搞偷襲的小東西，長著黃蜂的尾針，有著蜘蛛的牙齒。但誰知道這種怪物反而更糟。

他感覺到牠們在耳邊，翅膀拂過他敏感的皮膚，還感覺到牠們第一次將牙齒咬進他皮肉的試探。牠們會鑽進耳朵嗎？進入體內還可以繼續螫咬他嗎？

在他後方，尖鐵樁哐噹砸在地上。

安德魯稍微側頭，看見湯馬斯脫掉上衣，扔在一旁。他扒下昨晚包紮的繃帶，帶著顫抖的呼吸，開始摳根本還沒癒合的傷口。

安德魯想叫他住手，但湯馬斯抽抽噎噎的啜泣令他噤了聲。湯馬斯扯掉傷口的痂皮，繼續挖到傷口滲血，洶湧而新鮮。他把血抹到胸口，接著後退一步，又一步。

「快毀掉畫本。」他說。

瞬間，安德魯背部的重量瞬間釋放。空氣充滿一千對翅膀的嗡鳴。

翅膀通通飛向湯馬斯。

「快走。」湯馬斯已經朝反方向奔去，引牠們離開安德魯。

安德魯向前衝，手電筒在他衝刺時晃來晃去。他回頭看到湯馬斯赤裸的背部覆滿了薊花妖。憑著鮮血的氣味，不必招呼就能把妖精引去。牠們發出尖利嘶鳴，彷彿勝券在

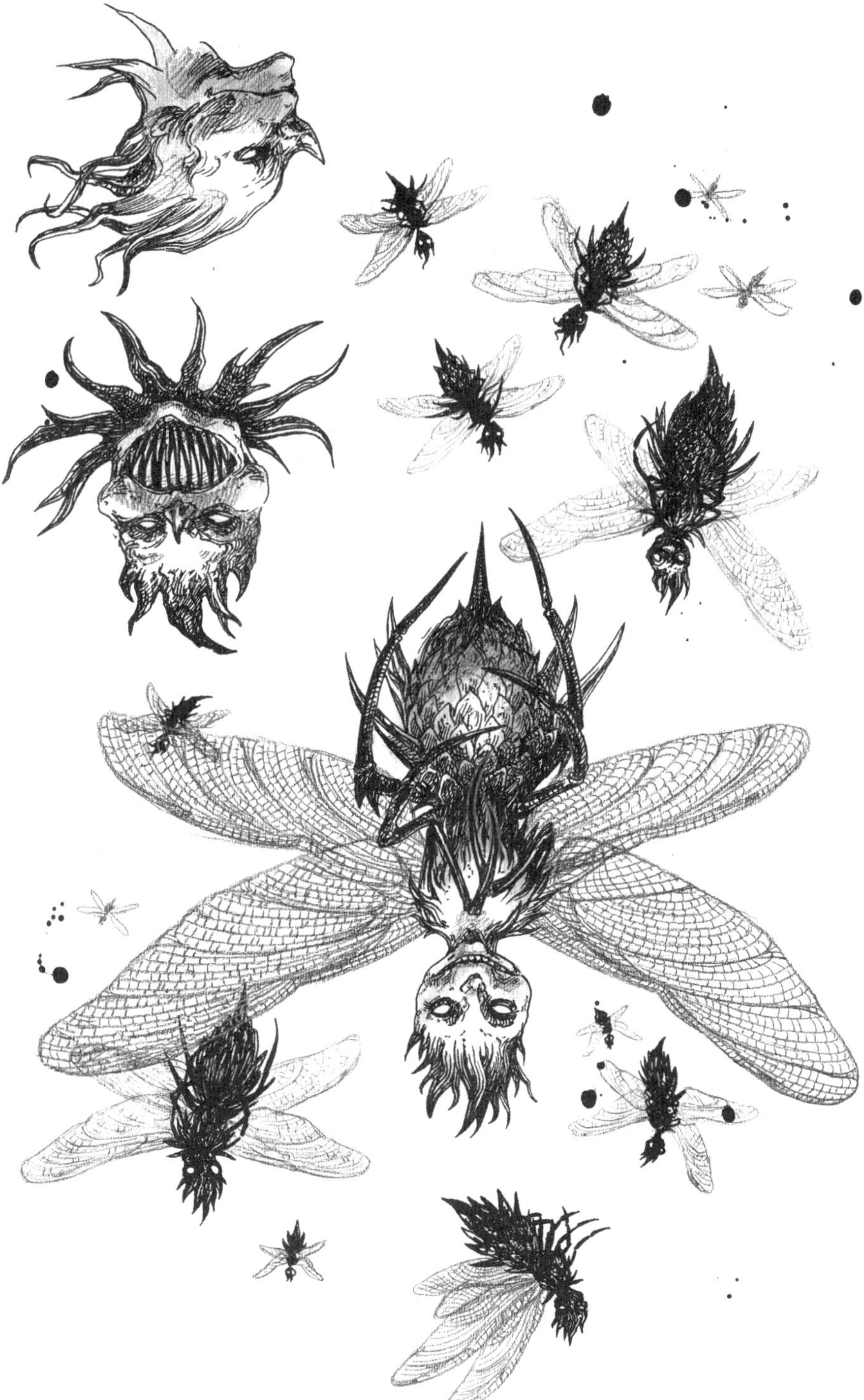

握，而且飢渴。

湯馬斯在哭喊。

安德魯在奔跑。

他不知道該往哪去，就沿著小徑狂奔，湯馬斯含糊的喊叫在林木間盪漾。他們的白橡樹就在前方。矮樹叢漸漸稀薄，林下的灌木沒了，地上只有零散的落葉。

安德魯跪著撲在地上，翻動畫本找出目標。薊花妖。湯馬斯鑽研過牠們的造型，幾十隻小小的綠色怪物，外觀特徵就是尖，肢體尾端都是叉子的那種尖頭。有一隻大大咧著嘴，露出跟縫衣針一樣細長得過分的牙齒。尖牙可以插進喉嚨、血管，直抵脊椎——

他扯下那一頁，在樹根附近扒洞。好歹這一回沒有見到血——濃郁又邪門的血，會將土地變成噁心的泥濘。可是他不能挖深一點，因為石塊跟沙礫劃傷了他的指甲，而湯馬斯在後方的痛呼越發絕望。安德魯將畫本的每一頁都扯爛，撕到只剩一蓬碎屑，全部埋到坑裡，最後把頂端的土壓平。

安德魯嚥嚥口水。這下子應該結束了。

他立即起身，掉頭跑向湯馬斯。不是跑，是飛奔。

湯馬斯、湯馬斯、湯馬斯。

不到一分鐘就到了，但安德魯的鎮靜碎得徹底。那些怪物彷彿看穿了安德魯方才在這場恐怖中的冷靜決斷，於是此刻以最精準的方式切割他，讓他付出代價。

牠們想要湯馬斯的命，而安德魯會因此喪失該死的理智。

薊花妖沒在畫本撕爛的那一刻暴斃，但至少再沒有新的薊花妖冒出來。只是現有的仍然附著在湯馬斯光裸的背部、腹部、肩膀，滿滿都是。牠們鑽進耳朵，像爬梯子一樣在他肋骨上攀爬，將牙齒陷入能找到的每一塊軟肉。

湯馬斯已經扔開手電筒，用力撞向樹幹來殺死薊花妖。他捏起怪物的翅膀，握拳頭想捏死牠們。小小的身軀逐一爆開，化為綠色膿汁從他的指縫滲出。

最後，湯馬斯軟軟跪下，發出破碎的啜泣。

安德魯從地面撿起湯馬斯扔在一邊的上衣，拿來揩掉他背上的妖精。他把上衣丟到地上猛踩。怪物死後的氣味像修剪過的青草與銅。

「這實在爛、爛、爛透了。」湯馬斯扯掉喉嚨上的薊花妖。

「你剛才不該那樣做的。」安德魯嘶聲說。

「總要有人當祭品啊。」

「祭品又不是非你不可。這不是你的錯。」安德魯把衣服纏在手上，繼續摘掉湯馬斯身上的薊花妖。每摘一個都像在拔一支狠狠刺進深處的針。

聞言，湯馬斯望著他，淚水湧上眼眶。「說不定真的就是我的錯。這可能是我上個學期造成的，那時——」

安德魯不願意聽。他放開衣服，拉湯馬斯站起來。他把湯馬斯推向一棵樹，讓湯馬斯握住樹枝，這才從他身上扯掉最後幾隻妖精。他的後背是戰場。

安德魯扭掉最後一隻薊花妖的翅膀，把牠丟到地上。他壞心眼地讓牠滿地打滾，氣憤號叫，然後才用鞋跟將怪物踩扁在地上。

湯馬斯癱軟在那裡，渾身上下似乎都染血腫脹，滿滿都是刺傷與撕裂傷。安德魯看著就無比心疼。

「畫本已經毀了，埋在土裡。」安德魯粗啞地說。「結束了。」他緩緩跪下，覺得對方不會想要被碰，可是湯馬斯張開手臂，抱住安德魯的脖子。他的啜泣無聲、絕望、痛苦。

安德魯試圖讓心跳慢下來。「以後不准再把自己當祭品。」他口氣強硬到自己都不認得，彷彿黑色的寒霜覆蓋了他的舌頭。他將手伸到湯馬斯的髮絲間揪著，直到湯馬斯疼得呼吸都染上痛意。

湯馬斯沒有應聲，也許是不能回答，反正這也不重要。安德魯忙著聆聽怪物們在林木間迴盪的怪笑，牠們在嘲笑兩個男孩可悲的英勇行動。

怪物們很清楚這兩個男孩的柔弱，並為此而——愉悅。

13

世界根本沒必要在清晨六點整就清爽得如此過分。安德魯半閉著眼穿衣服，指尖被寒意凍得發疼，而宿舍走廊來來去去的沉重腳步聲讓他的頭痛完全得不到緩解。大呼小叫的人聲、乒乒乓乓的摔門聲。巴士將在一小時後出發，四年級生都不想錯過這學年的第一次校外教學。美術館參觀行程會占用整個上午，可是校方向他們擔保，下午可以在市區自由活動。四年級的特權。

安德魯抄起另一顆枕頭砸湯馬斯。「要是你還活著，就出個聲。」

湯馬斯含糊地咕噥，但沒有起床。

「我要賄賂你。」安德魯胡亂打著領帶，對著衣櫃門板的內側皺眉，那裡原本是有鏡子的。沒鏡子也好，這樣就不會看到自己顴骨線條已經過於銳利，以及眼底的黑眼圈。「我們要去買美術用品。你可以繼續畫畫。」他頓了一下。「我們去喝咖啡。」

湯馬斯拉著枕頭蓋住腦袋。「殺了我吧。」

一隻拳頭捶了他們的門板，隨後就是舍監過度歡樂的聲音：「三十分鐘後出發！」

安德魯拉著湯馬斯被子的邊緣，一把拽開。「是你自願要做愚蠢的犧牲打，所以我才不要可憐你。起床。」他輕輕挑起湯馬斯背部綳帶的邊緣，檢查傷口。「不算太糟。」他皺起臉只是因為湯馬斯埋著臉，不肯看他。

咬傷的地方轉為赤紅，有的結了痂，有的腫成一個個的鼓包，摸起來很燙。傷口密密麻麻，一定痛得厲害。

枕頭下傳來湯馬斯模糊的聲音。「我覺得自己好像一個針插包。」

「因為你確實是。但你不能不去，不然我不曉得該買什麼畫具，最後就會帶蠟筆什麼的給你。」他用手指撫過湯馬斯的肩胛骨時，瞬間意識到自己在做什麼。他連忙縮手。「起床啦。」盡量維持輕鬆的語調。

湯馬斯軟綿綿挪身下地，但好歹有在動。

安德魯去洗手間。他迫切需要德芙來跟他說該怎麼做。要是他們告訴她真相，說出怪物的事……嗯，她會爆炸，憤怒且慌亂。湯馬斯顯然不想讓她知道，而安德魯現在明白這一點了。這是他們可以給德芙的保護，讓最骯髒、最歹毒的東西不能侵擾她。但他不確定自己最想隱瞞哪一點？是怪物的存在，還是如今的夜晚時光只屬於他跟湯馬斯。他不想給德芙知道，自己為了兩人世界如此欣喜。

但他也懷念手機，懷念他跟德芙川流不息的訊息往來。這陣子他是很差勁的弟弟，可是湯馬斯需要他。安德魯無意在他們之間做選擇，但他已經做了選擇。

他查看湯馬斯著裝的進度，湯馬斯閉著眼睛，一條腿塞進褲管，一邊嘀咕著咖啡什麼的。安德魯拿了背包，溜到外面。

他匆匆跑過花園小徑到女生宿舍，卻擠不出勇氣，不敢拜託在宿舍前面晃來晃去的女生幫他喊德芙出來。顯然他可以在森林狩獵怪物，但碰到要跟人講話，字句照樣會堵在他嘴裡。

其中一個女生注意到他探頭探腦的，正要揮手，卻被她朋友按住，小聲說了點什麼。她們斂起笑容，臉上露出憐憫。他在廁所大崩潰的事絲毫無助於改善他的名聲，他坐實了「上學期砸傷自己的手的神經怪咖男」這名號。

安德魯落荒而逃。

威克伍大門的大理石臺階上已經擠了很多學生，巴士來了。安德魯待在人群後方，恐懼之情把他的胃啃出酸溜溜的破洞。萬一湯馬斯沒趕到呢？萬一他出現敗血症、或感染、或——

不要胡思亂想。他只要——停止胡思亂想。

布萊斯．肯恩帶著一群走狗騷擾正在上車的女生，但帕琵女士拿著巨大的保溫瓶，掛著恍惚的笑容現身時，他們立刻裝乖。帕琵女士是美術老師，身穿大到可以覆蓋小型國家的拼布裙，深色皮膚上戴著幾支金手鐲。每一年，學生會都一致通過，給她頒發「最可愛教師」獎。安德魯見到是她帶隊，才剛要鬆一口氣，卻看到克萊蒙斯教授帶著一臉假笑，漫步從巴士下來。之前安德魯拉著湯馬斯離開教室、去平息湯馬斯的恐慌發作，克萊蒙斯就罰了兩個男孩長時間的留校察看，光是看到克萊蒙斯，安德魯的肚子就掀起一陣陣焦慮的漣漪。

「你怎麼一副吞了青蛙的樣子？」

安德魯一顆心都要蹦到喉嚨了，轉身一看，只見湯馬斯站在那裡打哈欠，一手扒梳蓬亂的鬈髮。他看來像被烘乾的貓咪——褲子皺巴巴，衣領豎著，領帶像圍巾一樣垂掛著，少了外套，上衣不但沒紮進褲頭，還有以前沾到顏料所留下的斑斑點點。他眼神很渴睡，滿嘴的不高興，一臉嫌棄地看著越聚越多的四年級生在那邊吵鬧，彷彿他們生來唯一的目的就是噁心他。

「克萊蒙斯負責開巴士。」安德魯小聲說。

湯馬斯扮了鬼臉。「叫他去吞釘子啦。你背包裡帶了什麼？零食嗎？我需要攝取零食。具體來說，是糖。」

「你需要的是拿熨斗把自己熨一熨。」

湯馬斯垂下頭，額頭靠在安德魯的肩膀上。「我需要溫柔、細膩的對待，像一顆柔弱的雞蛋。」

安德魯勾起一邊唇角笑了，笑意又瞬間消失，因為他看到郎蘭娜以雷霆之姿向他們走來。安德魯每次看到她，她那雙紫色軍靴似乎都變得更濃豔。

蘭娜在他們面前站定，目光灼灼地打量湯馬斯。「你宿醉？瞧瞧你這什麼樣子，嘖。」

湯馬斯連忙從安德魯的肩膀上抬起頭，拉開他們的距離。安德魯努力不要揣測此舉的意思。

「我才沒有。」湯馬斯嘀咕。「你要挑毛病，就去找別人。」

「可以啊，反正，等到做錯事的某人從這次的校外教學除名」——蘭娜轉向安德魯——「就歡迎你來跟我們一起坐。」

「他不是宿醉。」安德魯忙不迭地說。

湯馬斯下巴的一條肌肉抽動。「還有，他用不著妳費心。」

蘭娜抱著手臂，火氣從小冒煙節節上升到逼近大火。「德芙要我罩他，所以我罩他。德芙把你的事都告訴我了，湯馬斯．萊伊，鉅細靡遺喔。尤其是你跟——」

「誰理妳啊？我才不管咧。」湯馬斯轉身，拉著安德魯就要走。

但安德魯的腳生了根。這兩人怎麼才幾秒工夫，就從沒事到全面開戰了？還有，這意思是德芙不參加校外教學嗎？既然曉得了德芙跟湯馬斯還沒和好，也知道他們不會在森林偷偷接吻，於是安德魯重拾原本的推測，認為他倆仍在吵架。

他得跟德芙談談。他一向就需要德芙。

「那你跟安德魯說實話啊。」蘭娜厲聲道。「德芙說你沒種，而她說的對。」

湯馬斯的聲音滲進了慌亂。「什麼實話？」

湯馬斯掉轉頭，咄咄逼近蘭娜的臉，但她絲毫沒有退縮。她挑眉的架勢既凌厲又高傲，而湯馬斯企圖耍狠，卻敗在兩人身高相同。

「妳對我一無所知。」他說，低沉而怨毒。「如果妳以為安德魯是什麼脆弱的壁花，需要妳用棉花纏成一團來保護，那妳對他的認識就是嚴重不足。他敢把我剁成血淋淋的肉塊，就看他要不要而已。即使我想阻止，也阻止不了。所以，請妳別再假裝他需要妳的拯救，趕快離開我身邊，好嗎？滾吧，少來煩我們。」

有人洞悉自己最私密的心思，連最晦暗的部分都明白，這樣的心意相通很狂也很猛。安德魯覺得自己的心鼓脹成平時的兩倍大。

蘭娜一副要把湯馬斯開腸剖肚的氣勢，最後還豎起了中指。然後，她轉向安德魯，熾烈的目光主要是關切之情。「跟我一起混的邀請永久有效。祝你跟這個具現化的牙痛玩得開心。」她氣沖沖地走開。

安德魯注視湯馬斯。「剛才那是怎樣？」

「別問了。她看我不順眼。」

「是因為你跟德芙吵架嗎？」安德魯說。

湯馬斯咬牙。「你別管。」

安德魯不曉得如何嚥下這一切。他沒想到湯馬斯跟蘭娜這麼討厭彼此——或許兩人都只是在保護另一人。蘭娜要護著德芙，湯馬斯要護著安德魯。

安德魯還來不及收拾自己凌亂的思緒，克萊蒙斯宏亮的聲音便從麥克風傳來，吩咐所有人登上巴士。然後他直視安德魯跟湯馬斯，又說：「這是公開活動，學生必須遵循威克伍中學的精神，態度恭謙有禮。沒有穿戴全套制服的人不能去。態度惡劣的人不能去。不守規矩的人不能去。」

安德魯皺著臉看湯馬斯，湯馬斯已經觸犯了全部的規範。湯馬斯向下看，他缺了領帶和外套，紅潮湧上他的雀斑臉頰。

「他是故意不讓我去的。」湯馬斯說。「因為光是在課堂上當掉我們還不夠。」

「我不能自己去。」安德魯努力驅逐嗓音裡越來越濃重的焦慮。「你把上衣翻面穿。這樣就看不到顏料的痕跡。」

「可是釦子——」

「從裡面扣上。聽話。」

其餘的人陸續上車。

湯馬斯開始解開上衣的釦子。他們後方的學生議論紛紛，拉開一條廣大的弧線，避開兩人的災難現場。湯馬斯褪去上衣，跟糾結的袖子纏鬥。

前方，布萊斯．肯恩在學狼叫。「天啊，萊伊。沒人想看脫衣舞。」

他的朋友們在訕笑，安德魯連忙站到湯馬斯前方，擋住湯馬斯那一身的繃帶跟膠帶，等待他艱辛地重新套上上衣，摸索著從內側扣釦子。他依舊沒有外套，但安德魯揪起他下垂的領帶重打，將領結扯得稍微太緊。領帶在反過來的領子上無法服貼，但只能湊和。湯馬斯又急又慌地將衣襬塞進褲頭，一邊跟著安德魯排隊準備上車。

他目光鎖定克萊蒙斯。「完蛋了，我沒穿外套。他不會讓我去。」

即將上車之際，蘭娜轉頭打量他們七手八腳的換裝過程。她跟安德魯對視了半秒鐘才把頭轉回去，然後去撞帕琵女士，帕琵女士的保溫瓶便倒在克萊蒙斯的皮鞋上。他向後跳開，沒壓住脫口而出的咒罵，帕琵女士慌忙道歉，轉身察看狀況時那一條巨大的裙子只讓局面更混亂。

安德魯握住湯馬斯的手腕，趁著沒人監看的時候把他拉上車。

蘭娜稍早才跟湯馬斯惡言相向，沒理由奉送他們這一場混亂，但也許她是看在德芙的面子上。

安德魯跟著湯馬斯，穿過走道。「剛才太驚險了。」

他們坐到位子上，湯馬斯傷痕累累的皮膚直接跟巴士接觸，沒個襯墊，令他蹙起眉頭。

「你還好嗎？」安德魯低聲道。

「現在我只在乎你，還有應付」——湯馬斯降低音量——「怪物。別的我都無所謂。」

安德魯望向窗外，好不容易才讓表情恢復波瀾不興。他心底爆出一股怪異的熱意，花了許久才將熱意壓下去，收進他控制得住的角落。現在我只在乎你。這個沒喜歡任何人的男孩喜歡他，而這一直就是他想要的，渴望到心都在疼。

湯馬斯面色陰沉，看著克萊蒙斯坐進駕駛座。「要是可以，我一定把克萊蒙斯拖進森林，讓怪物解決他。我還會坐在一旁觀賞。」他沒精打采地坐著，眼睛在噴火。

安德魯沒有反對。

巴士離開了威克伍，森林濃淡不一的深綠色從他們的車窗外掠過，世界顯得模模糊糊。湯馬斯靠著安德魯的肩膀入睡，嘴巴張著，臉上的線條不再是憤怒，柔軟得令安德魯心痛。

他戴上耳機，但什麼都沒聽。

大家吵吵嚷嚷，很聒噪，幾個學生不停換座位，發出小聲的咯咯笑，惹得克萊蒙斯下令禁止，但德芙還是溜到安德魯前方那一排的空位。安德魯有種透不過氣的大放心，心中大石終於落地，她畢竟還是來了。他需要確認她安然無恙、沒有受傷、沒有危險，這是他奇怪而窒息的心理需求。這一回他倆就由他來擔任保護者的角色。

湯馬斯還在睡，所以安德魯往前湊，下巴擱好在她座椅的椅背上，才拍拍她的肩膀。

「妳怎麼沒跟蘭娜坐？」

「過來看看你怎樣了。」德芙輕輕彈一下他的鼻子，惹得他皺眉。「還有，我打手機給你，你怎麼不接？」

森林吞噬他手機的畫面在安德魯腦海浮現。「我手機該充電了。」他得找回手機。而且要快。

「嗯，我打電話給你，你一定要接。我需要知道你的情況。」她那小題大作的口吻，彷彿他是一個會走著走著就哇哇大哭說自己迷路的小朋友。

一股挫敗油然而生，鑽進他的肋骨間。在每個人眼中，安德魯都是破碎、脆弱的人，也許對他們來說，他確實如此。可是當湯馬斯凝視安德魯尖銳的稜稜角角，湯馬斯看到的是危險且美麗——而非脆弱。

他敢把我剁成血淋淋的肉塊，就看他要不要而已。

安德魯討厭自己居然愛死了這句話。

14

塞車耽擱了他們進入市區的時間，加上在咖啡館消磨半小時，以致巴士抵達美術館的時間，已經晚到令安德魯焦慮起來。參觀行程開始，他們拿出筆記本跟畫本，在精緻的建築裡緩緩散開。帕琵女士在一幅幅畫之間飄來飄去，至少比平時容光煥發了七倍。當她經過湯馬斯，還捏捏他的肩膀，跟他說創作瓶頸可以靠重新注滿「創意泉源」來突破。湯馬斯微微抽搐，卻點點頭。

上午的時間漸漸過去，湯馬斯臉色黑得像雨雲，卻什麼也畫不出來。他摳著薊花妖的咬痕痂皮，待在安德魯附近。

好不容易熬到上午結束，在他們準備解散、展開寶貴的自由活動之前，得先在巴士集合，聽取自由活動的規定。反正，大家都想去最近的購物中心跟電影院。這些富家子弟平日沒有揮霍父母財富的管道，一解散就飛奔而去了。

安德魯跟湯馬斯則相反。

「我沒手機，不能查最近的美術用品店在哪裡。」安德魯說。

「我們用傳統的老方法。」湯馬斯快步穿過街道，安德魯不得不跑著跟過去。

「問路嗎？」他說。

「什麼？不問。就一直走到找到為止。」

他們浪費十五分鐘，湯馬斯才肯讓步，乖乖問路。然後他們撞進一家宜人的工藝材料行，七彩顏料跟白色畫紙一行行排放在壁架上。他們一踏進店門，湯馬斯整個人都放鬆下來，眼睛亮晶晶，彷彿這幾週以來第一次得到呼吸的機會。他什麼都摸一摸。試用Copic麥克筆，檢視油畫顏料。有人在進行調和顏料的教學示範，他便在後面流連。看到幾個貨架的畫筆跟炭筆他差點就要吻上去，安德魯不得不假咳來制止他。

他們每樣東西都買。「你應該把舊的都丟掉。」安德魯說。

「是啊，應該吧。」湯馬斯沒有看他的眼睛。「說不定只有那一本畫本被詛咒。」

「不，全部丟掉——」

「你知道我負擔不起。」湯馬斯一直背對著安德魯，瀏覽著整疊的盒裝炭筆。他輕敲貨架邊緣，拙劣地裝作不在意，但他的肩膀繃緊，指節發白，在努力壓制某種糾結的情緒。「我現在一無所有，安德魯。我爸媽之前就幾乎不給我錢，而現在……顯然，他們給不了錢。」他嗓音緊繃。「甚至沒人告訴我調查的進展。我猜警方聯絡的對象是我阿姨……她大概會處理房子跟財務之類的事。我不知道。她跟我沒什麼往來。」

安德魯皺起眉頭，但沒應聲，感覺像嘴角被紙割到，痛楚來得既銳利又意外。湯馬斯擁有他，絕不至於一無所有。

安德魯的手越過湯馬斯的肩頭，取下幾盒炭筆，說他出錢。在這項宣告的無聲重量下，湯馬斯的身形似乎縮小了。其實他不必把這當一回事。安德魯本來就不覺得錢是真實的，既然財富突然出現在他的生命中，總有一天也會消失，就跟出現時一樣快。好事不長久，像一場在他徹底清醒後便看不見的白日夢。

「他們不在了，你並沒有損失。」安德魯說得太輕柔了，嘴唇幾乎沒動；他不確定湯馬斯會不會發飆，卻禁錮不了自己的話語。

湯馬斯抓了幾本新的畫本、幾盒 Derwent 色鉛筆，就氣沖沖地走開。安德魯跟在後面，但他沒想道歉。要是他有辦法讓湯馬斯從此不受傷害，他就會做，而且是不計一切手段去做。

在收銀臺，雙臂刺青的女人給每一件商品掃完條碼，湯馬斯瞪著安德魯，直到安德魯終於嘆了口氣，伸出雙手接住難拿的畫紙。湯馬斯將繪畫用品通通堆疊到安德魯的懷裡，讓東西的稜稜角角戳上他的肋骨、鎖骨。湯馬斯將最後一盒色鉛筆塞到安德魯的下巴底下，露出有點陰森的饜足表情。行，假如這是報復，他們現在扯平了。

安德魯的嘴抿成一條細線。「皮夾在我的屁股口袋。」

湯馬斯像個假扮人類的妖精浮現一閃而逝的壞笑，妖精會跟你討價還價，哄得你把心都交出去，而你一點都不在乎。他伸手去掏安德魯的屁股口袋，有一秒鐘他們站得太近，肺部同步起伏，湯馬斯的觸碰很隨意且熟悉，彷彿這一刻不具任何意義，而他們會在餘生重播這一刻千百次。

然後，這一刻結束了。湯馬斯刷了安德魯的信用卡。

「你曉得我們還缺什麼嗎？」湯馬斯說，兩人離開工藝用品店，安德魯仍然艱難地獨自抱著全部的繪畫用品。「糖。既然現在你揹負著替一切買單的心理需求，那我們去吃東西。」

他油腔滑調的語氣有一點僵硬，但安德魯不會擅加論斷。就讓湯馬斯把這講成一則笑話吧，只要這能讓他心裡舒服一點。

「我不餓。」安德魯拎著一袋東西，往湯馬斯那邊一推。「你東西能不能自己拿？」

「好嘛、好嘛。」他們重新分配這一大堆東西，湯馬斯謹慎地看著他。「你上一次吃正餐是什麼時候？我好像都沒在食堂看到你。」

安德魯現在不想管這個。在森林讓他噩夢連連之際，光是想到用餐就令他噁心。

「我們去買奶昔跟薯條。」湯馬斯說。

「洋芋條。」安德魯咕噥著。

「你明明知道那是薯條，你講錯了。別再拿你的大澳洲民族主義糾正我。」湯馬斯倒退著走，向他挑起一邊眉毛。「要知道，你還來得及變成美國人。」

「呃，不用了。這個國家裡頭，我喜歡的就只有一樣。」安德魯脫口而出，腦子才跟上。他幹麼說這種話？他狂亂地撤回前言。「我是說你們的書籍售價。比我們的價格便宜了很多，超多。」

「是是是，你當然是指書價。」湯馬斯拍拍他的肩膀。「跟我無關，也跟我的……」他沒了聲響，視線越過安德魯的肩膀。「我有個點子。」

他衝過馬路，幾秒後安德魯才追上他，跟他進了一間店鋪。

卡森露營與狩獵公司。

店裡充斥紙箱、金屬、帳篷帆布、鞋油的氣味。貨架排得很擠，通道只容一人通過。露營用品滿溢到狩獵裝備區，一張懸掛在牆壁上的熊皮用空洞的玻璃眼珠望著他們。安德魯一陣反胃。他一看到整牆的槍枝，只想離開。

他蹣跚地拐彎，看到湯馬斯在隔壁走道踮起腳尖。

「我討厭這個。」安德魯說。

湯馬斯轉了頭。他拿著一把紅刃的短斧，尖端包著護套。斧柄在他掌心的觸感很結實，看起來極致暴力、冷酷、一擊必殺的分量似乎令湯馬斯恍神。這是貨架上的最後一把，感覺像是個徵兆。

安德魯咬唇。「這種東西絕對不可能偷渡進學校的。」

「我撐不下去了。」湯馬斯的聲音很沉悶。「我假裝沒事，但每次看著你，我就想到怪物扯開你的肚子大嚼。而你……你就躺在那裡。因為我，你會被撕扯到渣都不剩。安德魯，那畫面烙印在我腦海，寄生在那裡。靠一根該死的園藝鐵樁，我沒有勝算。」

「好吧。」安德魯從貨架上拿了一盒急救箱。「但也要買這個。」

他們結了帳，將東西通通塞進安德魯背包的最下面，紅色法蘭絨上衣的大鬍子男人臉上完全沒有一絲狐疑，彷彿青少年購買武器根本不需要過問。

他們走回巴士，安德魯的背包叮噹哐啷響了一路。在回程的車上，安德魯都用雙腿夾緊背包，以防碰撞聲引來注意。湯馬斯縮在他旁邊的座位瘋狂作畫——樹木與森林，柳樹與扭曲的橡樹。安德魯見他這樣，心都在疼。湯馬斯是如此渴望作畫，是燒著熱烈痴狂那樣的渴望——重拾畫筆，他就是紙墨的神明，而他的怪物們都得聽他號令。安德魯很愛看這樣的他，愛他那不設防的狂放不羈。

湯馬斯的膝蓋不時碰到安德魯。兩人之間的一切都帶著電流。

當巴士停在威克伍，眾人魚貫下車時，克萊蒙斯伸出一隻手，阻斷安德魯的逃離路線。

「我看到萊伊先生沒穿外套，如果不是在校外遺失，就是原本就沒穿。你是不是恨不得留校察看？」他溫文有禮的笑容很咄咄逼人。「你背包裡是什麼？」

安德魯的胸口一沉。

「是零食。」湯馬斯從安德魯的背後說。「學校允許我們囤積零食，克萊蒙斯先生。」

克萊蒙斯冷眼看著湯馬斯，不滿他沒稱呼他教授。「很好。打開背包，我要檢查你們買了什麼，兩位同學。」

安德魯僵硬地死盯著地上，千百條思緒在腦海咻咻咻打轉。但帕琵女士裙襬飄飄地過來了。她瞥見湯馬斯夾在腋下的新畫，笑容有如春暖花開。

「讓孩子們下車，克萊蒙斯。」她說。「威克伍不是監獄。我們不給學生搜身。」

趁著克萊蒙斯沒來得及跟資深教師爭辯，安德魯趕忙跌跌撞撞地下車。湯馬斯跟在後面竄出去，兩人一起衝向宿舍。

「我們會被逮到，然後開除學籍。」安德魯的心跳在他耳朵裡轟鳴。「說不定今天晚上根本不會有怪物出來。」

湯馬斯給他一個乾澀的笑，但眼底有某種空落落的東西。某種絕望。

夜晚是一種活物，在他們佇足森林時，夜與他們一起呼吸，青苔在他們的肺部變得濃密，而他們嘗到了秋葉的味道。

湯馬斯握著短斧，紅色斧刃經手電筒的光一照，彷彿浸了血。安德魯拿著一支園藝金屬樁，焦慮感纏繞在他的脖頸上，像是存心要掐死他。

湯馬斯戴上帽兜，眼睛盯著地面來隱藏內心的驚駭。但安德魯感受得到湯馬斯的恐懼、疲憊——以及他失去的事物。

先是繪畫，如今是森林。以前那都屬於湯馬斯。是他能放聲長嘯，身形壯大，燦笑可促繁花盛開，精力不絕流淌，自由且不受拘束的所在。

怪物卻將這一部分的他啃食殆盡。關鍵在於他倆必須在湯馬斯被啃得渣都不剩之前，阻止怪物。

湯馬斯握住短斧的手在顫抖，止不住地看看這邊、看看那邊的森林，而安德魯在尋找手機，但不是很認真在找。要是他跟爸爸坦承弄丟了手機、請爸爸給他買新的，就必須捏造遺失的經過。他絕不能透露手機掉在哪了。

「今晚的怪物可能是任何東西。」湯馬斯說。「有一次是拿著圓月彎刀的妖精女王，我保住性命只是因為牠覺得再打也沒意思。」

「也許我們應該設置陷阱。」安德魯說。「找個什麼來當誘餌。」

湯馬斯扯出生硬的笑容。不帶幽默感的那種。

安德魯當下便看懂了。他倆本身就是誘餌。

起風了，樹葉飛散覆蓋小徑，他們展開狩獵。原地等待怪物現身是沒用的。黑夜貼上安德魯的背脊，伸出冰涼的手，由下而上撫過他的毛衣，掠過他的肋骨。夜似乎對脈搏格外好奇，沿著他的鎖骨留下如墨的指印。假如它想要吻他，安德魯覺得自己會答應。

如果說森林屬於湯馬斯，午夜便是戀慕安德魯。這讓他莫名增添了幾分無形的勇氣，藏起脆弱的一面，留下一道細瘦但飢渴的影子。在黑暗中，沒人看得到他的空洞與虛無，他可以像是個張牙舞爪的人。

他們沒有目睹怪物們甦醒，卻感覺得到。

有東西從林間出來。呼吸聲來了，灼熱粗重，近在呎尺，偏偏看不到。

安德魯聞得到怪物，那味道是腐朽千百年的落葉與土壤。那是生病的樹木、腐臭的樹液與爛肉的噁心甜味。

今夜的怪物不曉得會是什麼——但牠們沒有攻擊，只是旁觀，在兩個男孩經過時想咬咬看。

「好，問題不在畫本。」安德魯說。「但狀況有點不同。你有感覺到了嗎？」

湯馬斯調整拿短斧的姿勢。「我猜毀掉舊的畫本，亮出實際的武器，讓牠們感受到威脅了？」

男孩們等待怪物現身，但等到黎明在天空塗抹出淡淡粉色線條，他們才意識到這一夜不會有怪物來獵捕他們。他們筋疲力竭地回到床上，原來不打怪物跟打怪物一樣累人。

下一夜也是如此。

再下一夜也是。

他們聽到林木間的竊笑，也可能是腳下落葉發出的沙沙聲。他們看到樹幹上有爪痕，還發現一頭鹿被啃得剩一半，肚腹撕扯敞開，鮮血濺濺到野林樹的樹根。安德魯記得曾在這裡踩到血淋淋的泥濘，不過那沒有實際發生。這一回才是真的，至少他認為如此。

但他們沒遇到任何攻擊。

「可惡。」湯馬斯聲音分岔。「牠們在等待。」

安德魯仰著臉，望向漆黑的天空。「所以有別的東西要來了。」

「更棘手的東西。」湯馬斯說。

15

十月來了，冷冰冰的獠牙銳利得足以碎骨。

才剛入秋，安德魯居然就哆嗦成這樣，他一向沒有耐寒的本錢。他清楚自己這陣子瘦太多，問題是他食不下嚥。他心想，要是他多穿幾件上衣，迴避德芙銳利的鷹眼，或許可以蒙混過關。依他看，湯馬斯是不會注意到他掉了多少肉，只要小心一點，別在湯馬斯面前更衣，露出幾乎要刺穿皮膚的嶙峋瘦骨就好。

湯馬斯根本心不在焉。十月一日令他心神不寧，而安德魯不想問原因。那天的午後，他們窩在圖書館的自習桌位，課本、課堂筆記零散堆在桌面上。湯馬斯咬著筆，敲著書本，不時意外地在桌下踢到安德魯，弄得安德魯喪失耐心，凶巴巴地回踩他一腳。湯馬斯恢復安分，任性地皺眉，將課本立在面前，開始寫東西。

他需要專心。他倆都需要，兩人成績快要不及格了，但是他們都沒好好睡覺，這樣怎麼還可能熬好幾個鐘頭去上課、寫作業呢？即使沒有怪物來襲，照樣必須每晚檢查森林，向樹木亮出鋒利的短斧。揶揄的竊笑從森林裡滲出，灼熱的呼吸舔舐他們的脖頸，但沒有任何東西來襲。

什麼都沒有。

也許是睡眠不足的關係，湯馬斯的神經繃得超緊，芝麻小事就能撩他怒火噴發，或是令他恐慌發作。教室的門關得大力點，會嚇得他魂都要飛了。湯馬斯的胸膛是關不住情緒的破籠子，各樣情緒像顏料從他身上溢出來。

但安德魯很鎮靜。或許是因為他已經習慣將焦慮封箱，以淡淡的笑容掩飾內心的炸裂；又或許是他驚慌太久，反倒覺得驚慌很正常。

安德魯念完訂正的筆記，這才注意到湯馬斯的筆沒有從左移到右。安德魯嘆了氣，嘩啦推倒湯馬斯豎起來擋臉的課本。

「微積分作業這麼有趣啊。」安德魯說。

湯馬斯滿臉愧疚。筆墨勾勒的玫瑰與荊棘在他的作業本上生長，凶殘又可愛。荊棘的曲線像彎彎鐮刀，彷彿這張紙只要誰敢摸一下都要流血。

「嚴格來說，這不是怪物。」湯馬斯說。

「但這對我們也沒用。」安德魯指了指他們要啃的書山。

要是德芙在，現在一定會給他們排好讀書計畫，用五顏六色標示出時間表，還按優先順序用活頁夾裝訂好回家作業，以及用紫色中性筆批改的練習測驗卷。她從不用紅筆，說那會打擊士氣。安德魯曾試圖讓她理解，當她在卷子邊緣寫下你的答案根本毫無邏輯可言，其實一樣很打擊士氣。

「現在怎麼啃書應該都沒用吧，都什麼時候了，現在是十月。」湯馬斯用拳頭撐著臉頰，依舊在畫畫。「是萬聖節的月分。」

「萬聖節只有一天。你的國家對這個節日有奇怪的迷戀。」

「我只是有大事不妙的預感。」

安德魯拿起自己的筆記，啪地蓋住湯馬斯的畫。湯馬斯氣得瞪他，但安德魯不在乎。「我有我們成績會不及格的預感。」

「管他的。」湯馬斯開始在安德魯的筆記上塗鴉。「等畢業以後，我們應該壯遊一年。開車遊遍澳洲，去每一個海灘衝浪。」

「你不會開車。」安德魯說。「也不會衝浪。而且你在太陽底下站個五分鐘就要烤焦，紅得像小番茄。」

「這些都可以克服。」湯馬斯認真地說。「我可以用封箱膠帶把自己黏在衝浪板上，我也會努力曬黑。」

「現在外面不是在下雨嗎？」

「那不重要。我可以站在大支的太陽燈底下。」

「你不需要大支的太陽燈，小支的就可以。」安德魯咕噥著取出筆記型電腦。

湯馬斯投來深受侮辱的眼神。「再講就不讓你一起去了喔。我自己去澳洲也會如魚得水。我要用湯匙吃維吉麥酵母醬。我會住在你家，去看你們澳洲很有名的那顆大石頭。」

安德魯噎了一下。「沒人用湯匙吃維吉麥。還有，我爸的房子在拜倫灣這頭，距離烏魯魯大概三千公里。你以前到底有沒有看過澳洲地圖？」

「別再用邏輯分析這……」湯馬斯噤了聲，皺眉看著安德魯的歷史筆記。他停止塗鴉，來回翻動筆記幾次。「喂。」

「嗯？」安德魯開始撰寫電子郵件，向爸爸（或大概是他爸的祕書）編造滴水不漏的謊言來交代他如何遺失手機、需要買一支新的。謊言裡沒有森林，或違反校規。而且也絕對沒有怪物。

「你有沒有考慮過」——湯馬斯聲音很沉靜——「在寫東西的時候……使用鏡像翻轉的字體*？」

安德魯抬起頭。

湯馬斯將筆記紙推回去給他，戒慎小心地沒有流露表情，這種防備手段對安德魯沒用，安德魯太了解他，一眼便能識破。

他連怎麼寫出鏡像字都不知道。他沒有……他不知道——

他揉掉那些紙頁，塞進書包。

兩人默默無言。安德魯定格在那裡，腦子轉到發暈；湯馬斯咬著筆，從眼角看著安德魯。

然後湯馬斯打個哈欠，離開座位。「我這樣念不下書。我得吃點東西。我們去吃三明治。」

安德魯鬆了一口氣，解除僵滯。很好，就當沒這回事。「剩一個小時食堂就開放了。」

「可是我現在肚子餓。來嘛，宿舍的小廚房隨時都有麵包、水果什麼的。你在這邊等，顧好我們念書的地盤，我拿吃的來。塗花生醬跟果醬好嗎？」

安德魯埋頭操作筆電。「我不餓。」

「無所謂。」湯馬斯伸個懶腰，轉轉脖子，大動作假裝不在乎。「那我們現在吃東西，不去食堂。可以嗎？」

這是揪住他的小辮子了。安德魯原本就不打算去食堂，免得湯馬斯監督他進食——可見湯馬斯已經察覺安德魯在迴避正餐。他本該要生氣的，卻只有微微蹙眉的力氣，而湯馬斯還用促狹的笑容回敬他，把安德魯笑到沒法繼續生氣。湯馬斯就這麼走了，兀自

❁傳說這麼做可逆轉對你不利的魔法。

哼歌。

他一走，安德魯就像沒了電，彷彿沒有湯馬斯，他便不存在。他不能專心編寫手機遺失的作文，只感覺到皮膚繃得太緊，脖頸汗毛豎立，彷彿有人從書櫃之間盯著他。在這個下雨的午後，圖書館聚集了很多學生，但大家都在用功。不會有人在看他，對吧？

他驟然轉頭，準備抓出現行犯。

澄黃的眼睛在書堆後方眨了眨。

隨後消失。

安德魯揉揉臉。他知道自己是太累了。但話說回來，這都……

這什麼都不是。怪物只會在湯馬斯沒逮到或殺了牠們時，才會從黑暗中出來，但森林裡已經連續幾天沒有出現怪物了。

他強迫自己盯著筆電的螢幕，直到他聽見熟悉的腳步聲。他神色一亮，轉頭迎接德芙——但只見她抱著滿懷的書本，匆匆走向樓上的研究室。

「德芙？」

她沒有停頓。也許她戴著耳機。

安德魯起身去找她。他應該說服她過來一起念書。他跟湯馬斯因為有太多祕密，所以老迴避她，可是這感覺就像用破了洞的肺在呼吸，他不想習慣這種痛苦。

安德魯在書櫃之間轉彎，撞上圖書館員。他拉住館員的手臂免得她跌倒，一邊囁嚅著道歉，驚得館員笑了一下。

「沒關係，親愛的。」她說。「趁你還沒跑掉，我那邊有一本你會喜歡的書。」

「啊，謝謝……嗯，謝謝妳，葉女士。我下次再找妳？」

安德魯沒有等待答案，一步就跨上兩階樓梯，但到了樓上的走廊時，每一間研究室的門都關著。他躊躇起來，咬著唇，不願意一間間地敲，讓陌生人直勾勾盯著他，眼神或憐憫、或氣惱、或揶揄。他討厭別人看著他、問他問題。他不喜歡必須思索怎麼答話。

只有走廊盡頭的一扇門留了一條縫，所以他悄悄走過去——那是帕琵女士的美術教室。德芙沒有修過美術課，但既然湯馬斯重拾了畫筆，不妨偷窺一下湯馬斯的新主題。

安德魯見裡面沒人，便將門縫拉開一些，溜到一排排的繪圖桌之間，才聽到人聲。他立刻定住不動。

兩人叉著腿坐在前方的地毯上，幾張桌子被推開，騰出空間夠容納她們製造的一地凌亂。看起來像一道彩虹在她們大腿上嘔吐。破爛、打結的布條跟一大盒刺繡線及縫紉用品混雜在一塊。兩個女孩一起埋頭整理這些織品。安德魯正要開溜，她們卻抬起頭，將他逮個正著。

蘭娜挑起一邊眉毛。「如果你要找湯馬斯，他不在這裡。」她綁著平時的刺蝟馬尾，外套扔到一邊，捲起袖子做事。

「我不是找他。」安德魯雙手插進口袋。「我是說，我要找……他的作品。」

「在角落。窗戶那邊，因為他是帕琵女士的最愛。那裡黑鴉鴉一大片都是畫家的苦悶產物。」蘭娜翻白眼。「幸好我今年改修戲劇課，我受不了他那一堆怪物。」

安德魯的心跳漏了一拍，隨即意識到她在說湯馬斯以前的作品。不是他畫出來的眞實怪物。

他繞了一大圈，避開蘭娜跟她的朋友，找到湯馬斯作畫的空間。高高的繪圖桌配備了抽屜，充當課桌使用，凳子收到桌下，美術用品隨處堆放。帕琵女士的辦公桌上擺了很多秋海棠，都種在廣口的玻璃瓶裡，她的筆電上立著一個小小的手繪告示牌：去泡茶！五分鐘內回來！

幾面牆上滿滿都是畫，偌大的窗戶俯瞰森林，教室洋溢著鮮活的創造力。怪不得湯馬斯只有在美術課才如魚得水。

安德魯翻看了幾本畫本，湯馬斯都只有試畫。他的畫紙仍是空白的。油性粉蠟筆沒有拆封。新買的炭筆已經畫到剩下殘塊，但安德魯必須檢查垃圾，確認炭筆畫了什麼。

有一幅被劃破的畫，不過看得出那是一張臉，臉的周圍覆蓋著柔細的灰色羽毛。鴿羽。

他將紙團扔回垃圾桶。

他不該來的。即使德芙跟湯馬斯斷絕往來，湯馬斯依然舊情難忘，而安德魯內心的痛苦極度可悲地瀰漫開來。

他舉步要走，腳下卻緩了緩，看著兩個女生整理那堆破布。

「噯，」他說，「那是妳們的彩虹驕傲旗？」

「對啊。」蘭娜口吻俐落。「有人把旗子都劃破，是仇恨犯罪。就算我們通報學校，學校也不會費事找出犯人。沒用的。」

她旁邊的女孩突然出聲：「可能是高年級生在惡作劇嗎？」

「仇、恨、犯、罪。」蘭娜拿著一塊被劃成布條的綠色及灰色布塊，拍打成一團。「克蘿伊，別把大家都當好人。他們不是天生的討厭鬼，就是徹頭徹尾浪費空氣的傢伙。」她瞇眼看著安德魯。「要幫忙嗎？我們在檢查是不是所有的旗幟都還在，然後就要縫合回去。帕琵女士說她會買新的，但我認為修補過的旗幟會傳遞出更強烈的訊息。我們不會被切爛成碎片的。」

❀德芙（Dove）的名字即鴿子。

「嗯，我負責縫。」克蘿伊說。「蘭娜還得練習平針縫。」

蘭娜皺起鼻子，克蘿伊在憋笑。安德魯心想她可能是三年級，因為他記得她的名字，但沒在課堂看過她。阮克蘿伊有淡棕色的皮膚，整個人躲在長度驚人的長髮後面。色彩亮麗的激勵手鍊掛滿她的手腕，上面寫著「你的價值是無限的」、「快樂是一種選擇」之類的句子。那種強烈的積極正向完全牴觸安德魯的天性，令他壓力沉重。

他想要詢問她們有沒有看到德芙上樓，但語句像聚集在舌頭上的焦油。要是他待著不走，也許她們會聊到德芙，可以藉此得到一些線索，破解她今年陰陽怪氣的原因。

他跪下來，將一團破布放到大腿上。蘭娜一臉愉悅，隨即又用招牌的橫眉豎目掩飾，克蘿伊則給他一個靦腆卻鼓勵的微笑。

旗幟摸起來是柔軟的絲質。「妳怎麼會想讓人們知道妳是……那個？這又不關他們的事。」他剛剛把心聲說出來了嗎？他在想什麼呀？他抬眼一看，一股窘迫的紅潮令他臉頰發燙。「抱歉。我、我沒有——冒犯妳的意思——」

「你有話可以直說，安德魯。我不會吃人。」已知會吃人的蘭娜說。「你說的沒錯，我的性向不關別人的事。但我們有的人不想隱瞞。我不在乎別人知不知道我是蕾絲邊，那只是我的一部分。」

「而且，找到同類很開心？」克蘿伊給安德魯一個謹慎的微笑。「沒人比雙性戀更懂雙性戀。」

「並不是一定要出櫃。」蘭娜靠向安德魯的耳朵，近到安德魯嚇一跳。「你不欠他們什麼，那些傢伙就是一群爛人。無一例外。好了，」她又不爽地說，「你們兩個這樣就很好，我是指現階段。」

克蘿伊用手肘去撞蘭娜的肋骨，鬧到被蘭娜施捨一抹笑意、一面拍開她。「妳的脾氣沒有妳假裝的那麼臭。」

蘭娜吸了鼻子。「其實我脾氣很臭的。」

「湯馬斯也沒有他假裝的那麼壞。」安德魯沉靜地說。

蘭娜哼了一聲，解開更多片旗幟。「湯馬斯是麻煩人物。」

「等一下，你們講的是湯馬斯．萊伊？」克蘿伊說。「我們全年級有一半的女生暗戀他。」

這一回安德魯和蘭娜心懷警惕地看向她。暗戀湯馬斯有點像拿刀子放進嘴裡，然後還很詫異自己被割傷。

「他是真的壞。」克蘿伊繼續說。「不是『我喝醉了、撞爛了我爸的賓士』那種壞，而是懷抱黑暗的祕密、極致美麗、才華洋溢，又充滿不為人知的一面。」她注意到眼前兩人一模一樣的驚駭表情，不由得羞澀起來，轉而忙著整理起旗幟。「那只是女生們的說法。」

「湯馬斯實在是很糟的心儀對象。」蘭娜說。「況且，他已經深深愛上了……」她飛快瞄安德魯一眼，再移開視線。「某個人。」

一堆石頭落進安德魯的胃。是德芙。

她們默默整理旗幟幾分鐘，克蘿伊才開始聊縫紉的針法種類，而蘭娜氣勢凌人地說她會在接下來的半小時內學會。安德魯想找個藉口告辭，卻被這一刻所束縛，因為他有幾許微弱的不甘。他有渴望。一次就好，安德魯想要褪去原本的模樣，暢所欲言，跟人打成一片，不必拆解、不用分析自己做錯的每一件事。他想知道同志與非同志聯盟的社團成員裡面，是否也有無性戀的人？想知道他們是否將自己的性向壓在心底，因為無性戀令他們痛苦，就跟他一樣。

他應該問。

他不能問。

剛才他無意讓兩個女孩向他出櫃，但感覺就像她們試著遞出一份禮物：一扇敞開的門，以便讓他溜進來。

「我應該是無性戀吧，倒不是——」他停下來，重整思緒。「我想，我可以愛上一個人，但我不要……物理方面的接觸。我知道這樣子不、呃……正常。我只是——」他何必說這些？他整個人都快燒灼起來，臉上想必也已經在噴火。他什麼都說了，只差沒有明明白白說出「性」這個詞，她們大概一頭霧水，因為他語焉不詳，迂迴再迂迴，而且——

蘭娜小心翼翼看著他，似乎完全清楚他內在的崩潰，因此她開口時撤回了所有的凌厲。「這樣的人其實很多。但請把『正常』從我們的對話裡劃掉——這是最愚昧的字眼，我聽了就討厭。無性戀者有的是不想要做愛，有的是討厭做愛，或者有的就是無感。各式各樣的都有。」

安德魯內心的糾結鬆動了。他從沒跟人說過這些，他一直把對湯馬斯的感情鎮壓在心底封印起來，不能冒險解除，去問湯馬斯能不能愛一個人而不跟那人做愛，不能要求湯馬斯做一個跟他一樣殘缺不全的人。

「好。」安德魯勉強擠出聲音。他說出來了，和盤托出真相，現在他得挖個地洞躲起來喘口氣。或許她們察覺到這一點，而放任他靜靜坐著，兩個女生換了話題，講起縫補全部的旗幟需要花多久時間。

他覺得蘭娜和克蘿伊人還不錯。

教室門口傳來拖著腳走路的腳步聲，他們抬起頭，以為是帕琵女士回來了——結果站在那裡的是湯馬斯。今天的課都上完了，所以他穿著牛仔褲跟一件縫邊磨損的綠色條紋T恤。換下制服，他就從聲名狼藉的私校不良少年，變成不修邊幅的暴躁畫家，半數的顏料都在他身上。他拿著紙袋，裡頭是幾個安德魯視如蛇蠍的三明治。他咬著唇，或許是已經旁觀他們一段時間。

安德魯不確定自己是否希望湯馬斯聽到剛才的對話。他連忙起身，小心不弄亂任何一堆織物。

「謝謝你幫忙。」克蘿伊向他揮揮手，黑髮垂落到面前，掩蓋她安靜的微笑。

蘭娜哼了一聲，怒視湯馬斯，卻在安德魯舉步繞過她的時候，拉拉他的褲管，所以他低下頭看。「要是你覺得寂寞，隨時跟我們說。」

他點點頭，覺得此刻開口太多餘。她放開手。

安德魯跟著湯馬斯下樓，步伐一致。安德魯有點想乾脆就交代一切，但不想說的感覺更強烈。這種時候沉溺在自己對湯馬斯的感情毫無意義，因為事實是湯馬斯喜歡女生。具體來說，是德芙。

「你們剛剛在聊什麼？」湯馬斯說，神態太過閒適。

你想過要吻我嗎？「就她們的旗子怎麼會被人破壞。」

「大概是布萊斯．肯恩跟他的走狗。」湯馬斯帶著他回到他們做功課的桌位，看著凌亂的桌面，湯馬斯說，「我們出去吃吧。雨差不多停了。還是你不想出去？」

「害怕十月的人又不是我。」安德魯說，彷彿他不畏懼其餘的事物。

16

安德魯疲憊地跟著湯馬斯到花園，活像一個脖子即將套上荊棘絞索的男孩。假如這是他筆下的故事，他便會寫有一隻受困的狐狸為了脫身而啃咬自己的腿，可是傷口爆出繁盛花朵，讓他無處下嘴。

這些日子以來，他內在的強烈飢渴始終跟食物無關，畢竟他腦海裡早就擠滿了怪物跟心慌意亂的焦躁，還有覺得狀況將會不斷惡化的預期心理。

湯馬斯深入環繞威克伍校地及宿舍的花園。向四面八方蔓延的花園在陽光照耀下宛如童話世界，樹籬跟草坪是翡翠及玉石的色澤，形狀修剪工整。磚石鋪成的小徑止於玫瑰叢及攀藤的格子涼亭，通往以小天使裝飾的石椅與密密麻麻長滿常春藤的露臺。現在一切都在一層銀白雨水裡閃著微光，花園也沒有妖異的氛圍，倒像是在哭泣。

「你還說雨停了。我都要渾身濕透了。」安德魯知道自己的口吻很不講理，但他不想待在這裡。他不需要別人餵食，像雛鳥一樣受人監督。

「露臺會是乾的。」湯馬斯躍過一個水窪。

空氣很潮濕，彷彿足以直接啜飲；但安德魯的肺已經運作不順。他捏捏鼻梁，緊緊閉上眼睛一秒，才意識到不是沉重的空氣在摧殘他——而是恐慌發作要來了。他討厭自己這副德性。

「湯馬斯，我們回——」

小徑彎向露臺，湯馬斯收住腳步。布萊斯．肯恩那群人就在那裡，一夥人推來搡去，發出公牛似的笑聲。白色木造地板有很多他們踩出來的泥痕，洋芋片的包裝袋扔得一地都是。他們看到安德魯和湯馬斯，立刻學起狼叫。

「哎，是小湯湯跟他的女朋友！」

「臭小子，快閉嘴，他宰了他老爸跟老媽欸。你想當下一個嗎？」

他們笑到喘不過氣。

湯馬斯掉頭就走，加緊腳步。紙袋撞上他的腿，發出不討喜的沙沙聲。

「總有一天我會逃到無人島。」湯馬斯說。「然後再也不跟人往來。」

安德魯嘆息著跟上去。「是無人島。」

「我愛怎麼說就怎麼說，佩羅。」

他們在花園最邊緣的低矮石牆坐下。前方，運動場延伸到柵欄才戛然而止。森林在凝視他們。他們瞪回去，一眨不眨。這裡的空氣感覺更加灰敗，他們的舌頭嘗得到森林濕透的樹葉、泥巴、苔蘚的味道。

湯馬斯望著樹林，臉上是寂寥的陰沉神色。他一定很懷念從前，過去他偷溜到森林純粹是為了好玩，回來時身上會沾著泥巴，口袋會塞滿有趣的岩石跟葉片。德芙會跟他嘮叨被開除學籍的風險，而他會直視她的眼睛撒謊。什麼？我沒有去森林啊。

以前他會親吻樹木。現在樹木令他畏懼。

安德魯小口啃著三明治，花生醬在嘴裡就像黏膠。

「假如有用的話，我就去揍布萊斯．肯恩。」湯馬斯提議。

安德魯淡淡看他一眼。「是幫助你退學的那一種有用？不理他就好了。」

湯馬斯在紙袋裡掏東西。「那個、我阿姨終於聯絡我了。顯然她一直忙著處理事情，儘管案子根本還沒結案。但她……她知道我們的水井。」他凶巴巴地吃起另一個三明治。

「水井爬滿了常春藤，警察應該不會注意到那裡有一口井。但她可能會去看。」

「要是她看了，」安德魯說，像挑玻璃碎片一樣揀選他的字句，「警方會找到答案，然後結案。不會牽連到你。」

「但我不要——」他停口。「說不定他們是逃走了呢？」

安德魯沒有指出他的父母已經「失蹤」好幾週，因為他可以從湯馬斯的聲音裡，聽出他躊躇的願望。

「他們大概逃走了。」安德魯說。

「但我阿姨可能會強迫我離開威克伍。她很可能會用這種手法來報復。」

絕對不行，安德魯不能容許這種事發生。假如他失去湯馬斯，德芙又一直跟他維持這種怪異的嶄新距離，他的理智怎麼可能不斷線？

湯馬斯嘆了氣，戒慎地看著安德魯。「你還好嗎？」

安德魯捏緊三明治。他才吃兩口，就覺得已經滿到喉嚨，但他不要湯馬斯把他當小嬰兒照顧，所以他又咬了一大口，努力咀嚼。

嘗起來像泥巴。這必然是他的幻想，因為空氣裡有濃重的森林味，而他已經瀕臨崩潰。但泥巴塞滿他的嘴，倒胃口且令人窒息，碎石磨著他的臼齒。他噎住，彎腰要嘔出三明治。

見安德魯在作嘔，湯馬斯跳起來抓住他的肩膀。「喂，怎麼回事？你怎麼了？」

安德魯掰開三明治的麵包，花生醬混夾著長蟲的黑色土壤，蛆蟲的內臟從被安德魯咬斷的殘軀一陣一陣地湧出。

安德魯扔掉三明治，乾嘔起來。

「怎麼搞的——」湯馬斯瞪大眼睛。「我沒有——花生醬是直接從罐子裡挖出來的，很新鮮！該死，對不起——」

安德魯嘴裡有落葉、淤泥、蛆蟲的味道。他呼吸太急。他吃了那種東西。他將穢物送進嘴裡，然後——

湯馬斯倚著牆，頹喪地坐到安德魯旁邊，親近而緊密，手從安德魯的肚子往上摸到他的胸膛，感受到安德魯在過度換氣，並試圖攏住他的肋骨，以免爆開。這動作很親暱，安德魯沉浸其中，因為湯馬斯垂著頭，距離近到嘴唇幾乎擦到安德魯的脖頸，而這恰恰滿足了安德魯的需求。

「看吧，我就說嘛。」湯馬斯的聲音低沉而急迫。「怪物在盯著我們。牠們在這裡。黑暗也攔不住，牠們很可能掌握了我們的情報，一直都是。」

安德魯心裡很不舒服。他不想進食，結果就真的吃不了了。彷彿這一切是他自找的。他掏出嘴裡的泥，啐了一口。

「我們回去倒水。」湯馬斯站起身，但安德魯抓住他的手肘。

泥土弄髒了他的嘴。「你聽到了嗎？」

湯馬斯掃視滴滴答答的花園。天空似乎隨時會恢復清朗，但天色暗了一些。

「大概是布萊斯過來捉弄我們。」但他的身軀在安德魯的手下僵硬。

「我想，」安德魯說，「你害怕十月是正確的。」

樹籬後面有東西在移動——濃重，染著焦油，惡意滿滿。

兩人忙不迭離開石牆，倒退走向小徑。那必然是布萊斯。昨晚他們在森林沒發現需要擊殺的怪物，所以現在不可能有怪物，對吧？這不——

公平

雷聲在他們上方隆隆作響，細雨親吻他們的頭頂。一股麝香味拂向小徑，落葉朽爛，大地濕潤，腐敗之物令人作嘔。

嘶聲從他們背後傳來，兩人連忙轉身，一道影子掠過。那東西在草地留下一枚爪痕。

安德魯心跳飆升，快得像蜂鳥振翅。怪物之所以來，或許是因為他們互相安慰，他們彼此輕觸，身體像磁力吸引般越靠越近——這必然激怒了怪物，怪物只想拿他們裸露的喉嚨跟蒼白的手腕當祭品。

安德魯瞥看到鹿角的尖端從滲血的皮膚冒出來，一具沾染著森林麝香味的身軀。

湯馬斯抓住安德魯的手臂。「我們得走了。就是現在。」

怪物從玫瑰叢中直立起來，很高，極高，土塊跟碎肉掛在牠的鹿角上。牠生於邪惡的淵藪，也屬於那裡。

而牠來追殺他們。

先是張嘴露出一排排尖牙，焦油般的唾液滴下來，濺到草上。綠意枯萎。取而代之的是滿地綻放的黑玫瑰，葉片一邊生長一邊瞬間腐蝕。

任何東西被這怪物一碰就會死，重新長成不該有的樣子。

牠向安德魯伸手。

湯馬斯推他一把。「快跑！」

他們奔向學校，被彼此的腳步絆倒，來不及喘氣。他們翻過一道低矮的石牆，衝向側門。鎖著。怎麼會鎖著？現在下午都快結束了，應該陸續會有學生從宿舍跟圖書館前往食堂，學校裡應該有很多人——

也就是說，他們正在領怪物去吃大餐。

「湯馬斯，我們不能——」安德魯說，但湯馬斯抓著他的手腕，拽著他向前。

怪物來得很快，蹄爪劃破小徑，所到之處的植物盡皆死亡。牠的咆哮轉為厲叫，聽起來就像細針刺進耳膜。

安德魯用手捂住一耳，卻仍感覺到鮮血涓涓流下臉龐。彷彿這怪物最想要的就是找到進入他體內的方法，鑽進他的血肉與骨骼之間，在那裡茁壯。

「快跑啊！」湯馬斯拽著他，繞到學校後方，但那裡全是磚牆跟常春藤，窗戶關著，門扉上鎖。

他們溜過轉角，怪物撲過來。一隻爪子鉤到安德魯的上衣，拽著他往自己空洞的嘴裡送，舌頭還爆出蛆蟲。近距離一看，牠的鹿角銳利到似乎足以刺破任何東西，像一頂扭曲的王冠。

他記得這幅畫。畫就釘在湯馬斯房間的牆壁上。

鹿角王。牠拿自己的角製成刀，削掉別人的臉。

哭聲逸出安德魯的嘴。他腿一軟就跪下，湯馬斯轉身掄起拳頭，朝著怪物揮打。他擊中怪物的胸口，怪物踉蹌後退。

「快走！」湯馬斯大叫。

安德魯東倒西歪地起身，在雨濕的小徑滑了一跤，又衝向工務人員專用的其中一扇小門。這一回，門把轉得動。他推門而進，湯馬斯緊隨在後。兩人搶在怪物伸手攫住他們的前一秒，聯手摔上門。怪物怒吼捶門，力道大到門的合葉片❀都嘎吱作響。湯馬斯抵著門板，安德魯摸索著要上鎖。

他們在一條不再使用的陰暗工務走廊上，顫抖著對上視線。

「我需要短斧。」湯馬斯低聲說。

有東西在撞門，發出轟響。門板碎了。

安德魯畏縮後退，然後他聽見了：一個來自污濁、酸臭血脈的聲音。

❀將門板固定在門框上的金屬薄片。

碰上鹿角王，就得留下一點什麼……

切掉你胸膛裡的東西吧——

回來來啊啊啊啊啊——

安德魯幾乎站不直，整個人抖得很凶。他下意識地將指尖移到胸口，放在心臟上。

「躲好。」湯馬斯嘶聲說。「我會去找你。」

「不、不、不，我們要待在一起——」

「牠要的是我。」湯馬斯的眼神太明亮。「是我害你捲進這個麻煩的，好嗎？你躲好，讓牠來追我。」

他推開安德魯，沿著走廊跑。

安德魯站了片刻，渾身顫抖著。他的嘴無聲嗡動，說出沒人聽見的話語。求求你，別拋下我。

一隻拳頭擊破門板，爪子伸出。安德魯吞下自己的慘叫，拔腿逃跑。

他往左衝，因為他知道湯馬斯一定會往右，回到學校前方。但湯馬斯是要將怪物引到坐滿了學生的食堂，那樣怎麼可能會更安全呢？

安德魯頓時想明白了，湯馬斯可以犧牲全世界來救他，連一秒都不會多想。

這何其可怕。

安德魯的胸膛像塌了一塊。因為明白這件事，他反倒鬆了一口氣。有一秒鐘，他討厭自己——也或許他討厭湯馬斯。

「怪物不是真的。」安德魯喃喃說，同時奔向樓下的教室。時間都這麼晚了，教室應該沒人。他只要避開交誼廳跟娛樂室就好。他溜過走廊，手臂抱著發疼的胃，嘴裡有污泥，一耳有濕黏的血。一側牆上有一扇扇的窗，另一側牆上有一扇扇的教室門。在深沉的暮色裡，壁紙看起來是黑的。

不，看起來……似乎在動。

安德魯停步。微弱的撓抓聲在牆壁間迴盪。他哆嗦著長長吐出一口氣，勉強定住心神。怪物沒有跟著他，牠要的人是湯馬斯，不是安德魯。牠要找自己的創造者。

壁紙爆開。

安德魯連忙抱住頭，扭身避開牆壁，驚呼出聲。壁紙的撕裂聲跟從外面砸窗的玻璃粉碎聲掩蓋住其餘的一切聲響。他不能理解自己目睹了什麼，大腦無法接受眼前的景象。

藤蔓穿過壁紙出來，竄過地板，在生長，在蠕動，像一隻又一隻粗肥的青蛇。玫瑰在他眼前盛大綻放，每一片花瓣都是一汪殷紅的血。生長沒有止息。藤蔓從破窗進來，荊棘在地毯上延展。這些東西一起呼吸，響亮、濕潤、刺耳。

而且還在生長。

帶葉的捲鬚射向安德魯的腳踝。他往後栽倒，踹開那些東西。

那些植物不斷進犯，在地毯上摸索前進。

狩獵。

既然湯馬斯不在這裡，可見牠們的目標是安德魯。

17

血從安德魯的耳朵流到下巴，劃出蜿蜒的細線。血散發出金屬味，滾燙且憤怒。藤蔓嗅到了，肯定是嗅到了。

安德魯奮力衝過走廊，在一個角落癱倒。總會有人看到的，會有人來幫他的。

沒用的，一個充滿惡意的細小聲音在他耳邊說，只有你看得到。這是你的幻想，安德魯。這全是你——

他瞥了後方一眼，去看覆滿藤蔓的地面。藤蔓在交纏，隨著每一次的心跳搏動而成長。荊棘長到天花板，撕碎更多壁紙。玫瑰脫落，在牆上泣血。

安德魯向後退，驚駭之情劈砍他的胸膛，他不能呼吸了。他轉身要跑過一個轉角——卻撞上一具軀體。

他皺眉退開，雙手徒勞地想要掩住自己的臉，可是沒有鹿角、爪子、骨刀來削他的臉。

倒是有一隻手摟住他的肩膀。克萊蒙斯臉帶嘲諷低頭看他，唇角彎彎，彷彿看到安德魯汗流浹背的顫抖模樣是他今天最愉快的事。

「啊，我正好要找你。」克萊蒙斯說。

安德魯呆滯而驚愕地看著他。克萊蒙斯只要拐個彎，就會看到從牆壁流洩而下的藤蔓。但他從口袋掏出一件東西，得意地在安德魯面前揮了揮。

「瞧瞧我今天在森林撿到什麼。佩羅特先生，你的東西掉了，對吧？」

克萊蒙斯舉起安德魯的手機。苔蘚和泥巴在手機背面結塊，泥土滲進手機殼裡，雨水聚集在螢幕上。他結結巴巴地說那不是他的，但克萊蒙斯敲敲手機，螢幕亮了。

這不可能。手機遺落在森林已經好幾個星期。即使沒被風吹雨淋弄壞，電池也該沒電了。

但螢幕的亮光照到他臉上，證據像一塊磚頭擊中他的下巴。安德魯的鎖定畫面是一張他跟德芙的舊照片，臉緊貼著臉，以擠進狹窄的邊框。德芙的手捏著他的下巴，將他拉進照片中，她臉上是惡作劇得逞的笑，安德魯則是不情願的苦笑。那是難得的瞬間，純然的歡喜。沒有考試壓力。沒有堆積如山的作業。只有兩人同在，是雙胞胎也是最知心的朋友。

千百種情緒衝擊他的胃。他感到暈眩。森林真的在吞食這所學校，湯馬斯正跑去拿該死的斧頭來阻止鹿角王扯出他們的心臟——而此刻，安德魯只希望德芙能現身，把他從這一團混亂裡拉出來。

「既然森林是絕對禁區，」克萊蒙斯在說話，「我不得不懷疑你的手機怎麼會掉到那裡去。」

「那你又怎麼會去森林？」安德魯的胸口急促起伏，聲音太黏膩，才剛說完就恨不得收回來。這句話只會突顯他並不清白。

克萊蒙斯在冷笑。「我知道你們四年級學生在森林裡搞什麼鬼，你們根本沒把柵欄當一回事。那邊的啤酒罐跟菸蒂太多。我覺得我應該去蒐證。」

他想要報復安德魯跟湯馬斯蹺掉他的課。這是流氓的典型行為——你當眾違抗他們一次，他們便會隨身攜帶彎刀，隨時找機會報仇。

但安德魯知道手機是克萊蒙斯唯一找得到的東西。今年沒有四年級生在森林裡鬼混。要是有，早就沒命了。

「你不了解。」安德魯試圖掙脫。「走廊上有某種、東西。我必須幫忙——」

「你必須去校長室一趟。」克萊蒙斯的手指陷進安德魯的脖頸，推著他向前走。「你這種男孩我見多了。細皮嫩肉的臭小子，都被寵壞了，拿著政治正確的精神健康問題來威脅學校，想逃避念書。你想蹺掉我的課？你根本就該直接離開這所學校。」

他押著安德魯走向教職員辦公室的樓梯。安德魯慌亂地回頭張望，但藤蔓還沒其他從牆面爆竄出來，暫時沒有。外面的雨勢增強，敲在窗戶上的雨聲足以掩蓋一切聲音，但很快便會有人看到那一條走廊，會有人看到鹿角王在走廊潛伏狩獵。

安德魯在樓梯的第一階絆倒，克萊蒙斯拽起他繼續走。

「你逃不掉的，佩羅特。」他說。「但你務必要告訴我，當時你跟誰在一起，不然我就直接說是萊伊。我看過他的紀錄。」

「求求你，你不了解。」安德魯噎住。

一聲尖叫劃破了淅瀝的雨聲。

安德魯閉目，戰慄竄上脊椎。是真的。這是真的，會有人受傷。

克萊蒙斯皺起眉頭，但依舊領著安德魯上樓梯。

又一聲尖叫傳來，有人在叫喊，隨後是沉重的腳步聲。

怒火在克萊蒙斯的眼底閃現。溫文儒雅的青年教師魅力消失無蹤，他似乎覺得少了觀眾，便不必維持人設。「我猜猜看，又是那些高年級在惡作劇。這所學校的風紀不只糟糕，根本是殆忽職守。八成是你的好兄弟萊伊搞的鬼吧？」他用力搖了安德魯的肩膀一下。「別裝了。歇斯底里對你沒好處，你這個特權階級的小混蛋。」

他們到了樓梯頂端，克萊蒙斯推著安德魯往校長室走。每一扇門都關著，外面的大雨令走廊黑暗而仄逼。一股濃重、潮濕的味道從地毯瀰漫過來，安德魯覺得喉嚨裡塞滿了真菌跟濕土。他伸出手，想要扶著牆穩住自己。

但手指陷入了海綿般的苔蘚。

不……

他縮回手，克萊蒙斯向下看，困惑地咒罵。

「這……地上這些是葉子嗎？」

燈光熄滅，亮起。

熄滅。

他們一動不動站在黑暗裡，壁紙似乎在吸氣與吐氣，以致牆壁顯得格外靠近。克萊蒙斯抬頭看照明燈，氣惱地皺眉。只有安德魯看到藤蔓從壁紙鑽出來，又粗又肥，鮮翠欲滴，有毒的葉片舒展開來，伸向他的腳踝。

安德魯猛然把腳移開。

克萊蒙斯的表情變嚴厲。他打了響指，彷彿安德魯是一條應該乖乖跟在腳邊的狗，接著他又凶巴巴地出言恫嚇。

一條藤蔓竄向克萊蒙斯的腿一拉。

他悶聲摔倒，撞上地毯。藤蔓射向他的腿跟手腕，他的困惑轉為驚慌，還嚷嚷起來。

但安德魯向後退，內心有一小塊恐怖可怕的角落，並不在乎森林去攻擊克萊蒙斯。只是安德魯覺得他該唾棄自己，該唾棄湯馬斯，那傢伙竟然在應該共進退的時候拋下他。安德魯要逃跑，要脫身，要找湯馬斯——

荊棘已鉤住安德魯的褲子，一條藤蔓纏住他的上臂，將他釘在牆上。他想要扯開藤蔓，手指卻只撕碎肉質的葉片。蛆蟲爆出來，散落到他的袖子上。安德魯徒勞無功地扯著藤蔓。現在他慌了，燈光明明滅滅的頻率不斷變快。他的心臟在胸膛裡怦怦狂跳，破碎的尖叫堵在他的喉嚨。

克萊蒙斯的咒罵變得歹毒，使力將藤蔓從衣服上扯開，甩到一旁。但藤蔓越長越多。又更多。

樓梯吱呀響。

安德魯跟克萊蒙斯動作劃一地轉頭，望著一個從黑暗裡冒出來的玩意兒，燈光一下亮一下暗，鼓脹的藤蔓不斷吞噬牆面，形體越來越大。

隨著一聲尖嘶，燈泡全部破裂。

安德魯要叫又叫不出來，噎住了。他需要這一切劃上句點。

鹿角王從暗影裡出來，慢慢走向克萊蒙斯，每一步都有千斤重，一身的森林泥污，泥污底下的皮膚如蠟。牠那雙細長如蜘蛛腳的手臂，從寬闊的肩膀前伸出。沉重的鹿角王冠壓彎了牠的脖頸，安德魯盯著看時，膽汁湧上喉嚨，他近距離看到王冠是倒插上去的，尖端的鹿角分岔刺進了怪物的頭顱，黑墨般的血液從眼睛流出。

牠是噩夢，是活物，是無處可逃。

怪物抓住克萊蒙斯的喉嚨，將他舉起，讓他的腿垂在半空中，尖叫轉為驚駭的嘶聲。

安德魯試圖躲到牠看不見的地方，背部抵上了牆壁，卻因此被更多藤蔓包圍。有一條藤蔓纏上他的腰，另一條游移向前到他的鎖骨，在頸部收緊。捲鬚爬向他流血的耳朵，柔嫩綠葉拂過皮膚，開始推擠——推擠——擠向耳膜溫熱的脈搏。他瘋狂甩頭，但藤蔓以埋伏敵人的殺力鑽來鑽去。他會被釘死在牆上。

他想要大喊湯馬斯。

卻無聲地誦念起瘋狂的願望：將克萊蒙斯當作我的祭品。收下他、收下他、收下他。拜託——

鹿角王慢條斯理地抬起手，折斷頭頂一支角。這時牠仍然掐住克萊蒙斯的頸項，手上尖爪刺進皮膚，血水汩汩從克萊蒙斯的頸部滲出。怪物左右轉動拿在手上的斷角，似乎在檢視尋找，最後才將斷角尖端抵在克萊蒙斯瞪大的雙眼之間。

克萊蒙斯從喉嚨發出語無倫次的叫嚷。他在哀求。啜泣。

　祭品祭品祭品

鹿角王咧嘴笑了，牙齒全露出來。

然後牠將斷角直直插進克萊蒙斯的臉。

安德魯沒有移開視線。

克萊蒙斯在哀號。他像翅膀被釘住的蝴蝶一般抽搐，鮮血隨著他的動作噴濺到鹿角王的胸口。他的吼叫湮沒在喉嚨，頭垂下來。緩緩地，鹿角王從克萊蒙斯的雙眼之間拔出斷角，舔了一下，然後剝下克萊蒙斯的臉皮。

安德魯感覺不到自己的腿。他軟軟垂掛在牆上，嫩綠的枝芽歡愉地鑽進他的耳朵。他甚至已經不再在乎，驚駭到已然麻木，愣愣看著克萊蒙斯的身體停止扭動，而鹿角王剝下的臉皮，像濕漉漉的皮革一樣輕聲落地。

接著鹿角王抬起頭，目光鎖定安德魯。

你在這裡呀

王子

「住手。住、住、住手。」安德魯想抽身，但藤蔓將他縛在牆上。他必須從這場噩夢醒來。醒來。這不是真的。醒醒啊。

鹿角王拋下克萊蒙斯，他已癱成血淋淋的一堆，藤蔓湧上占領那具肉體，鑽入臉中蠕動大啖。

安德魯想要掙扎，卻沒有一絲氣力。他只能讓每一次的呼吸都比上一次薄弱，藤蔓在耳裡越鑽越深，令他越來越痛。

鹿角王伸出手
下垂
再下垂
繼續下垂
撫上安德魯淚濕的臉。

爪子亮出，爪尖刺向安德魯的皮膚，起初很輕柔，但一秒後他的臉將會跟地上的克萊蒙斯一樣。安德魯的哭叫轉為結結巴巴、毫無意義的聲節，他已陷入純粹的恐慌。會死在這裡，會死，會——

鹿角王的手臂突然抽搐痙攣，吼叫著仰起頭。

短斧劈進牠的肩膀。

鹿角王向後退，爪子扒扯著斧刃，但湯馬斯拔出短斧，又一次劈下——這一回砸進怪物的脊椎。

怪聲厲叫足以凝凍骨髓。

安德魯抽出一隻手掙脫藤蔓的束縛，驚駭中他劇烈反抗。或許他也一直在大叫，但聲音全給鹿角王的嘶吼掩蓋過去。怪物胡亂揮打，拳頭擊中湯馬斯，整個人向後飛，軟軟撞上牆壁。但他馬上一躍而起。

湯馬斯的腳埋在密密麻麻的藤蔓間，卻仍倨傲地仰起頭，與昂然聳立的怪物對峙。他的T恤有斑斑血跡，雀斑在凝白如骨瓷的膚色上益發醒目。

他露出牙齒，雙手握住短斧再次揮出。

在這一刻，氣憤爆棚的湯馬斯，有一種狠戾的美。安德魯為之屏息。

湯馬斯揮動短斧，一遍又一遍。怪物踉蹌後退，但還是抓傷了湯馬斯的肩膀，鮮血四濺。湯馬斯躍向鹿角王，短斧往頭顱劈下。怪物跪倒在地，舉起爪子抓自己的臉。

湯馬斯劈了一遍又一遍又一遍又一遍又一遍——

怪物的頭顱撞擊地面時塌陷，皮膚爆開，彷彿牠的身體不過就是由樹葉與土塊構成的。湯馬斯高高舉起短斧，再次像劈柴一樣向下劈。骨頭已四分五裂，但他仍劈個不停。

鹿角王早已停止呼吸。

「湯馬斯。」安德魯聲音嘶啞。「湯馬斯。」

湯馬斯遲疑了一個心跳，短斧舉在半空，胸膛急促起伏。然後他呆呆地讓手臂垂落到身側。

他轉身，緩慢而猶豫，血珠凝聚在臉上、在髮梢，嘴唇都因而濕潤發亮。他揩了嘴，抹出一道殘暴的紅色弧線。

寂靜降臨，濃重得足以走進去。藤蔓停止生長，轉而枯萎碎化，色澤灰敗。血玫瑰成了灰。

安德魯發出最細微的啜泣，軟軟掛在牆上。

湯馬斯勉為其難地撇下他劈出來的怪物渣渣。怪物瞬間瓦解為秋季落葉，肋骨成了陳年樹枝。湯馬斯蹲在安德魯身邊，用短斧砍斷束縛他的藤蔓。他動作很慢，輕輕解開安德魯的手腕，小心翼翼剝掉安德魯耳裡的藤蔓。藤蔓隨著一灘血被拔出來。湯馬斯隨手扔到後方。

然後他抬起安德魯的下巴。

他們凝視彼此的眼睛。湯馬斯呼吸粗重，染血的上衣凌亂地黏在胸口，卻仍讓人感到堅定且踏實。安德魯知道，之後他會因此崩潰——但在此刻，湯馬斯完全是童話中光芒萬丈、耀眼燦爛的王子，前來力挽狂瀾、拯救世界，而安德魯不過是由葉脈構成的軀殼，得仔細捧在掌心，不然風一吹就會散了。

校園深處傳來更多的叫嚷。火警警報器響了。

安德魯的世界緩緩轉動，噁心而黏膩。「克萊蒙斯……」

「死了。」

「不、不、不，你不懂。」安德魯的話語字字粗嘎。「你全身是血。還拿著武器。」

湯馬斯露出頓悟的眼神，悽愴而慘然。

18

他們沒有說話。言語在他們嘴裡變成泥巴，要是張了嘴，誰曉得會掉什麼出來。他們只能專注在：

消失

安德魯脫掉毛衣，湯馬斯跟著脫。他包起短斧，湯馬斯則用染血的上衣揩一揩臉跟手臂。戰鬥的狠勁從他眼底淡去，他開始打哆嗦，手指抖得厲害，動作笨拙，視線掃向怪物殘餘的葉子遺骸，彷彿牠可能會再生。

誰都沒去看克萊蒙斯失去皮膚的臉。

但安德魯確實花了幾秒鐘，從藤蔓底下摸出自己的手機，放回口袋。不能留下證據。

他們必須對此一無所知。他們必須不在場。

安德魯先溜下樓，將包在衣服裡的短斧緊緊抱在懷裡，緊到他能感覺斧刃抵著自己的皮膚。但這是他活該。活該疼痛。活該受罰。

他……做了什麼？

一群教師跑過去，兩個男孩躲到一間空教室。不曉得哪裡傳來尖叫，越叫越大聲。

湯馬斯撬開窗戶，兩人翻進花園。淅淅瀝瀝的穩定雨勢洗淨了湯馬斯光裸肌膚上的血跡，吻去安德魯臉上哭過的淚痕，兩人對此感恩不已。

外面非常混亂。一半的學生冒雨衝向運動場，彷彿這只是場普通的火警演習。另一半則驚慌失措地堵在花園，教師們則吆喝著要所有人返回自己的寢室。

「保持冷靜，回自己宿舍！」一位教授找來了麥克風。「待在寢室，靜候下一步指示！」

安德魯搜尋起德芙的身影，驚恐在他的五臟六腑留下爪痕，直到他看見德芙跟著其他人走向女生宿舍。她平安無事——呼吸啊，安德魯，該死。

湯馬斯帶著他溜到男生宿舍後方，省得要跟人解釋為什麼沒穿上衣，或是用衣服包起來的短斧是哪來的。他們爬上棚架，翻進寢室，安德魯隨即使勁關上窗戶，而湯馬斯開始踱步。

「可惡可惡可惡，他們會把罪名冠在我頭上。他們會、會、會——我不是凶手。我不是——」湯馬斯雙手握拳，抵著腦袋。「我不是、我不是——」

「閉嘴。」安德魯抄起毛巾和衣服，大力打開房門。「我們得消除血跡。閉嘴、閉嘴。」

所有人都堵在樓下，目前二樓只有他們。他們衝到公共浴室，鎖上門。湯馬斯剝下衣服，踉蹌走進一個淋浴間，在身後留下一排泥腳印。小巧的綠芽在他的牛仔褲綻放，柔軟而脆弱。安德魯用拳頭捶爛每一個小芽，沖下排水管。

森林已在他們全身留下牙印，絕不會放過他們。

小心翼翼地，安德魯解開襯衫鈕釦，拿毛巾擦拭腫脹的耳朵。耳朵一抽一抽地劇烈疼痛，彷彿有人揑著他的耳膜亂擰，但他的聽覺依然健在。他好好的，毫髮無損。

他注視鏡中的自己，眼睛充滿血絲。

鹿角王也從鏡裡注視他。

血從鹿角王冠滴下來，牠的皮膚變成一片片油亮的秋葉。

收下克萊蒙斯當作祭品，收下他、收下他、收下他

安德魯是凶手。

這是他幹的好事。

怪物已經厭倦了啃咬湯馬斯和劈砍安德魯。他們的血肉不夠分量。怪物想要更多更多再更多——

安德魯胸膛劇烈起伏。他收緊手指，握成拳頭，扯動了疤痕。「從我的腦海滾出去。滾出去。滾出去，滾出去——」

他舉起拳頭，並不知道自己在做什麼，不知道怎樣才能不再看到克萊蒙斯軟趴趴的

臉皮，不知道怎樣阻止怪物們阻止牠們阻止牠們——

他揮出拳頭。

一隻手抓住他的手肘，將他向後拽。浴室的地磚沾了氤氳的水氣，安德魯腳滑了，湯馬斯趕忙伸出濕漉漉的手臂環住他的胸口，抱著他站穩。安德魯閉上眼。

「別再那樣做了。」湯馬斯的聲音很沉靜。「拜託。」

安德魯硬生生將蜷起的手指伸直。如蛛網交織的疤痕正對著他，像一張失控的地圖。

澡堂的門被拍得碰碰響，兩人一驚，趕緊分開。安德魯轉身，將臉埋在手裡，湯馬斯則將浴巾纏在腰上。這表示在片刻之前他是渾身赤裸的摟住安德魯，但這不能代表什麼。此刻他們都被折騰到只剩一口氣；所以這必然不代表什麼。

安德魯努力記起如何回歸自己的老樣子。

「怎麼上鎖了？」

「誰在裡面！喂！」

「澡堂的大門不能上鎖。開門。」

門把咔啦響。

安德魯用額頭抵著門。「等我一下。」

那人小聲說了什麼。

然後布萊斯・肯恩開口，聲音清晰而快活，「不對，不是艾克斯。這絕對是佩羅特。」

「他霸占整個澡堂要幹麼？」

「八成在吐。你看到他瘦成什麼鬼樣子了嗎？」

他們打打鬧鬧，要對方安靜。有人在笑。

安德魯臉部的血液在沸騰，有一瞬間他的憤怒驚人地聚集起來。他想要一把打開門，扣住布萊斯・肯恩的脖頸，將他摜到牆面，讓藤蔓從牆面噴出來裹住他扭動的身軀，把他——

又有人捶門。

安德魯嚇得一縮，耳朵疼到他很難思考。

湯馬斯穿上連帽上衣，用浴巾包好破損的衣服。藤蔓汁液和血的腥臭轉著圈，從排水管流出。但即使已經拿香皂抹了又抹，沖了又沖，他的氣味依然像是剛挖的墳裡翻上來的新鮮泥土。

安德魯打開門鎖。

湯馬斯彷彿子彈般衝出去，風也似的穿過那群男生，沒多看一眼。安德魯跟著狂奔，而布萊斯的視線追著他，冰冷的笑意越發濃重。當布萊斯轉向他的朋友，兩人爆出大笑，隨後便傳來冷嘲熱諷的言語。他們的話語火辣辣地灼炙著安德魯的背，直到走廊盡頭，但安德魯硬是忍著不回應，不回頭。

直到進入寢室，碰地摔上門，安德魯才意識到——剛剛在鏡中倒影看到的鹿角王把他嚇得昏了頭，連上衣都忘了穿起來。也就是說，他當著眾人的面，半裸著離開浴室，皮膚在胸膛上繃得緊緊的，肋骨像凸起的樹根抵著皮膚。羞愧窘迫湧上他的耳朵，他抖著雙手慌亂套上一件毛衣。

湯馬斯又在暴躁地踱步，手指扒抓著濕透的頭髮，呼吸急促且不穩。外面，交談聲和腳步聲響遍這個樓層。疑問與怨言鬧哄哄地交織。沒人想被關在自己寢室裡。

安德魯需要呼吸、坐下、思考——也或許他不想要思考。而且他不能闔眼，一闔眼便會看到克萊蒙斯。

他跪坐在地上，床太遠了，當膝蓋碰到地面的時候，湯馬斯抓住安德魯的手臂，勁道之大讓安德魯皺起臉。

湯馬斯的眼睛是濕漉漉的蒼綠，狂暴、野性、明亮。「你有沒有受傷？任何敢碰你的東西，我都殺無赦。我發誓。」

「我們得……得……」每個說出口的字都像被掐住。「我們得讓牠們歇手。」

湯馬斯別開視線，喉結在動。「我會把牠們殺乾抹淨。我不知道還能怎麼辦。我、我、我不知道，安德魯。我不知道該怎麼辦。」

校方要求全部學生待在寢室度過這一夜。

舍監們到每一間寢室傳達校方的說法：腐朽的樹木根系破壞了幾道牆壁。這是老房子都會有的問題，維修人員會直接進行修復。威克伍顯然不願洩露克萊蒙斯的真正死因，以防家長嚇得給孩子轉學，因此校方只簡單說明：

第一、一切都會沒事。

第二、請保持鎮定。

第三、各位安全無虞。

湯馬斯撕掉牆上的全部畫作，點燃火柴，在垃圾桶焚毀，安德魯則打開窗戶，努力將煙搧到逐漸濃重的暮色中。他恨不得將那些灰燼塞進嘴裡，把油墨勾勒的怪物、火柴與妖異的火一口吞掉。哪怕他將因此燃燒殆盡，但在那之前，他會覺得自己滿滿的，在那燦爛、炙熱的瞬間，空虛將被驅逐。

收下克萊蒙斯當作祭品收下他收下他收下他

安德魯睡著了，醒來只是因為雨從敞開的窗戶飄來，打濕他黏呼呼的皮膚。湯馬斯正在爬窗戶，準備迎戰巫異時刻。

安德魯大可翻個身，放湯馬斯去單打獨鬥，但他不配覺得安全。

他們看到第一隻怪物時，甚至還沒抵達柵欄。牠在鐵絲網柵欄的另一端，像一道巨大的暗影。像是狼，又不是狼，牠的頭顱看起來是縫合在不同的身體上，染血的毛皮很凌亂，胸口的血肉已崩解，露出從胸腔裡裸露出來的白色肋骨和脊椎。樹枝和荊棘從搏動的器官及傷口爆出，穿過光溜溜的骨骼。湯馬斯爬上柵欄時，怪物撲上前，齜牙咧嘴，流出白沫。

安德魯拽住湯馬斯的袖子。「別去。」

「都是我害的。」湯馬斯的聲音稀薄而破碎。「我得阻止牠們。」

他爬過柵欄，殺掉這隻森林的狼。然後又殺一隻、再殺一隻。他逼安德魯待在柵欄後面，宣稱這是因為他們就只有一柄短斧，但袖手旁觀倒像是在處罰安德魯，因為他如此沒用、如此瘦弱。

黎明降臨時，他們爬回寢室，安德魯已凍僵，湯馬斯的手臂和胸膛都有爪子劃開的口子，掌心也起水泡。明天他得多穿幾件長袖的衣服，以免撞上探詢的視線。湯馬斯沉入夢鄉，一手垂在床邊，嗚咽著，眼睛隨著噩夢的節奏在闔上的眼皮底下急促移動。

安德魯哪裡受得了。他平躺在冰冷的地板上，待在湯馬斯垂落的那隻手下方。他小心翼翼，不敢呼吸，嘴唇擦過湯馬斯紅通通的掌心。

是親吻，卻又不是親吻。

是道歉，卻道不了什麼歉。

湯馬斯灼熱的雙手，燙著了安德魯的嘴。

19

詭異的靜默籠罩威克伍高級中學。

門廳擠滿學生，人人警醒而猶疑，流言像野草從喉嚨生生不息，傳遞各自目睹的情況。第一節課取消，學生應該在用完早餐後前往大禮堂，等候校方的說明，但大家不可能沒注意到有些走廊殘留著封鎖的痕跡，教職員辦公室樓梯的前方曾設下一道路障。

據說警方昨晚來過。救護車收走一個屍袋，迅速駛離。

安德魯咬著唇，看著三三兩兩進入禮堂的學生，搜尋德芙的身影。湯馬斯又悄悄溜到浴室，檢查繃帶有沒有滲血的痕跡，安德魯要努力按捺住自己別跟過去。至少每個人滿腦子都是藤蔓破牆而生的事，懶得管昨天哪些男生一起待在浴室還上鎖，但布萊斯一定很快就會拿這件事出來噁心人，肯定會的。

安德魯昨晚給手機充電，傳了一百萬條訊息給德芙，但她仍未回應。當初她在巴士上責怪他漏接她的電話，現在居然跟他冷戰？他又沒做錯事。飛蛾在他心裡啃出洞，拍著翅膀，在他眼睛後方搧出了劇烈的偏頭痛。他唯一能做的便是站得筆直，維持空白且無辜的表情。

他總算看到德芙站在門廳的最遠端，連忙過去。她仍然穿著夏季制服，短袖襯衫上打著筆挺的領帶。沒穿長筒襪，甚至沒穿外套。這很不尋常，她一向推崇舒適宜人的事物，比如羊毛衫跟熱巧克力，但說不定她也被這混亂事態鬧到心神不寧。

「嘿。」安德魯溜到她身邊，在她拉開距離時眨了眨眼。「妳……在生我的氣嗎？」

「你以為每件事都跟你有關？」她聲音裡冷若冰霜的強硬在說，沒錯，她就是在生他的氣。

他氣惱得牙癢癢，但嚥了回去。「我又不是不理妳。我一直在找妳，是妳一直不見人影。妳不跟我們一起念書——」

「是替你念書。」

「——妳不跟我們一起玩——」

「我有自己的功課要寫，信不信隨你。」

「——也不跟我們一起在食堂吃飯。」

德芙斜斜瞥了他一眼，比手術刀更銳利。「講得好像你有在吃飯。」

他強迫自己慢慢呼吸。他們有時會鬥嘴，但不會鬥成這樣。

「妳要我怎麼說？」他咬緊牙關。「我知道妳在跟湯馬斯吵架，但他是我的室友。我不能把妳放在他前面。不要——不要逼我選邊站。也不要再這樣對我。」

「這樣是怎樣？跟你講真話嗎？我們之間總要有一個人講真話。」

安德魯猛然轉向她。「好吧，妳對我有什麼意見？」

她吸吸鼻子，別開視線。

「德芙，別這樣。」他提高音量，純屬動物式的驚慌。「我不明白。我們沒在吵架吧？我、我不知道自己做過什麼。我連妳跟湯馬斯為什麼起爭執都不曉得。」

「你心裡有數。如果你好好思考的話。」她眼睛一亮，是光滑的琥珀。「你應該選擇我的。」

「什麼？」安德魯已經完全控制不了談話的走向。「我才不會」——他討厭自己的聲音這麼不穩——「選邊站。他也是妳最知心的朋友。他是我們兩個的死黨。」

德芙嘴角抽了抽，也許是嫉妒，也許是懊惱他沒明白她的意思。

但他實在想不通德芙要他說什麼。除非她想聽到的是我會爲了妳捨棄湯馬斯。

他不能說那種話。

於是他讓麻木偷走他的心跳。

門廳幾乎沒人，大家都在禮堂找到座位坐好，想看湯馬斯是否已經在禮堂的衝動折磨得他很難受，但他要德芙跟他們一道。他想要——不，是需要——他們三人和好如初。

「我得走了。」德芙看他最後一眼，目光堅定而嚴厲，然後大步離開。她沒有回頭。

他確認沒人在看他，才擦擦刺痛的眼。振作起來，佩羅。他們是手足，他們會吵架，也會和好。

他忙著操作手機，以免跟在姊姊屁股後面走的樣子太可悲，但舉著手機卻讓他的內在世界翻江倒海，犯起噁心。他滿腦子都是克萊蒙斯拿著手機在他眼前晃，臉上掛著傲慢的假笑。電池早該沒電的。這一切都不合理。手機有設定開機密碼，但他還沒檢查應用軟體有沒有被駭。當他打開相簿，胃裡一陣翻騰。

舊照片被刪光了。相簿裡存滿黑色的照片。有幾百張。他向下滑過沒有止盡的黑色方格，恐懼在他的喉嚨留下惡毒的指紋。這一切都不可能。只有湯馬斯和德芙知道他的密碼，而他們不會做這種事。

這時冷空氣碰到他的後頸，秋日寒意摻入濃郁的森林氣息。青苔與正在分解的落葉與腐物。

安德魯提高其中一張的亮度，盯著畫質粗糙的昏暗照片。

是他本人。

他背對鏡頭，手電筒抓在胸前。蕨類在他腿邊拂動，樹木聳立在他的後方，陰森森的。

他提高下一張照片的亮度，然後是下一張。又是他，他仰著頭，從林木間看星星，白皙的頸部裸露出來，像在邀請怪物上前。

再下一張照片，他瘦削而模糊，背後有個龐然大物，形體大到足以遮擋星辰。牙齒寒光森森，鹿角從頭顱彎下來。一個怪物從安德魯後方現身，而他毫無所知。

他緊緊閉上眼，嚥下膽汁。照片是誰拍的？誰在盯著他？湯馬斯也在照片裡，半個身體進了框，不止一張照片拍到他跟湯馬斯兩人身形貼合在一起，或是四肢交纏地站在一塊。

如果德芙看到這些照片，她會編出一個酸臭的解讀。也許這便是她這麼氣他的原因？假如照片是她拍的——

嗯，不對。他必須從腦海剔除這種想法。她絕不會做這種事。如果她看到怪物，必然會跑去求援。

除非她看不到怪物，只看到他們同進同出，舉止顯然很親暱。怪不得她會對他怒不可遏。

他刪除全部照片，將手機塞進口袋，才匆匆進入禮堂找到湯馬斯，跟他一起坐。他只能坐著不動，聽校長淡定地撒謊，說一面牆壁倒塌釀成悲劇，導致眾人愛戴的克里斯多夫．克萊蒙斯老師死亡。任何需要談談的學生，都可以跟學校的輔導老師求助。這是一樁離奇的意外。但牆壁明天就會修好，大家都沒有危險。

安德魯想跟湯馬斯對上視線，但湯馬斯駝著背，在咬拇指的指甲。

他跟怪物戰鬥時或許可以一臉勇敢，事後卻完全變了一個樣：淪為一具驚魂未定的殘骸，只能強作鎮定。他需要有人讓他振作，但這不正是安德魯一直在做的事嗎？全世界唯有安德魯懂他。

他們一定要在一起。

他們應該永不分離。

那一夜，他們準備就寢時，房裡已經沒有湯馬斯的畫作，感覺整個房間光禿禿的。由於一半的校區封閉，許多工人在進行修繕，徹底打亂了授課安排，教師們只好指派分量多到近乎邪惡的額外閱讀材料，讓學生待在圖書館或寢室閱讀。安德魯和湯馬斯看中了寢室的安全，想把自己鎖在門內，隔開窺視的眼光以及竊竊私語的人，也暫且擱置他們漸漸意識到的事：攻擊學校的怪物是他們帶來的，而且他們莫名其妙地逃過一劫。

安德魯坐在地板上，被課本環繞，一手捂著抽痛的滾燙耳朵，克萊蒙斯的尖叫仍在他的腦海後方迴盪，感覺上他根本沒逃過什麼劫數。

湯馬斯吃力地換好了睡衣的上衣，牙刷插在嘴裡。「馬上回來。」他大力地打開門走出去，彷彿要上戰場。

這感覺也很合理，畢竟所有的規則都變了：森林、夜晚、柵欄都不能約束怪物的行動，怪物也不怕他們小得可憐的短斧。安德魯縮起膝蓋，將臉埋在膝蓋間，需要暫時阻斷全世界，單純地一呼一吸。他們不可能每一次都保住性命。

即使窗戶關著，他仍然聞到了森林的氣息，覺得森林在他的皮膚底下搏動，像腐朽的第二個心跳。他摸摸耳朵後方的腫脹，現在已是葡萄大小，一個血與膿的膿包。只是耳部感染罷了。他用拇指的指甲一摳，鼓包便癟下去。

他忽然忍無可忍。

他從湯馬斯的繪畫用品裡翻出一枚迴紋針，扳直，一手壓下耳朵，將針尖抵住膿包。

不可以，一小部分的他在低語。

他將迴紋針扎下去，很用力。

疼痛貫穿耳朵，盛大擴散。膿包爆開時，他倒抽一口氣，液體從頸背流下，劇痛染紅了他的視野。

濃重的森林氣息填滿他的喉嚨。當他拿開捂住耳朵的手，指尖有凝結的土塊。沒有膿血，反而是乳白的植物汁液，以及一枚染血的種子。

安德魯心底的一切都在戰慄，厭惡不已，他想要閉上眼睛，墜落到這個宇宙之外。

寢室門咿呀打開，湯馬斯頂著一張濕臉回來了，嘀嘀咕咕地嫌棄一個惹人厭的一年級生，然後看到安德魯拱著背在顫抖，手髒得像在花園裡扒過土。

湯馬斯跑上前，慌得睜大了眼。「怎麼——等等，你耳朵怎麼在流血？那個是……」

「克萊蒙斯死的時候」——安德魯的聲音聽起來悶悶的，擴散到四方——「一條藤蔓鑽進——我的耳朵。」

「但我把它拔出來了。真的，我發誓。」湯馬斯抓來一條毛巾，使勁壓住安德魯流血的耳朵。

「我需要這一切都劃上句點。」安德魯喃喃說。

「我知道。可惡。我會擺平的。不計代價。」

「我們得滿足森林的要求。」他說。「也許用更多的血當作祭品？」

「不。」湯馬斯的嘴抿成陰沉的線條。「森林想要更好的犧牲品。」

最後他們坐在安德魯的床上，想要擬訂對策，但每個點子似乎都蒼白無力，試都不必試就知道註定失敗。答案必然存在，必然涉及繪畫，但兩人都太疲憊，累得想不出個頭緒。安德魯用掌心蓋住眼睛，用力按壓，以分散煩人的耳朵疼痛，但當他放開手，才意識到湯馬斯已呼呼大睡。他仍然躺在安德魯的床鋪，臉埋在枕頭上，呼吸平穩。他推了推湯馬斯，沒醒。無眠的苦悶夜晚已經太多了。

顯然安德魯應該到寢室另一頭，去睡湯馬斯的床，但路似乎太遠，太費力。安德魯待在原位又何妨？朋友同床很常見，又不一定會碰到對方。他躺下，身體靠向牆壁，眼皮隨著湯馬斯宛若搖籃曲的呼吸聲，輕輕闔攏。幾分鐘就好，然後他們便會出去跟怪物戰鬥。

但喚醒他的是巫異時刻。一個貪婪的咽喉發出一聲嗥叫，叫聲填滿這個夜晚，範圍超過他們安全的小小寢室。安德魯驚得坐起來，心跳如雷，胃裡是暈船等級的巨浪。他越過一動不動的湯馬斯下床，及時跪倒在地上，朝垃圾桶嘔出葉片跟染血的藍紫色團塊。現在來不及出發去森林了，但他在惡寒下哆嗦著，同時還噁心欲吐，根本看不清現實，一想到要面對黑暗、怪物，他便絕望得不能自已。湯馬斯仍然在睡，人事不知。安德魯沒有吵醒他。

他摸摸耳朵，又腫了，皮膚繃得很緊，像裡面有什麼東西趁他睡著時再一次生長。但這一回，那玩意兒沒有試圖鑽出皮膚逃離，而是反方向生長——朝裡深入內在。

那東西在他體內，他很清楚。

是森林。

從前有個男孩在一座魔法塔樓睡覺，背部都是鞭撻的傷痕，那是他戰敗，而怪物戰勝的結果。他戴著櫻桃木❀與火鳥❁骨骼的王冠，這是他在森林裡的樹木姊妹們送給他的禮物。但她們沒能保住他，他被抓到魔法塔樓，接下來要承受長年累月的無盡折磨。

男孩在睡夢中嗚咽，等著下一輪的鞭撻。

這時一位女巫從塔樓的窗戶爬進來。她的斗篷灑滿了願望的金粉，而她允諾會拯救他，但要付出代價。

「你拿著這把斧頭，」她忸怩地笑道，「砍倒森林的所有樹木。然後，任何東西都不能再傷害你。」

「但樹木是我的姊妹。」他說，骨子裡已經充滿恐懼。

「管她們做什麼？」女巫問。「她們又不愛你，也沒有為你挺身而出。把斧頭拿去吧。」

他開始哭，但伸手拿了斧頭。

❀ 花語：平靜、平衡。
❁ 通常象徵重生與不朽。

20

一團柔軟的溫熱抵著安德魯的側身。他睡得迷迷糊糊，不能探查什麼，只順著茂密的鬈髮摸過去，遠在天邊的神志這才意識到，那一團溫熱是湯馬斯。

他們必然是在夜裡滾到彼此懷裡的。湯馬斯的頭埋在毯子裡，臉貼著安德魯的肋骨。他的呼吸緩慢而穩定，散發著香皂、睡意、男孩的氣味。

真好，這一團暖意只是安歇在安德魯的身邊，沒期待進一步的肢體接觸。他手指懶懶地纏著湯馬斯的鬈髮，假裝在巫異時刻嘔出葉子是一個已被揉皺的夢。

要不是房門外響亮的腳步聲讓他記起今天要上學，而且他們已經遲到，安德魯或許會睡個回籠覺。湯馬斯嘆了口氣，伸著懶腰打哈欠，接著他猛然坐起來，連忙離開安德魯的床。安德魯的胃翻攪，大腦瘋狂搜尋藉口，想否認自己幾乎沒注意到昨晚他們睡在一起，一陣噁心瞬間殺到，他幾乎要窒息，直到湯馬斯說：「可惡、可惡，我們昨晚沒有殺怪物。我們睡著了？怎麼會——這下子真的麻煩大了。」

他在寢室裡飛奔，脫掉睡衣，套上褲子，把腳塞進未繫鞋帶的鞋。安德魯一直沒動，很安靜。

好啦。同床共枕不代表什麼。沒事。他們好好的。不必提起他們的皮膚、髮髮、肢體曾經交纏，不必提起他們並不後悔自己屈服於想要親近的欲望，竊取他們永遠不配擁有的慰藉。

湯馬斯正與領帶搏鬥，安德魯趕緊不動聲色地收走垃圾——髒兮兮的泥巴、種子、碎爛的花瓣，那坨看上去更像是堆肥，而不是剛剛在他喉嚨裡的東西——他還努力不去碰耳朵，但頭痛在他的眼睛後方來勢洶洶。

活像小小的綠藤趁著他睡覺時長成緊密的一團，現在正禁錮在頭顱裡推推撞撞，渴求更大的伸展空間。

別想了。這個晚點再操心。

現在要專注在他們的怠惰之罪，怪物也許就在轉角處，或是蜷縮在牆壁裡，噴出惡臭的灼熱氣息，嗜血的舌頭對兩個男孩淋漓的鮮血貪得無厭。面臨這樣的可能，加上對未知的恐懼，每道黑影、每個動靜都可以讓安德魯和湯馬斯兩人畏畏縮縮，他們迴避窗戶，反覆檢查教室，然後才悄悄溜到自己的桌位。這導致他倆變得神經兮兮的。疑神疑鬼。精神失常。當他們必須分開，各自去上不同的課——安德魯上經典文學，湯馬斯上繪畫——兩人都覺得自己活不到下課。

安德魯發現桌子下有一道隆起的線，是生長茂盛的真菌。當他伸手拂過去，真菌落到他的褲子上大啖纖維，他只好趁瑞爾博士轉頭講課時，拚命弄掉那些玩意兒。他感覺到鞋子裡有泥沙，但這不可能。最糟的是劇烈的頭痛，從耳朵蔓延到眼睛後方的頭痛仍在惡化。他突然很想從鉛筆盒取出圓規，深深插進耳朵，挖除正在壯大的所有綠芽，免得芽根鑽進他的大腦。

而且要是他真對著自己的耳膜展開大屠殺，弄得滿頭滿臉鮮血，他便會像是徹底發瘋。他得乖乖坐好。他必須熬過去。

午餐時間意味著到食堂接受種種酷刑，但至少他可以跟湯馬斯會合。安德魯跟在幾個學生後方，聽他們高聲議論藤蔓肆虐的事，以及「學校一天到晚出意外」，父母是否應該支付學校如此高昂的學費。他決定彎到一條陰暗的甬道，等他們走遠點——但甬道另一端有兩個學生在徘徊，兩人近得可以講悄悄話，或親吻。威克伍有很多這樣窄小的廊道，這是僕人需要迅速進出又不打擾莊園主人的那個時代所遺留的設計。一幅幅油畫懸掛在牆上，金色的畫框已失去光澤，一幅比一幅晦暗。蘋果的果皮是黯淡的黑，整盤的葡萄長著毛茸茸的黴菌，李子裂開，滲出柔軟、腐壞的果肉。他幾乎可以聞到那股氣味，水果的甜腐味從古老的畫布淌出。

他的脖頸傳來有東西在爬的詭異感覺，他趕緊從這條窄廊退開，這時其中一位學生提高音量，是明晃晃的尖銳怒罵。

「……你應該多抽出該死的一秒鐘，想想你在對他做什麼。」

安德魯靠著畫框，一動不動專心聆聽。蘭娜站在那裡，雙手捏著拳頭，身體緊繃，聳立在湯馬斯面前，他頹然倚牆，抱著手臂，嘴巴抿成生氣的角度，難得這一回他沒有企圖迴避蘭娜。這令人不解。

「我沒對他怎樣。」湯馬斯聲音裡的尖酸程度，比平時他面對蘭娜的時候要低，聽起來只是惱怒，而且疲憊。

「是喔，在我看就不是那樣。他看起來明明就還在很脆弱的混亂狀態，你就向他下手了。他連飯都不吃了，對嗎？」

不知何故，察覺他們在私底下談論自己，安德魯並不覺得錯愕。他盯著另一幅畫：幾顆長著褐色斑點的梨子，旁邊的起士有腐壞的紋路，白色小蟲半懸在起士孔洞邊緣。這畫面實在噁心，拿來協助他集中精神卻莫名地有效。

「我沒有……」湯馬斯沒了聲響，嘆了一口氣。「妳什麼都不明白。」

蘭娜氣急敗壞。「德芙跟我說的夠多了。要不是你傷害她——」

他被這話一激，不再倚牆。「我沒有傷害德芙。我絕不會動她半根汗毛。而且，我會用生命保護安德魯。」

「看來你這條命還有利用價值，畢竟學校出了這麼多恐怖的怪事。我猜你不曉得那是怎麼回事？」

「不知道。」他暴躁地說。「抱歉我控制不了這間該死的學校，不能遵照陛下您的旨意，阻止學校崩壞。」

在短暫的靜默中，兩人都面露凶光，繃緊下顎。

「崩壞的東西，」蘭娜生硬而緩慢地說，「可不只是學校。不要拿他當消遣，放任你心底那些邪門的小怪物不管。」

安德魯悄悄溜開，屏起呼吸，期盼他們不會聽到他踩在地毯上的腳步聲。他但願自己沒聽到半個字，因為他不要思考這番話的意思。

隨後他躲到洗手間旁，直到看見蘭娜怒氣沖沖地離開窄廊，每一步都重重踩出她的義憤填膺。一分鐘過去，然後是兩分鐘，湯馬斯依舊沒出來，安德魯原路折返，在掛滿了腐壞果物油畫的牆壁之間打轉，總算看到湯馬斯叉腿坐在金色畫框下面，畫裡的水果盤擠滿了甲蟲跟蜘蛛卵。他舌頭下幾乎嘗到了腐敗的味道，黴菌就像一條有毒的地毯。這些畫當然不會是學校故意懸掛的，但他不確定畫面上的腐敗是他的幻想，還是受到昨夜從森林逃逸的那些東西影響。

一隻腐敗的怪物已鑽進這所學校的核心。

「喂。」他輕輕踢湯馬斯的鞋。

湯馬斯待在原地，陰沉沉地盯著地板。這裡沒有窗，土灰色的照明將他的頭髮渲染成陳年血漬的顏色。

「既然毀掉我的畫沒能遏止牠們，」他說，「那下一步顯而易見。圖是我畫的，我就是問題所在。」

惶恐之情填滿了安德魯的肺，他已經不想聽後面的話。「也許這就是答案。你是畫家。你把怪物畫活了，那你能不能、嗯、我也不知道、把牠們畫死？」

湯馬斯神情痛苦。「那在我畫死怪物的時候，你要在旁邊揮斧頭嗎？我才是應該戰鬥的人，你不是。」

「那重要嗎？」安德魯輕聲說。

「我必須保護你。」湯馬斯皺起眉頭，疲乏地揩揩臉。「我一向都把我們畫成這樣。我，是持劍的王子；你，是英勇的說書人。」

「我們不能每晚都去殺怪物，一路殺到畢業。怪物一天比一天殘暴。鹿角王比薊花妖精難纏多了。」

「我知道。」

「如果說，」安德魯說，「我們用油墨殺掉牠們呢？」安德魯見他目光茫然，又趕緊說：「我意思是說，這很合理，對吧？控制你的畫，就能控制怪物。」

「也許我控制不了牠們。」

「總要試試。我們……我需要你試試。」

湯馬斯一手伸到狼怪咬過的側身，掙扎著撐住地板爬起來，疼到縮了一下身體的樣子根本藏不住。他向安德魯走近一步，又一步，只有燈光映照著兩人之間的愁雲慘霧。

「我不會讓我的怪物傷害你。」他伸出手，起初有點猶豫，然後他揪住安德魯的制服毛衣，狠狠地擰住布料，以致安德魯感覺到湯馬斯手指骨節抵著他的心跳。「要是我失控，你會阻止我吧？假如我才是真正的怪物，你要打倒我。」

「你不是怪物。」但安德魯只想著假如現在可以敲開湯馬斯的肋骨，將自己整個人塞進去，他一定會那麼做。

「但假如我是」——湯馬斯咬著牙——「你要發誓你會阻止我。」

「我不行。」安德魯低喃。

「可以的，你做得到。」這時湯馬斯注視他，目光慘澹而黑暗，鄭重到極點。「向我證明你可以。打我。」

安德魯瞪大眼睛。

「我需要知道你做得到。」湯馬斯放開手，後退一步。「證明你可以保護自己不被我傷害。」

他們站在一臂之遙，兩人的呼吸都太急，彷彿跑了一千公里，仍未衝出黑暗。他們之間的世界崩毀成廣闊的黑暗虛空。

「不要。」安德魯說。

湯馬斯推他一把。安德魯的肩膀撞上牆壁，肺葉裡的空氣隨著他倒抽一口氣，衝了出來。

「打我。」湯馬斯目光灼熱。「不然我就發誓，假如拯救你的唯一辦法是撇下你，我就會毫不猶豫地離開你。我會離開你，永遠永遠不回頭。我會——」

安德魯揮拳。

他的拳頭擊中湯馬斯，發出可怕的悶響，在那一刻，他感覺到鮮血從指節滑過，像獻給森林的血腥祭品。

他的第二拳讓湯馬斯踉蹌後退，伸手摸了嘴，手指都染紅。

他們之間的一切狠戾激昂。汗水從安德魯的後頸流下，赤紅的熱意在摧殘他的眼睛。他想要吻湯馬斯，想要兩人染血的嘴唇貼合在一起，他覺得自己飢渴到快要沒命了。

他沒必要打湯馬斯兩拳。

但他就是打了。

湯馬斯抹了一下嘴。「好。」他聽起來鎮靜了些。「好，這樣才對。」

這麼折騰完以後，他們就只是兩個肚皮空空癟癟的男孩，等著威克伍、森林、腐朽物填滿他們。

21

他不可能全身而退。

他一直在等湯馬斯提起，或是哪個老師來把他拉進一間黑漆漆的屋子，然後警探從暗處出來，拿出手銬，目光冰冷地寫下他的罪名：殺人凶手。

安德魯不斷想著這些，一邊鑽進一間自習專用的房間，懷裡抱著一堆課本，外套裡穿著毛衣來禦寒，因為他老是覺得冷。他的頭髮向後梳成深邃的蜜色波浪，看來就是一個靦腆的可愛男生，不像是會把老師拿去獻祭的人。

收下克萊蒙斯當作祭品收下他收下他收下他

他不能再想這件事了。他應該想想湯馬斯結痂的唇，想想上課時他一直為此擔憂，直到湯馬斯的痂皮裂開，為下巴描出一道完美的殷紅。

昨天的暴力感覺像發高燒會出現的夢境，但安德魯的指節浮現的瘀青是湯馬斯柔軟的嘴型。

他不該再想著湯馬斯的嘴。

在自習室尋找空位比他預想中困難，尤其是大部分的四年級生三三兩兩地坐在一塊，書本跟筆電占據整張桌子。高高的桃花心木書櫃切割了自習室的空間，桌位跟學生散布在書櫃之間，配上深色壁紙、華麗的雕花檐板、古銅色枝形吊燈，整個空間顯得壓迫且窒悶。但他不能一直徘徊，侷促而孤單地等待湯馬斯從美術課回來，更別提他還有那麼多課業要惡補。

他會被當掉的；他們倆都是。顯然，滿是怪物的無眠夜晚不利於應付威克伍繁重高壓的課業。

當他繞過一座書櫃，突然煞住腳步，窩在角落的那位大概就是他的最佳對策。德芙站在盡頭，塵埃在上方打下的燈光裡飛舞，如羽毛般環繞在她頭上，宛若冠冕。她那纖長、優雅的手指正輕輕滑過書脊。上一次對話——爭執——的痛苦回來了，像一把刀迅捷插進肺葉。他想要湊上前，也想要走開。

她抬起頭，彷彿察覺到他在旁徘徊，焦躁而不安，然後她沒事人一般繼續找她的書，他心裡頓時爆出一片火熱。

他三步併兩步走過去，一邊努力穩住懷中溜來溜去的課本，一邊端出嚴肅的表情，一副冷靜自持的樣子。他張嘴要說話，卻被她搶先一步。

「你有沒有聽說關於湯馬斯的風聲？」

安德魯眨眨眼。「沒有吧？誰說了什麼嗎？」

德芙鄙夷地哼一聲，像在說安德魯果然靠不住，對身邊的情況一無所知。「說他殺了父母。」她取出一本書，看了看，又放回架上。「還殺了克萊蒙斯。全校都在傳。」

安德魯一陣反胃，耳朵的疼痛陡然拔高，彷彿藤蔓長出新的捲鬚，要鑽進他眼睛後方更深處的軟組織。他用拇指按壓太陽穴。

「也許妳可以跟湯馬斯談談……」但他越說越小聲，覺得這麼蒼白無力的勸和很丟人。

「還有這個。我幫你看了你寫的故事。我建議你全部重寫。」她從口袋掏出一張紙，攤開，啪地放在他懷裡那堆書的上方。

他驚訝地膽怯起來，隨後一瞥，看見紙面被畫得滿江紅，還圈出錯字。那顯然是從他的筆記本撕下來的，不僅如此，他還認出了這一則故事：樵夫砍了一棵魔法樹回家當柴火，其餘的魔法樹便跑來，團團包圍他，以懲罰他的罪孽。

但他之前是將這一頁夾在窗縫，好讓湯馬斯發現。怎麼會是德芙——

「我——」他開口，但德芙打斷他。

「我不能一而再再而三地幫你訂正。」她說。「尤其是你會犯相同的錯。用用字典吧，不然，用腦也行。」

滾燙的淚珠猛地從他眼眶湧出，控制淚水、穩住聲音的戰鬥已告失敗。她哪裡這樣子對待過他，既唐突又無禮，恣意揮舞紅筆批註——她一向是用紫筆——而且她以前從沒糾正過他的故事。故事是他的一部分，是神聖、私人、安靜的，現在她卻整行、整行地劃掉，還用小字在旁寫上「老套」、「狗血」，感覺上，這是她對安德魯最冷酷的一擊。

他突然頓住，扭身離開她，從書櫃之間大步離去。德芙怨毒地一臉惱怒，抱著手臂，緊緊噘著嘴。

「你真的又要扔下我？」她說。「你要哭了嗎？你沒資格——」

他猛然轉身面向她。「閉嘴就好。」

她露出受傷神色，而他承受不了這些。他——是懦夫，不像湯馬斯是王子——繞過書櫃逃之夭夭，直到看不見她為止。

他剛才的音量必然太大，好幾個學生在他匆匆經過桌位時抬頭看他，他們的表情從不悅到困惑都有。他看起來像是既崩潰又瘋狂，是被四年級課業壓力壓垮的一員。

他瞄到自習室另一角落的桌位，霸氣的郎蘭娜在那裡戳弄筆電，克蘿伊坐在旁邊，拿著螢光粉彩筆在畫線。太好了，得救了。要是德芙跟過來，看到有幾乎不認識的三年級生在場，應該不會繼續跟他吵架——但她行為如此反常又懷恨在心，也許還是會吵。也許她想要他當眾哭泣，讓他因為控制不住情緒，惹來眾人的竊笑與白眼。

為了那個他仍然不知道的罪名繼續懲罰他。

他將書本放桌上，一屁股坐到克蘿伊對面，才想起忘了先問她們要不要讓他坐，以及他是否占了別人的位置。克蘿伊詫異地抬頭看，無意間，螢光筆便衝過了紙面，蘭娜停下跟筆電的對峙，狐疑地看著安德魯。他忙著排放書本，然後用袖子飛快抹了眼睛。

「你還好嗎？」蘭娜問，很謹慎。

「嗯。」他一把抓起生物筆記，胡亂翻開一頁，盯著看。「我只是在等湯馬斯，然後就會走了。」他還能說什麼？他當然可以說我姊對我很凶……但那聽起來就像愛發牢騷的小屁孩。

「你坐吧。」蘭娜跟克蘿伊匆匆對視一眼，克蘿伊聳肩。「只是兩秒之前有人在咆哮，聽起來是……你。」

他決定不回答，又納悶這樣會不會像是不打自招。

「對了，」蘭娜緩緩闔上筆電，將字句從嘴裡拖出來，「湯馬斯是不是跟人打架？他的臉有夠慘的。我沒看到還有誰像幹過一架的流氓，但我再怎麼想，他都不可能打不還手。」

安德魯瘀青的指節在桌面下方緊縮成拳，將湯馬斯在他皮膚上留的齒痕藏起來，以防她的火眼金睛看到。「他沒有。」

蘭娜挑起一側眉毛，但安德魯沒有預先編好的謊言，劇烈的頭痛也模糊了所有的常識。他不該坐這裡，不該躲進洗手間，不該去醫務室拿止痛藥，不該——

克蘿伊的手指出現在他生物筆記本的上端，小心地從他手裡抽出筆記，上下翻轉方向，再放回原位。他抬眼一看，她露出安撫的笑容。

他糗得臉頰泛紅。他剛才竟是盯著上下顛倒的頁面。

他瀕臨失控。

他需要湯馬斯，需要他倆的肺葉縫合在一起，他才能記起怎麼呼吸。他需要摘取湯馬斯口中的話語，放進自己裡面，這樣他才有話可說。

笑聲從一排書櫃附近迸出，一群四年級生晃進他的視野，以致他身體一僵。來的當然是布萊斯．肯恩，由他的走狗們簇擁。安德魯捏著桌角，力道大到指節沒了血色，暗自期盼他們會走開，但他們誇張的低語實在很難無視。

湯馬斯．萊伊殺了他父母。

他脾氣又臭又硬，你見識過沒有？

你曉得他討厭克萊蒙斯嗎？

很可疑，對吧？

尤其是在他跟德芙．佩羅特那件事之後。

布萊斯看到安德魯那一桌，眼睛都亮了，彷彿嘗到了柔弱肉塊的氣味，隨時可任他剁成肉泥。他咧出燦爛笑容，信步走來，襯衫袖子捲起，頭髮向後梳的角度很帥氣。

「哈囉，小美眉們。」他扶著安德魯的椅背，向前靠得太近，以致下壓的體重很沉，令人窒息。「要在下一次攻擊之前好好用功啊？」

安德魯覺得自己快被壓得像紙一樣薄了，慌亂之情在他的牙齒裡敲敲打打，布萊斯越來越近。

「什麼『攻擊』？」蘭娜怒道。「少無聊了，滾開，布萊斯。」

克蘿伊給安德魯一個同情的苦臉。就連她在蘭娜身邊都顯得畏縮。顯然他們三人就只有一個人有膽識，而他倆都打算把苦差事交給勇敢的蘭娜。

湯馬斯就在這一刻來了。

他就像火柴擦出火焰一樣現身，臉色超級臭，一邊調整拿筆記本的角度，一邊像是在考慮用筆記本給布萊斯．肯恩的臉來個大整形。

蘭娜白眼翻到天花板。「又來了。」

「喂，渾蛋大人。」湯馬斯說，露出滿口牙。「你離安德魯遠一點，不然我就把你扔出去。」

布萊斯站直身體，露出寬容的笑，雙手攤開，彷彿在跟剛來的朋友打招呼。他的走狗們悄悄靠攏一些，安德魯赫然意識到自習室裡沒什麼老師。

「小湯湯，」布萊斯說，「要我離他遠一點，是為了方便讓你上嗎？我們剛剛才講到你，正想問問你是不是很不爽克萊蒙斯教授……還是說，扒他皮的人就是你。」

蘭娜一掌拍在桌上。「這話太超過了。克萊蒙斯的死是意外。」

布萊斯誇大地聳肩，顯然是表演給他的觀眾看。「是嗎？那天我看到佩羅特跟克萊蒙斯在一起。看起來是要去校長室。所以說，這是很合理的推測。」他一手撫過他完美的頭髮，聳聳肩。「佩羅特惹上麻煩，萊伊去報仇。但我的問題是，小安安，你究竟幹了什麼好事？現在沒有德芙幫你寫功課，你就想替教授吹喇叭，來提高成績嗎？可憐的萊伊被冷落，就吃醋了。」

他的走狗們笑得幸災樂禍，沒幾個人會收斂，反正有老大罩著很安全。他們老大可是笑容迷人，還頂著富貴人家的姓氏呢，地位高不可攀，他們樂得參與他膽大包天的行徑，如魚得水。

「要我教你怎麼做人嗎？」湯馬斯的臉在發燙。「給我閉上你的臭嘴。」

布萊斯吹口哨。「脾氣大一點就對了。要好好保持喔，萊伊。這麼說我們對你的認知是對的耶，你會……殺人。」

湯馬斯動了。

恐慌模糊了安德魯的視線，以致他以為世界即將反轉，然後他會從邊緣跌進虛空。

他想從座椅起身，可是突然間，他的四肢似乎太長、太滑溜，也太難控制，只能笨手笨腳地跟地心引力搏鬥。克蘿伊急得發出小小的驚呼，而蘭娜像烈焰裡的鳳凰一樣冉冉而起。她肯定比湯馬斯早一步行動，一出手便拽住湯馬斯背後的衣服，還用力踩穩腳步，活像她是用拳頭抓住一場颶風。

「這是為了德芙。」她低聲說。「有我在，我絕不會讓你因為打架，被學校一屁股踢出去。」

這給了安德魯時間，他東倒西歪地從座位出來，鑽到湯馬斯跟布萊斯之間。

「你們會玩三人行我倒是有點意外。」布萊斯挑了挑眉毛。「但既然郎小姐只愛搞女的，而小安安又跟女生差不多，我猜——」

蘭娜的怒氣像海嘯席捲過她的臉。「真令人不敢相信，都什麼年代了，你居然還在排斥異己，還以為沒人會舉報你那些蠢話。放心，我會舉報你，我們學校對霸凌是零容忍。」

布萊斯得意地笑起來。「對謀殺也是零容忍。」

湯馬斯想要撲過去，但蘭娜悶哼一聲硬是沒放手，而安德魯雙手扳住他的肩頭將他向後拉。

「這就是你的反擊？」蘭娜尖銳的笑足以把人削成肉片。「你這麼愛幻想未成年人的性生活，掛在嘴上講個不停，你不想替自己辯護一下嗎？你不是滿十八了嗎，布萊斯？現在看起來倒像是你在找獵物。」

他笑容消失，醜陋的豬肝色湧上他的臉，他走向蘭娜。「郎，妳再詆毀我一次，我就——」

克蘿伊從座位蹦出來，以假到不行的愉悅聲音說：「啊，貝文女士好像往這邊來了。」

布萊斯在學校是天之驕子，很顧忌自己醜陋的一面被學校當局撞見，便將沸騰的怒氣拗成輕蔑的笑。他大步離去，只停下來拍拍湯馬斯的頭，一下比一下重，然後帶著小弟們揚長而去。安德魯覺得自己的骨頭像灰塵捏的，肺裡塞滿羽毛，而且他確定真正拉住湯馬斯的人是蘭娜。他只是一片雲，根本攔不住彗星。

既然危機解除，也沒有老師出現，蘭娜便鬆開湯馬斯的上衣，而他向前一個踉蹌，被安德魯撈住。

蘭娜嚴厲地上下看了他一眼。「你得冷靜點。」

湯馬斯咬緊牙根。「要是他再動安德魯一下，我會殺了他。」

「也許不要講這種話比較好？」克蘿伊畏怯地小聲說。「畢竟出了那麼多事……」

湯馬斯看都沒看她一眼。「我討厭這間學校。我討厭他們每一個人。每個人都在假裝自己多完美、多聰明、多麼『潛力無限』甚至到滿出來，其實都是用鈔能力擺平自己的髒事。這間學校養出一堆噁爛的毒孢子，還稱讚說那是玫瑰。」

安德魯拉拉湯馬斯的袖子。「沒事的。」這句話幾乎沒離開他的嘴，是憋著氣講出來的，微弱到無法安慰任何人。

但蘭娜在惱怒之餘，近乎好奇地看著湯馬斯，說道：「我覺得你講的沒有錯。對了，揍你的人是誰？」

安德魯連忙將雙手插進口袋，但她視線跟著動，安德魯真希望自己沒試圖遮掩。

「我會轉告他們，妳說謝謝。」湯馬斯說，語氣很冷。

蘭娜翻白眼。「隨便啦。我會去舉報布萊斯．肯恩。有的人把別人踩在腳下，就自以為了不起。他們才是怪物。」

安德魯的肋骨後方有個東西顫了一下。

他們很清楚如何對付怪物。

22

那一夜，他們在林木間穿梭時，森林活了起來。葉片隨著他們感覺不到的輕風在他們腳邊抖動，有某種他們看不見形體的東西在草叢間爬行。那是巫異時刻，湯馬斯拿著畫本，而安德魯握著短斧。

王子與他的詩人翻越倒地的樹木，樹幹上長著柔軟的青苔和菌類，在暗影襯托下，他們彷彿戴上了用冬青樹✿、漿果與荊棘※編成的王冠。

總有一天，安德魯會把這一幕寫進故事。他會把最黑暗的部分淬鍊成美，把吻寫得血腥，把復仇寫得甜蜜。

今晚必定會成功。他們會贏，非贏不可。他們已經知道問題所在。

湯馬斯背對一棵暗影裡的柏樹，蹲下身，手指已有墨痕。他把畫本放在膝蓋上，將

✿花語：可貴的生命。

※花語：誓約、美麗與危險並存。

手電筒立在身旁。

「我在自習室畫完了怪物。」他說。「等牠現身，我會立刻畫藤蔓纏住牠的脖子。」血在安德魯的耳朵後凝成痂皮。他將腦袋靠在肩膀上蹭一蹭，藉此幫自己消除疑慮，相信現在傷口只滲出膿血，不是泥土。他這樣也算有點長進了……吧。

他調整握住短斧的姿勢，將刷毛外套的拉鍊拉到喉嚨。「怎麼曉得來的會是這一隻？」

「其他的我都毀了啊。」湯馬斯的聲音很焦躁。「牠們根本沒有繼續冒出來的道理。我都沒在畫怪物了，我們怎麼還沒贏？」

「美術課呢？」

「那是畫像。我是說，我畫從腦海裡蹦出來的鳥啊山啊，但是」——他提高音量來打斷安德魯的反駁——「那不一樣。沒有怪物。」

「你有沒有畫森林？樹？」

陰影籠罩湯馬斯的大半張臉，但一小片亮光灑落在他氣惱的嘴上。他一向討厭別人告訴他怎麼做。

「我想，」安德魯說，「問題在於你畫的全部東西。」

「如果我可以創造怪物，你……你覺得我算什麼？」湯馬斯打開油性筆的筆蓋，但他斜斜瞥向安德魯的視線誠惶誠恐。

困在怪物與無眠的黑暗裡這麼久，安德魯只在乎一件事：制止怪物。

他才不在乎怪物是誰創造的。

也不在乎原因。

湯馬斯一臉沒把握，抬著下巴，像是渴求聖餐一般期待安德魯能放什麼在他舌上✵。這模樣讓安德魯的胃翻騰了一下，如此脆弱的姿態讓湯馬斯顯得更年輕、更柔軟。

「魔法。」安德魯說。「我覺得，你本身就像魔法。」

在他心裡，他真正的想法正衝撞他的脈搏，黑暗、狂熱、殘酷。你是一場噩夢，你是邪惡之地的神明，要終結你的恐怖，或許就得終結你——

湯馬斯縱容自己露出最細微的笑意，又繼續作畫。但他緊繃的肩膀鬆開一些，可見安德魯的謊言有用。他恨不得把臉埋進湯馬斯脖頸的凹處，停在那裡，直到他的焦慮淡去，讓兩人重拾溫暖。

一根樹枝在他們背後斷裂。

✵基督教徒領聖餐是張嘴讓神職人員將聖餐放到舌上，象徵領受基督的身體。

安德魯緩緩轉身，穩穩握住短斧。這一次他不要崩潰，不要像玻璃做的人。

湯馬斯畫得更急。「這會是一隻惡魔，臉很可怕，角上有花。但樹根會勒死牠。假如這樣子管用，我們就不必那麼累。」

「這個惡魔想要什麼？」安德魯說。

湯馬斯投來困惑的眼神。「不知道，想吃我們？牠是怪物啊。」

安德魯的心思動了，一塊拼圖，在他伸出的手上傾覆。每個人都有想要的東西。人人都有嚮往、有追尋、有渴求——即使怪物也不例外。克萊蒙斯想做聰明人，就把別人貶為笨蛋；布萊斯．肯恩想要強大，就把別人變渺小。

那森林裡的怪物想要什麼？

湯馬斯將怪物畫得很凶猛、歹毒，但他沒有給這些畫附加背景故事——他的怪物始於畫紙也止於畫紙。安德魯知道湯馬斯憑著感覺作畫，但他真的了解自己的感覺嗎？他似乎總是摸不清自己為何生氣、害怕、寂寞——他所有強烈的情緒顯然都是如此，當德芙嫌他這副德性很討厭的時候，他困惑不解，更不顧一切地把安德魯當救命稻草。

或許，這些日子以來，他們對付怪物的方式都錯了。

「你想要什麼？」安德魯說，看到湯馬斯不解地皺眉。

他凝視安德魯，眼裡匯聚著一池黑夜，當他作出一個字的嘴形，安德魯殷切期盼那個字是：

你。

但湯馬斯沒那樣說。他沒機會說出半個字。

在他背後，一隻爪子穿越黑暗，鉤住他的喉嚨。

安德魯驚呼著向前撲去，但湯馬斯已被拖到後方樹叢，他狂蹬亂踢，發出獸一般的怒吼，手中畫本飛出，紙張扯碎散落地面。風吹起他繪製怪物的一頁，先貼到安德魯腿上才飛走。

此刻攫走湯馬斯的怪物完全不是那個樣。

牠的身體扭成拙劣的人型。手臂太長，脊柱破損。軀幹沒有衣物，胸膛、脖頸、頭上都纏著麻繩，麻繩的縫隙裡還滲出塵土、爛水果、細枝。無眼，無耳，只有嘴，就是一道沒有唇瓣的紅色裂口，當上下顎分開時，舌頭便滑溜溜地伸出來，很長，像蛇信一樣分叉。

這跟湯馬斯的畫完全不同。

安德魯腦海裡的一切都開始叫囂。

他揮動短斧，但怪物避開了。然後牠一頭撞上安德魯的胸，安德魯向後飛起，重摔落地，倒抽一大口氣。

短斧哐噹掉在安德魯與怪物之間。

湯馬斯爬向短斧，但怪物咆哮著撲到他身上，以身軀將他壓制在地面。湯馬斯結結實實揍了牠的臉一拳，怪物嘶了一聲，向後撤。

然後舌頭竄出。

「湯馬斯！」安德魯握住短斧，汗濕的手卻打滑。他動作太慢，手太抖。他舉著短斧，往怪物的背部一劈，短斧卻彈開，那皮膚好像刀槍不入。

安德魯踉蹌後退，這時才意識到怪物的舌頭根本不是分叉，而是箭尖。

箭尖插向湯馬斯的胃。

湯馬斯在尖叫。他在怪物底下扭動，死命蹬腿，怪物不得不費力壓制他的四肢。

不、不不不——安德魯要輸了。他要辜負湯馬斯了。

安德魯撲上怪物的背，但怪物將他掀下來，彷彿他比蝴蝶更輕盈。怪物繼續蹲伏在湯馬斯身上，搖搖晃晃，緩慢而無力，舌頭像吸管一樣在吸吮。牠滿足得發出含糊的咂嘴聲。

湯馬斯停止嚎叫，但他光是哼一聲就足以要安德魯的命。他的聲音突然變得很微弱，痛苦萬分。他伸出泥濘滑溜的手去抓怪物的舌頭，但舌頭滑得抓不住。

安德魯扔掉短斧。

荒野在他腦袋裡生長，冒出荊棘與憤怒與毒漿果。假如這是一則故事，他要把自己寫成強者，強到足以殺死怪物。

所以他要將這變成一則故事。

他撿起湯馬斯掉在地上的油性筆。

拔腿就跑。

湯馬斯在他背後哭出來，碎成千萬片的聲音被風帶走。他劇烈扭動的身軀輾爛了葉片，卻不能脫身。他是獵物，被釘在地上。

而安德魯棄他於不顧。

他甚至沒有回頭看，即使湯馬斯哭著要他回來。

安德魯撐著長滿苔蘚的倒樹攀躍過去，衝向一棵樹皮光滑的樺樹❀。他一手扶著樹幹，另一隻手勉強穩住身子，將油性筆抵在樹皮上。想啊，快想啊。他像是帶了電一般，湯馬斯的尖叫充滿他全身。

然後他動筆了。

❀花語：重生與希望。

黑暗遮斷每一個流淌到樺樹上的字，但安德魯繼續寫。筆被樹皮的紋路與坑坑洞洞卡到，但故事從他內在撕裂出去。

在山谷樹林的深處，住著一個女巫，她喜歡把男孩子抓回去，將舌頭伸到他們的血肉裡暢飲。

湯馬斯的哀哼變成另一輪的哭喊，刺破夜色而來。安德魯寫得更急，心跳如雷。

這一回，她逮到一個髮似烈火的男孩，當她將舌頭插進他體內，她從裡到外都燃成灰燼，被風吹散，渣都不剩。

安德魯推了樺樹一下，藉此站直，胸膛急速起伏，彷彿他才是那個一直奔跑、打鬥、尖叫的人。他轉身，滿腦子都是短斧與鮮血，還有抓住湯馬斯的那個討厭鬼，湯馬斯湯馬斯——

他看到這一刻的怪物渾身抽搐，向後弓起身，彷彿脊椎是橡膠做的。然後，怪物厲聲號叫爆裂成一蓬灰燼。

灰色碎片在湯馬斯身上打旋，才被風吹走。

安德魯跑回去，磕磕絆絆，牛仔褲的膝蓋部位都被銳利岩石割破。安德魯才一癱倒在湯馬斯身邊，就伸出雙手把他整個人都摸一遍，碰觸他的胃、胸，一手按在他持續跳躍的心臟上，最後才捧起他的臉。

湯馬斯的啜泣既粗重，又低沉。他兩手打顫，拉起上衣。即使在黑暗中，也能看到那個洞，肚皮上一個直達胃部的圓洞。傷口沒有流血，那像是通往另一個世界的黑色通道。

安德魯將手平放在洞口上。「你沒事。怪物死了。」

「你做了什麼？」湯馬斯每個字都抽噎。「怎、怎、怎麼——」

「我寫了一個故事。」安德魯抱住湯馬斯，像是永遠都不準備放手。「我用墨水殺掉怪物了。」

他們必須再試一遍，確認這不是巧合。

他們在安德魯的口袋放滿粗頭的黑色簽字筆，這一回，由湯馬斯拿短斧。他眼神空茫，泛著疲憊的黑眼圈，小心翼翼地護著傷口。他們清理過傷口，上了繃帶，但洞口沒有闔攏，一直都在，跟銅板一樣圓，裡面黑漆漆的。安德魯覺得要是把手指探進去，應該不會摸到血，那就像是一條直達湯馬斯脊椎的通道。

這把湯馬斯嚇壞了，是目前為止最驚駭的一次。他一手捂著肚子，跟安德魯走進森林，每一次樹叢傳來沙沙聲，他都一臉崩潰。

安德魯站在前一晚寫故事的那一棵樺樹前方，湯馬斯背靠著安德魯，將呼吸調整成跟安德魯一致。他的呼吸急促而潮濕，安德魯的呼吸則很平穩。

他用手電筒照亮樹皮，挑了一塊空白的地方。

「我不要牠們碰我。」湯馬斯說。「我不能……不能再來一次了。我——」

「我會寫個不一樣的故事。」安德魯咬掉筆蓋，將筆尖放在樹皮上，準備就緒。他另一隻手微微彎曲，放在湯馬斯的手腕不遠處。

於是，湯馬斯將手腕貼上他的掌心，安德魯呼吸一滯，胸膛裡的蝴蝶掀起暴動。他們如此親暱，臉頰貼著臉頰。他想，要是此刻把頭側過去，湯馬斯可能會當場吻他，這會是既美妙又恐怖的瞬間。

這會解答一個問題，但毀掉其餘的一切。

也或許不會毀掉什麼。他不知道。他很心煩自己不知道，又怕得不敢找出答案。

「安德魯……」湯馬斯謹慎而輕柔地說出他的名字。「你……」他停口。「我們睡覺的時候——」

他們不能談這個，現在不行。安德魯還沒想好說辭，無法解釋他們怎麼會同床共枕，滾到彼此的懷裡，一句話都不說，就好像那一切都沒有任何意義——

安德魯可能微微僵了一下，也或許他倆都察覺到黑暗中有怪物沉沉移動著，因為湯馬斯突然退開。

「怎麼了？」安德魯說，嘴很乾。

「我晚點再問。」湯馬斯的聲音低沉而粗啞。

怪物們來了。

安德魯認得牠們，那是湯馬斯以前釘在床鋪上方的其中一幅畫。怪物們瘦如白楊✡，極高，安德魯必須仰起頭，仰到脖子痛才能看到怪物的腦袋。一身斑駁的黑袍，行走時骨頭會咔咔響。

牠們的腦袋是公羊的頭顱，是扭曲的醜陋怪物，肉已腐化，牙齒鑽滿蟲蛆。身上的長袍有地衣※和蘑菇在生長，那姿態與其說是在走路，更像是在向前盪。

湯馬斯掄起短斧砸中一隻，骨頭瞬間爆開，散落地面。可是當湯馬斯一後退，怪物又在長袍裡面恢復原狀，重新立起來。

✡花語：未知的恐懼。
※花語：孤獨。

這次怪物磨著牙前進，湯馬斯踉蹌後退，逃進安德魯懷中。

怪物向前逼來，咔咔咔咬著顎，腦袋歪著，死肉從頭顱上滴落下來。

「安德魯……」湯馬斯將手伸到安德魯的毛衣後方。「這些是骨百舌。牠們一尖叫——」

其中一隻仰頭大叫，彷彿在回應他的要求。那聲音像鞭子擊打他們的耳膜，兩人疼得曲起身子，痛呼出聲。血從他們耳朵和鼻子流下。血滴到安德魯的唇上，濕濕的，有金屬味，而他按著那棵樺樹，開始寫故事。

在一個天鵝絨黑的深夜，骨百舌走在牠們最喜愛的森林路徑上，去召喚別人的祕密。如果牠們對著一隻耳朵尖叫，那獵物便無路可走，只能坦露最深的祕密。

湯馬斯放開了短斧，雙手捂耳。安德魯覺得，湯馬斯似乎比平常更急於自保，就像他有太多不能說的祕密。

可是，當骨百舌在骨髓王子與他的詩人面前尖叫，牠們的魔法會逆轉，變成是自己要吐露祕密。骨百舌失去了自己的祕密，既震驚又羞恥，以致咒言反噬，將牠們整個吞掉。

安德魯寫著寫著，粗粗的樹皮便磨傷了筆頭，可是當他寫完轉身，去看湯馬斯又一次揮動短斧，立刻見到故事開始成真。

骨百舌的顎骨伊呀張開，但尖叫還沒出口便逆轉方向，刺進牠們的胸膛。牠們被這一下的力道撞得搖搖晃晃。

「不用打。」安德魯說。「我敢說真的不會有事，湯馬斯。反正，別打就是了。」

湯馬斯慌得面容都扭曲了——顯然是費盡全力才能站定不動。但安德魯想要聽骨百舌的祕密。他不曉得牠們要怎麼用全是骨頭的喉嚨說話，但他放任牠們靠近、再更近，骨頭咔咔咔的撞擊聲傳遍了森林。

一隻骨百舌聳立在前，月光下，牠閃亮亮的角，銳如匕首；手臂伸展，如長得看不到盡頭的樹枝。牠以手指撫過安德魯的髮絲，他狠狠咬住自己的舌頭，直到嘴裡爆出血腥味。

別打。別跑。別打。

「告訴我你的祕密。」安德魯低語。

牠才嘴一張，便掉出整團整團的土塊跟蟲子，菌類在顎骨關節大長特長，牠伸出一隻手指拂過安德魯的臉龐，滑向他的眼睛。他緊緊閉上眼睛，刺骨的寒意橫掃他整個人，很難受。

「你們要什麼？」安德魯的嘴幾乎沒動。「你們想怎樣？」

……祭品品品。……

精采的故事說完了，許願骨✲就該折斷了……

一個血淋淋的吻——

王子的祭品。

——剜出一顆心——

埋在森林裡。

但這你早就

都知道了，王子

這隻骨百舌往後撤，牠的同類從後面過來，將牠的頭啃碎，開始吃。牠們就站在那裡，互相吞食。安德魯很震驚，既敬且畏地看著自己的故事成真。

他向後退，跪在湯馬斯身邊。湯馬斯坐在葉子堆裡顫抖，雙手抱腿，膝蓋抵著下巴。

「牠們之前有跟你說什麼嗎？」安德魯說。

✲鳥類胸前的Y型骨，兩人各拉一邊，扯斷時，拿到較長一段的人願望會成真。

湯馬斯搖頭，臉卻是慘白的，不自然的寒霜凝結在他臉上。也許他在說謊，但這不要緊。安德魯得到了想要的答案。他拽著湯馬斯起身。

骨百舌只剩下顎骨還在地上，努力要把自己啃死，安德魯便跟湯馬斯逃回學校。

兩人都暖不起來。顯然祕密會吸走人體內所有的熱度。安德魯在法蘭絨睡衣外加了一件毛衣，鑽進被窩。他關了燈，想把握破曉前的幾小時睡一覺，但還沒來得及闔眼，床墊邊緣陷了下去。他沒有真的看到湯馬斯在床邊懸著，而是感覺得出來，湯馬斯將一隻膝蓋壓在被子上，像是無聲地探問。

安德魯翻身挪出位子，湯馬斯便將自己塞到床上。

這一回他們不能假裝同床是意外，所以他們什麼都沒說，只是蜷縮在彼此懷裡，直到兩人停止哆嗦。

「你能控制牠們。」湯馬斯說。「這段時間以來，你明明就可以用你的故事救我們的命。現在能不能解決掉牠們？徹底解決？」

安德魯把臉埋在湯馬斯的鬈髮裡，想著剜出心臟的王子們。「我不知道。」

騙子。但他一向都是騙子。

最後，他輕聲問：「你願意為我而死嗎？」

湯馬斯愛睏的聲音溫暖而鬆軟。「當然願意。」

23

他們並肩坐在樓梯上，合吃一包 Oreo 餅乾。雨後的花園晶瑩剔透，樹籬掛著鑽石般的水珠，空氣裡充滿世界剛剛洗滌乾淨的清新。終於能吸進與森林無關的空氣，讓他們備感輕鬆——如今的森林令他們喘不過氣、倒胃口，耗盡了心神。這樓梯通往威克伍的側門，只有去停車場的教職員會走，所以男孩們覺得很安全，可以獨處，不會有人看到。

這時間他們應該在食堂吃午餐，但這是湯馬斯的妥協：如果安德魯肯進食，他們就避開所有人。

安德魯試過了。他不是存心不吃飯，只是他一直不餓，還擔心食物嘗起來會是泥巴、葉片、森林的味道，引發焦慮氾濫，所以他是根本不可能把食物塞進嘴裡。但此刻他坐在最上面的階梯，湯馬斯坐在下方幾階，這讓他自在一點。湯馬斯始終背對著他，咬一口餅乾，檢查一下，然後把餅乾傳到肩膀後方。沒有視線接觸，不質問安德魯怎麼會養成這個焦慮、黏人的習性。還有，除非湯馬斯先試吃，不然安德魯不敢咬任何食物。

即使這樣，安德魯還是先用舌頭尋找湯馬斯留下的牙印。

「他們一直在講。」湯馬斯說。

安德魯抬起頭，不再看擱在大腿上的筆記本。他自有一套程序：咬一口餅乾，思考，寫一句。他很冷，十月鑽進外套裡，留下霜寒的吻，寒意經久不散，但他不在乎。「講什麼？」

「講我是殺人犯。」湯馬斯眼底含著怒氣，又側身遞出另一塊餅乾，安德魯傾身去拿。「我知道布萊斯．肯恩講那些屁話是為了激我，但感覺就好像……這麼多人想要那樣子看我。有些我根本沒打過交道的人也在議論我，連我經過的時候都還繼續講。他們幸災樂禍，那態度像是在說：『如果他是清白的，又有什麼好緊張？』我實在——」他突然歇口，停頓了漫長的一分鐘，才苦澀地說：「也許我們該讓怪物吃掉他們。我哪裡像是有罪的樣子？」

安德魯沒有指出他們就是一副犯罪的樣子，兩人都是。湯馬斯清醒的每一刻都被一股狂躁折磨——他神精緊繃，被掏空了，注意力渙散到一千個地方，總是在驚懼畏怯中，彷彿身旁隨時會冒出攻擊、嘶吼、刀子。與此同時，安德魯的存在感漸漸褪色，已像是半個隱形人。

「而且明天就是萬聖節。現在怪物就夠凶了，到時會更凶。我很清楚。」湯馬斯狠狠咬了另一片餅乾一口。「你怎麼不寫一個故事說『不再有怪物從我該死的畫裡冒出來，我們都過著幸福快樂的日子，直到永遠』？」

「我試過了。」安德魯說。「昨晚我寫了『於是所有的怪物都死了』，只是牠們沒有全滅。我必須寫扭曲、恐怖的童話。我必須寫……苦難。不止是牠們，還有我們的苦難。這不是我捏造的規矩，好嗎？規矩就是規矩。」

湯馬斯怒目瞪著大腿上的餅乾屑，一聲不響。這裡角度絕佳，可以清楚看見他長著雀斑的頸背上最柔軟的鬈髮；從襯衫裡亂翹出來的衣服標籤；皺掉的衣領上陳舊的藍綠色污痕。湯馬斯，是美麗的殘骸。看著他，安德魯可以暫時忘卻頭痛——之前他腦袋一直在抽痛，沒停過；忘卻將餅乾塞進嘴裡會害他肚子很脹，覺得快要撐死了。

忘卻他需要跟人說，他真的很不對勁。

他需要找校醫。

打電話給父親。

求助。

但他沒有。

他將餅乾捏碎，丟到湯馬斯不會看到的薰衣草✲叢間。

✲花語：等待愛情。

湯馬斯在說話，說完嘆了口氣，又繼續吃。

沉默籠罩著他們，氣氛溫馨，就是稍嫌陰沉，安德魯在創作新的童話故事，又寫了幾行。在怪物對著他的脖頸吐氣時摸黑振筆疾書，是他討厭的高壓環境，所以他要趁著白天先把靈感付諸筆墨。他的手機放在身邊，開啟的螢幕上是他發給德芙的訊息，但德芙沒有回覆。

他應該退讓、讓她贏的，如果這真的是一場關乎湯馬斯的爭奪戰，安德魯也不可能就這樣放棄，然後——

「噯，我們可以談談嗎？」湯馬斯仍然背對安德魯，肩膀卻繃起來。

安德魯的胃一揪。「我們正在談話啊。」

湯馬斯垂下頭，十指插進頭髮。安德魯深切地記起有多少次湯馬斯張口欲言，又喪氣地把話嚥回肚子裡。

他的下一句話，讓安德魯覺得自己像嘴上直接挨了一拳。

「你喜歡我嗎？」湯馬斯說。

不，他們不可以講出來。他們有不曾明言的約定，絕不吐露心意。慌亂攫住安德魯的喉嚨，他的心跳似乎太快也太響亮。要是剖開他們，掏出他們鮮血淋漓、疼痛、未經掩飾的情感，擺在一起比較會如何？會發現他們的情感並不一致。但他們會剩下被剖開的身體，沒辦法把自己縫合回去，恢復原狀。

湯馬斯會毀掉一切的。要是他對安德魯的索求變多，要他付出所有呢？

要是他要求結束一切呢？

安德魯冒出一股顫巍巍的絕望衝動，想用雙手按住湯馬斯的口鼻，按到湯馬斯不再呼吸，忘掉他現在想說的話。

湯馬斯仍然沒有轉身。「我知道你不喜歡談那些，就是真的談進去那種，但——」

「我們經常在談，整天都在講。」安德魯猛地闔上筆記本，心臟怦怦狂跳。「我在想，你確定我們沒有漏掉你的哪一本畫本嗎？會不會掉到你床下了？美術教室那邊呢？」

許久，湯馬斯沒有言語。他在摳樓梯磚縫的青苔。「我給過德芙一本。很久以前了。她大概丟掉了吧。」

「我來查。」安德魯說。「也許蘭娜會幫我們找。」

「我覺得那不是關鍵。」湯馬斯說，聲音很低。「我們一直在抹除我畫過的所有東西，但是狀況根本沒改善。也許這個也應該討論一下。我們從沒談過為什麼怪物不肯罷手。連牠們為什麼跑出來作祟都沒談過。我們不談德芙。我們不談畢業以後會怎樣。」他的每個字都像刮著前一個字，彷彿光是要把這些字句從喉嚨裡拉出來，就費了一番勁。「現在我們幾乎每晚都睡同一張床，我們也他媽的從來不談這件事。」

安德魯驀地站起，身體有如初生小馬，四肢危顫顫地快跟軀幹脫節似的。他越過湯馬斯時，差一點絆倒在潮濕小徑上。又快下雨了，濡濕的空氣擠壓他的臉，卻沒能讓他降溫。他熱得像著火，發燒了一樣。

湯馬斯說：「這快把我折磨死了。」

而安德魯不能看他。

「你可以剖開我，吞噬我的一切。」湯馬斯說，聲音粗啞而微弱。「我會讓你這樣做。我會求你這麼做。但我不知道這對你來說算什麼。我不知道我……我在你心裡算什麼？」

「我當然喜歡你。」這話說得比安德魯想的要更粗魯。

「但你要我嗎？」這時湯馬斯也起身，上衣跟褲子上的餅乾屑掉了一半。「你想怎麼要我？」

安德魯閉上眼睛。「別說了。」

「因為我一直在看你。好幾年了。」湯馬斯一手捂著臉，但臉上已是他招牌的酡紅。「但是你不會看男生。我是說，我們一起待在更衣室、寢室，你看過我沒穿衣服。你都很快就移開視線，是因為你不想看。而不是……不是被我發現，所以覺得尷尬。」

安德魯受不了了。他繃起一條下顎的肌肉。「但你喜歡女生。這根本——」

「不是只有女生。」湯馬斯的耳朵紅得像甜菜根。「你明明知道。」

「我什麼都不知道。」

「該死，安德魯。」他的聲音失去平穩。「難道你看不出我愛……噯我就是喜歡上你了？因為我、我、很喜歡你，好嗎？」

安德魯聽到他說溜嘴又圓回來。**我愛上你了**?!他的血液叫囂得太響亮，吵得他無法思考，只能專注在耳中那一小團緊實的疼痛，很像是在挖掘、尋找、飢渴。就跟他一樣。他渴求——這一場告白，渴求湯馬斯臉上那赤裸的無助。這不就是安德魯長久以來的渴望嗎？

不該這麼難輕聲說出**我也愛上你了**，但——

但——

這個詞好巨大。

還有德芙怎麼辦？要是先愛上湯馬斯的人是德芙呢？要是湯馬斯想要的太多，安德魯給不了呢？但——

世界似乎隨時會傾覆，他連嚥口水都艱難。胸膛裡的心臟，已在肋骨上撞得鮮血淋漓。他快要崩潰了。

「我的心成了廢墟。」湯馬斯說。「都是為了你。」

濛濛細雨降下，有森林的味道。安德魯看著自己的手，緊緊扣在筆記本書脊上的指節泛白。他可以撕下十幾則故事，甩到湯馬斯的臉上。每一則都以血腥而美麗的敘事，在瘋狂訴說我愛你我愛你我愛你。

結果他的聲音卻像是別人的，既疏遠又呆板。

「我是無性戀。」安德魯說。

這句話橫亙在他們之間，迴盪旋繞。雨霧覆蓋了湯馬斯的睫毛，他眨眨眼，臉上仍然寫滿了痛心的疑問與渴求——可是眉頭卻深鎖。

僵滯持續了太久。

「好吧。」湯馬斯的聲音很沙啞。「我不知道……我是說，我有點知道，但我不……」

「我不會動心。」安德魯說。「我不要——我不會去想……想……跟誰睡。我不想要那個。跟誰都不要。」眼眨得飛快，他不知道怎麼會這樣。「無性戀也分很多種。而我是……這一種。」

「你不喜歡男生。」湯馬斯的聲音褪去了一切包裝。

「我不是那個意思。」

湯馬斯狂亂地轉圈，手又插到頭髮裡，在樓梯上踱來踱去。安德魯幾乎可以感覺到湯馬斯瘋狂轉動的腦袋散發的熱意。

「我喜歡你。」安德魯說，嘴很乾。「但不是……不是你要的那一種形式。」

湯馬斯頓時停下。「等等，你以為我要什麼？」

「別裝了。」安德魯覺得皮膚繃得太緊。「你會想要……你會想要跟我睡。總有一天。」他不能直視他。

「嗯，這還用問嗎？安德魯，你很美。當然我……我跟你說過了。為了你，我都快毀掉了，整個人像廢了一樣。我什麼都願意給你。」

安德魯要哭了。這比什麼都糟，比怪物的牙齒陷進他的血肉更糟。

他想要說，你也是我的一切。

他想要說，沒有你，我也就不存在。

他想要說，吻我。

但他必須拉開距離，因為他不能滿足湯馬斯的需求，所以會徹底失去他。

所以他們根本不應該提這個。應該維持老樣子，一切都不明說。他知道親暱的柏拉圖式愛戀並沒有錯——但對他來說，在他層層堆疊、搖搖欲墜的腐壞底下，他對湯馬斯的情感一點都不柏拉圖。安德魯對這個男生的愛太深沉，太完整，不可自拔到無法呼吸，而這份感情的分量嚇到他自己了。

「我不行。」安德魯將顫抖的手放到背後。

「我不是現在就要。」湯馬斯扯起領帶，直到扯鬆為止，眼神四處飄，就是不看安德魯。「我知道你很焦慮。我絕不會逼你——」

「我不是焦慮。而是……我不行。我不要。我——算了吧，好嗎？」筆記本從他顫抖的手裡滑落，嘩啦落在他們之間的小徑上。安德魯伸出去撿的手都在抖。「那德芙怎麼辦？」

拋出這句話很殘忍。這一點是他看到湯馬斯臉色變黑的瞬間才曉得的。

「我沒跟德芙談過戀愛。」他的聲音很低。

「你們接過吻嗎？」安德魯說。

說沒有。拜託，說沒有。

但湯馬斯沒說話。他扯著下唇，突然又一屁股坐回階梯上。他扒扒頭髮，鬈髮很潮濕，都黏在額頭上了。

「你們還一起做過什麼？」安德魯已經變了個人。「這就是你們吵架的原因？在上個學年結束以後？這就是她跟你斬斷關係的那一場激烈爭執。」

湯馬斯抬起頭，驚訝與疑惑交戰。「有一部分是，但情況很複雜。」

但安德魯向前一步，聲音可怕到他很清楚自己此刻的臉色一定也很可怕。「你們接吻了多少次？」

「我們吻起來的感覺很不對，那是……錯的。我們都有同感。」湯馬斯努力抿起嘴，但他的眼神實在太亮，痛苦熾烈到那雙眼都裝不下。「你為什麼要講這種話？」

我得保護自己。我得讓你離我遠一點。

因爲我情難自抑。

「你對我真的是喜歡嗎？」安德魯說。「還是你只是在想念德芙？」

湯馬斯彷彿臉上挨了一鞭，整個人轉了方向，彷彿在承受無形鞭擊後，必須縮起身體。雨水讓他的嘴顯得太紅，眼神太迷濛。

「我們十二歲那時不是跟著班上去森林健行嗎？」湯馬斯的聲音並不平穩，安德魯一秒以後才意識到那聲音裡有憤怒。「我跟德芙決定要賽跑。而我從頭到尾都在想，我要安德魯看著我。我要安德魯看見我。從那時候起，我就愛你。所以你知道嗎？去你的。我想你確實也愛我，你只是──膽小鬼，不肯承認。」

安德魯伸手一推，就從花園小徑跑走了。除了他的世界毀滅了，他什麼都看不見、聽不到。他憤怒地抹眼睛，但實際上他需要縮成一球，暫停存在一秒鐘，否則他會完全喪失理智。恐慌發作。但他擠不出半個字來發出警語。他不只推開湯馬斯，臨走還確認自己給他致命一擊。

他怎麼會做這種事──

他身後留下了戰場的遺跡，斷劍與蜀葵✿王冠遺落在白骨堆裡，等著腐朽。他被捅破了肚腹是自找的。湯馬斯只是遇到一個迷失在童話故事裡的男孩，男孩請求湯馬斯愛他，又因此命令湯馬斯接受懲罰。

「安德魯。」

又一次，痛苦且難以呼吸，彷彿他後悔自己說過的話。

「安德魯，等一等。」

他跑了。

24

安德魯想不起自己是圓的扁的，不曉得自己是否曾經成形過。

他沒感覺到什麼，也沒看見什麼，像一座被遺忘的花園漸漸湮沒。一邊跑向宿舍的同時，涼爽秋風拂過他的邊邊角角，他前所未有地覺得自己像紙張，即將被吹上天。他想要這一切終止。他想要不存在。不在這一身的皮膚裡，不在他自己的腦海裡。

他天殺的完了。

他撞上一群走出圖書館的學生，弄掉了他們手裡的書本跟文件夾，惹得他們在他背後嚷嚷。他繼續跑，什麼都無所謂了，只有從他的唇瓣撕下來的名字最要緊。

「德芙。德芙。」

一個由玻璃與易碎品製成的可悲男孩，跑去找姊姊幫忙；這畫面真是丟人，但他不在乎。

❀花語：永不放棄的信念。

前方，蜜金色的馬尾消失在轉角處，他趕緊追上去。但那條路的終點是女生宿舍——是他不能跟上去的地方。她是故意回宿舍的。

他內心的一切都在沸騰，一波髒臭、黑濁、惡意湧上喉嚨，覆蓋舌頭。他們是雙胞胎，她是他的另一半。在他最需要她的時刻，她不能拋棄他。

「德芙。求求妳。」他向前衝，周遭的世界變模糊。

他擠開一群在宿舍前面閒晃的女生，她們拔高音量，驚訝又憤慨。言語撞上他的後背又滑落，不具任何意義。有人叫了他的名字。

他推開女生宿舍的前門。「我要找我姊姊。德芙？德芙！」

有人擋住他的去路。他深深下墜，沉溺在墨水裡，認不出那人的臉或表情，只能隱約感覺到有一雙羞怯的手搭著他的肩膀，推他向後走。

「安德魯，回去外面。拜託，聽我說。我們舍監會聽到的。你——拜託，好不好？」

他腦子裡有個遲鈍的角落認出克蘿伊的臉，之後克蘿伊便以出乎意料的大力，推著他一路到外面。她的眉心焦躁地蹙起，還一直拍著他的手臂，彷彿很抱歉她推得那麼使勁。

他們踉蹌來到了草地上，幾個女生立刻圍攏過來，抱著手臂。

「我一定要去報告老師。男生不准進我們的宿舍。」

克蘿伊一手牢牢抓著安德魯的手臂。「那我要跟蘭娜說妳告狀。妳想攅上蘭娜嗎？」

她們不再吭聲，退開，但安德魯仍感覺得到她們的懷疑與好奇，把他的背鑽出破洞。他恍惚了半天，才意識到克蘿伊離開，帶了蘭娜回來。他應該要感恩，卻毫無感覺。憤怒令他麻木且盲目，已經分不清東西南北。

蘭娜大步走來，穿著半套戲服，一隻眼睛畫了濃妝，一臉莫測高深的表情。「安德魯，你怎麼搞的？」

私語聲撞上他的後背。

「……那是安德魯．佩羅特。」

「妳知不知道他去年用那隻手做了什麼？」

「……我聽說——」

「哎呀我的天，這就是那個德芙的弟弟？」

森林在他嘴裡欣欣向榮，泥地在齒縫，濕潤的葉片黏在喉嚨後方。

他只看得到湯馬斯，表情赤裸且懷抱希望。

安德魯，你很美。

那個男孩誰都不愛，只愛他。

他把身為無性戀的事，解釋得一蹋糊塗。但他就只有一次出櫃、解釋的機會，他只是詞不達意，怎麼就好像他做錯了什麼？這不公平。

「安德魯？喂？喂。看著我。」

有人在他面前打響指，他吸氣吸得太急，都發痛了。他剛才一直沒呼吸。

「我需要德芙。」他的聲音顫抖，雖然已經很努力保持聲音平穩，不要一副恐慌發作的樣子。「我需要跟她談談。我、我、我得跟她說話。」

蘭娜跟克蘿伊交換眼神，兩人的臉都擰起來。她們沒必要管他，也不欠他什麼，但他能依賴的對象已經離開他了。他們拋下他，不管他，而他需要有人陪伴。

他視線模糊。

「你要不要打電話給你爸？」蘭娜慢慢說。

他嚥了口水。「不用。沒——我沒事。那不重要。湯馬斯是不是在德芙那邊留了一本畫本？」

她露出吃驚的樣子。「還真的有。我本來要丟掉的，但還沒找到時間。」

「可以給我嗎？」

「可以啊……你還好嗎？」

安德魯無法注視她。「我很好。」

「你現在可千萬不要恐慌發作啊。」蘭娜看一眼他的後方，尋找那個應該拴在安德魯腳後跟的熟悉身影，但那人不在。「湯馬斯是不是欺負你了？」

他說他愛我，然後說我是膽小鬼。

「他們是不是接吻了？」安德魯不曉得自己怎麼會擠出這一句。「就是湯馬斯跟德芙？他說情況很複雜。」

蘭娜遲疑起來。「我不想附和他，但沒錯，是很複雜。他們很多事都搞得一團混亂。我不該說這個，但管他的——德芙告訴我，她以前覺得湯馬斯會跟他喜歡的人吵架，是因為他只會靠吵架吸引對方的注意力。但他對你不會。德芙告訴我，『安德魯是他的安全空間。他對安德魯總是很溫和。』」她瞇起眼。「他是不是為了什麼目的在向你施壓？有的話，我去揍他。」

「我想，」安德魯喃喃說，「做一個無性戀糟透了。」

「我想，」蘭娜說，「是讓你有這種感覺的世界糟透了。」

「我得跟德芙談談。」他雙手按在眼睛上，力道大到眼皮裡面冒出白熱的星星。「她很氣我，我、我、我不明白為什麼。現在我需要她，她卻拋棄我。她為什麼要這樣？我們是雙胞胎。我需要她。」

他再次向女生宿舍前進，但蘭娜把他推回去。他比較高，但她更強壯。

「搞到退學也於事無補。」蘭娜說。「你得冷靜下來。現在，聽我說。克蘿伊跟我快來不及去同志與非同志社團的活動了，但以你現在的狀態，我們不能放你一個人獨處，所以你知道要怎麼辦嗎？你也要一起去。你可以坐在後面，不用參與。」他搖搖頭，但她打斷他。「不然我就帶你去找校醫通知你爸。你的狀態顯然很不好。」

「對不起。」他的聲音聽起來依然不對勁。一切都反了。溺水。他在每個人面前溺水。「我不該來的，我耽誤了妳的事。我自己——」

「不對。你要跟我們一起。我們晚點再聊聊你怎麼了。還有，」她補充，「你可以跟湯馬斯以外的人往來。」

但他不知道那要怎麼做。

如果怪物現在從玫瑰叢爬出來，牙齒跟刀子一樣長，安德魯會讓牠深深咬進自己的肋骨，一撕兩半，像一顆爛掉的李子❀。

他只希望一切都

停下來。

❀花語：純真、友誼。

25

他肋骨後面囚禁著一隻野獸，他得竭盡全部的力氣，才關得住牠。

他需要分散注意力，專注在別的事物上。他駝背坐在圖書館樓上研究室的後面，雙手平放在地毯上，地毯的纖維粗粗的，會刮手。

上一回有這種感覺，他徒手打破了一面鏡子。

令人眼花撩亂的混亂充斥在研究室，圍繞著他。桌椅都搬到後面，來參加同志與非同志社團的學生陸續進來。一切似乎都沒有秩序。四處都有人在說說笑笑，後來有人帶了烹飪課上製作的精緻糖霜餅乾過來，大家便蜂湧而上。帕琵女士披著一條超大披巾，那披巾不是被顏料濺到，就是被故意拿來當畫筆用——後者的可能性似乎更高，因為她褐色的皮膚也抹上了藍綠色跟淡紫色的顏料。她沒想主導討論，輕鬆說道：「我想，大家都在準備迎接萬聖節。我們來討論服裝的性別表達，你對自己的萬聖節服裝有什麼想法，也都可以說。」

安德魯一直在等人來逼問他幹麼來這。但沒人過來，除了好奇的打量以外，沒人有其他反應。或許蘭娜警告過其他人別打擾他，也許全校一直都認定他是同性戀。

兩隻深紫色的 Converse 高筒帆布鞋在他面前佇足，他仰起頭，瞇眼看蘭娜。

她眉頭深鎖。「我得招呼新人。你自己待在這裡還好嗎？」

「我情願走人。」安德魯說，聲音很低。

「算你倒楣。在我們好好談過之前，你都得跟著我。你待在這邊等我。」她拍拍他的頭，感覺像是憐愛的拍打，不像慰藉。然後她便大步走向門口，去跟畏畏縮縮聚在那邊的一年級生大呼小叫。

「蘭娜不願意讓任何人孤單。」

安德魯把腿縮到胸前，克蘿伊坐到他旁邊。她拿來兩塊糖霜餅乾，餅乾上的雪花裝飾很細緻，像剛剛從天飄落下來。他收下一片，因為他不曉得該怎麼解釋我肚子裡長了一片森林，都不覺得餓了。

「她讓凶臉進入休眠狀態。」克蘿伊說。「但她仍有一種攻城掠地式的友善。我是今年才進威克伍的，她看了我一眼就說：『現在起我們就是朋友了。妳也要認我這個朋友。』要是有誰敢問我們是不是姊妹，她也不會放過對方。老是有人這樣問，就因為我們都有亞洲血統。問得好像我們長得很像似的。但我猜這是她待人接物的一貫準則？念這間學校很辛苦，她有很多要忍耐的地方。她一煩就努力照顧別人，有點像是以此向這個爛透了的世界，發起憤怒的報復。」

「我躺平就躺平，不用她拉我起來。」他聽起來筋疲力竭。「妳們都很忙，她什麼都不欠我……」

克蘿伊露出傷感的笑。「她特地照顧你是因為，嗯……你是德芙的弟弟。」

他心想，顯然克蘿伊沒挑明說的另一個結論是，你看起來快崩潰了。「如果妳不想陪我，不用硬要跟我坐在一起……」他漸漸沒了聲響，說出完整的話語變得很累人。

「嗯，請假裝你需要我。」克蘿伊露出羞怯的表情。「我非常、非常害羞，要是我坐在他們圍成的圈圈裡，他們會一直要我參與對話。他們都很好心，但我寧願用聽的。」

「我懂。」他冒險瞥她一眼。「但兩個內向害羞的人不會是好朋友，聊天都聊不下去，內向的人沒那個本事。」

「說話或不說話我都可以喔。」克蘿伊說。

她吃起餅乾，兩人沉浸在友好的靜默中，看著其他人熱烈地討論性別與服飾。不是每個人都穿了萬聖節服裝，但戲劇課程的學生大部分都有。蘭娜把新來的人都帶進圈圈裡，確保每個人都有位置坐。她已經掏出手機，跟他們交換號碼。當她目光灼灼地望向安德魯和克蘿伊，他意識到蘭娜不是在責怪他們不跟人打交道，只是想確認他們兩個沒事。

屑屑從他沒吃的餅乾掉在他的袖口上。他嘆了口氣，看到克蘿伊在扯她的橡膠手鍊。她一手戴六條，糖果色手鍊在她的淡茶色皮膚上顯得很鮮亮。

她注意到他在看。「心理醫生建議我配戴可以撫弄的飾品。我、呃……社恐？這應該很明顯吧，但這樣做可以緩解焦慮。」

安德魯緩緩活動自己瘀青的拳頭，指節上還有湯馬斯咬出來的小傷口。「我焦慮起來，就會弄傷自己，或別人。」他不曉得自己怎麼會說起這個，他從來不曾這麼老實。

「要不要聊聊？」她柔聲問道。

「妳會不會希望自己變一個樣子……好讓別人願意留在妳身邊？」

克蘿伊思索起來，沒有急著回答，安德魯覺得她這樣很好。「有時候？就好比我會焦慮，我算是酷兒，還是越南人，而我以為……哇，要是我這麼難搞，誰都不會想理我。但那不是真的。你只是要去找喜歡你原本樣子的人。我運氣很好，遇到一群那樣的人。」

「太慘了吧，想找一個會愛你原本樣子的人，還得靠運氣。」安德魯說。

克蘿伊滿臉嚴肅。「我有同感。」

「抱歉，我……對不起。」安德魯緊緊閉上眼。「我知道跟妳的處境相比，我聽起來太愛哀哀叫了。」

她露出淡淡的笑。「湯馬斯是不是對你做了什麼？」

他愛我，而我一刀捅進他的心窩。安德魯笨拙地搜索言語，痛苦的迷霧仍然淤塞在他嘴裡，這時蘭娜氣勢洶洶地走向他們，盤腿坐到地板上。她消滅了最後的餅乾，然後盯著安德魯那一塊。

「你要吃嗎？我餓死了。排演榨乾我了。還有，克蘿伊，妳明天會扮裝嗎？」

「沒有。」克蘿伊很窘迫。「他們說隨意。我穿漂亮的洋裝就好。」

「我要扮女巫，我買了帽子。」蘭娜向安德魯的餅乾偷偷伸出手，但他把餅乾遞給克蘿伊。

克蘿伊咬下餅乾，裝出端莊的樣子對蘭娜笑。

蘭娜瞇起眼睛。「真不該讓你們兩個培養感情。」

克蘿伊笑嘻嘻。

安德魯抱著腿，讓腿更靠近胸膛。「克蘿伊，妳不是三年級嗎？妳跟蘭娜怎麼交上朋友的？」

「我來告訴你吧，」她說，「蘭娜會狩獵寂寞的人。狩獵唷。但我們也是室友，這多少有幫助。」

某個沉重的東西在安德魯肚子裡踹了一腳。他咻地一眼看向蘭娜，但她忙著重綁鞋帶。他不能遽下結論，很多寢室是三人房。蘭娜說湯馬斯給德芙的畫本在她那裡，顯然她們仍然在同一間寢室，但他怎麼從沒看到德芙出現在克蘿伊身邊？

德芙疏遠了全部人。

但爲什麼呢？

他想起蘭娜跟湯馬斯在昏暗甬道那時，是怎麼指責湯馬斯傷害德芙。蘭娜應該知道情況，是吧？但湯馬斯不會傷害……

「等社團活動結束，我們一起去吃飯。」蘭娜說。「今天晚餐是肉捲吧？真是太爽了。明天食堂最好是供應萬聖節蛋糕。上次德芙不是把檸檬蛋糕放在保鮮盒，擺在桌子底下，偷吃了一整節課？她都沒有被抓到。」

安德魯哼笑。「湯馬斯就發現了。纏了她一整天，央求德芙分他吃。」

「典型的黏人精。」蘭娜翻白眼，但口氣不像平常那樣帶刺。

安德魯管不住嘴巴。「為什麼妳這麼討厭他？」

蘭娜頓時不動了。她掃了一眼在這裡吱吱喳喳聊天的其他人，桌上的酷兒旗幟毫無保留的接納與認可，包圍著他們。這是歡樂的時刻，而他卻跑來掀起戰火。他應該勒住舌頭的。

蘭娜站起來。「要是他們之前沒吵那一架，這個學年可能會很歡樂吧。而我們也就還會是朋友。」

安德魯可以看見蘭娜說的歡樂場面，就像看故事一樣：他們這群人就是牙尖嘴利、渾身帶刺的組合，但也會有滿滿的歡笑與調侃來撫平嫌隙。德芙可以緩和蘭娜和湯馬斯的態度。安德魯和克蘿伊可以一起露出苦笑，退到一旁看其他人噴發活力四射的火花。湯馬斯永遠都會把手伸到後面，去牽安德魯。德芙會安安靜靜地把他們全部人凝聚在一起。

他很懷念他們這個小團體，想念得心都痛了，即使這個小團體其實根本沒有存在過，以後也不會存在。

「看得出來你原諒他了。」蘭娜移開視線。「但他終究是你一拳捶破鏡子的原因。」

安德魯沒應聲，這樣比較簡單。但他心裡冒出一個破口，原本該有的一段記憶落在無邊黑暗裡，空無一物。

他根本不曉得蘭娜在說什麼。

26

教學大樓的門廳擺了幾顆覆滿蜘蛛網的南瓜當裝飾，還有幾副驚悚的骷髏頭，以鈕釦為眼，提著寫上「不給糖就搗蛋」的小桶。安德魯跟在兩個女生後面去食堂，骷髏笑容跟著安德魯移動。今年的主題很簡單：秋季。地毯上撒著絨布材質的金黃色秋葉，走在上面令安德魯毛骨悚然。感覺就像森林又把樹枝手指伸進學校。他一手捂著抽痛的耳朵，一邊告訴自己，這些都是塑膠裝飾品，沒事，通通不是真的。

在晚餐鐘聲響起之前，蘭娜去宿舍拿畫本交給安德魯，沒有多問什麼。他撕了畫本，有筆墨痕跡的每一頁都撕掉，所有怪物都不再完整。這一定是湯馬斯最後的畫作，必須是。

在他前面，蘭娜在辯說南瓜蛋糕比南瓜派好吃，克蘿伊不認同。兩人都沒注意到安德魯離她們越來越遠。他得溜走，省得還要編藉口解釋他不吃飯的原因。

但他不能回宿舍，湯馬斯可能在那裡。

安德魯需要在見到湯馬斯之前，想出一套說詞。他得振作起來，思考如何解釋自己的性向才符合邏輯，才不會讓他的肋骨一根根斷掉。他在自己的黑暗漩渦裡窒息。他需要湯馬斯把他壓在地板上，手指扣住他的手腕，髖部貼著髖部，兩人的嘴相隔幾吋，這樣湯馬斯才可以將兩個字呼進安德魯的肺——

冷靜。

安德魯冷靜不下來。

他走進食堂，排隊領取他吃不了的食物。打菜員在他的餐盤上堆放餐點，當他是胃口良好的普通青少年，而不是這個枯瘦如怪物般的幽靈。蘭娜大步去幫他們占位子，克蘿伊老練地拿著兩人的餐盤——又一次證明了她倆關係密切，不用德芙來湊熱鬧。有人到他背後，幾個人埋怨被插隊。

安德魯不需要轉身。那人呼吸的形狀、傾身的姿勢，都是安德魯熟悉到極點的，熟到那人碰觸安德魯的任何部位，安德魯都可以立刻回應他。

安德魯心跳加速，但他專心領取堆在餐盤上的過量肉捲與馬鈴薯泥。他瞥一眼食堂的幾張長桌，桌前滿是威克伍的綠色制服，然後才看到蘭娜在揮手。

「我真的不該說你是膽小鬼。」湯馬斯的聲音聽起來很破碎。「跟我說話吧。放下盤子，我們去外面。」

讓他求你。這念頭像焦油一樣滑膩，陰險而苦澀。安德魯討厭這念頭餵養了在他胸膛裡啃肋骨的怪物。他不想做這種事。

但他的下顎彷彿被鐵絲牢牢綑住，什麼都沒給湯馬斯，連看都沒看一眼，直接走向桌位。

湯馬斯罵了髒話，跑著追過去。

蘭娜在桌尾留了一個座位，安德魯便坐到她跟克蘿伊對面的座椅。食堂比平時吵鬧，因為大家已經開始吃起萬聖節的糖果，糖分造成的亢奮將噪音的等級拉到最大。四年級生助長彼此的激昂，用手機播放網路爆紅影片，跟著一起唱。領頭人似乎是布萊斯·肯恩，他像睥睨宮廷的君王。目前還沒有老師來叫他們安靜，也或許老師放棄了。

太多噪音，太多人。連肉捲泡在肉汁裡的味道都令他反胃。他想溜，但湯馬斯會在安靜的廊道攔截他，安德魯還沒準備好面對他。他逼自己叉起馬鈴薯泥。

湯馬斯跨坐在他旁邊的長椅，沒穿制服的外套，沒有餐盤，對安德魯以外的人事物一律不感興趣。他的臉看起來很破碎。

「對不起。」湯馬斯聲音低低的。「我情緒失控了，我真的太爛了，說你是膽小鬼，但你只是……在解釋自己是怎樣的人。」

四周的喧囂遮蔽了他們的對話，但蘭娜目光炯炯地往前湊，絲毫沒掩飾她要旁聽的打算。她以恫嚇的姿態拿著刀叉，但安德魯給她最細微的搖頭。

假如他想要湯馬斯走開，他可以自己搞定。他知道怎樣打擊湯馬斯，就像湯馬斯知道怎樣打擊他。

他們可以給對方最甜的寵溺。他們也可以對彼此極致殘酷。

安德魯戳著豌豆。「無所謂。」

「有所謂。」湯馬斯的眼睛亮得像匕首。「你要不要再揍我一次？可以喔。我會請你動手，我——」

安德魯砰地放下叉子，轉向他。「閉嘴。你聽得到自己在講什麼嗎？你搞砸了，就想要挨罰。你想用暴力來贖罪。這種想法真的很糟，你自己有意識到嗎？」

湯馬斯的臉一片白，令人不忍看。安德魯轉開頭，下顎緊繃到牙齒好像要裂了。

「我要……我需要你。」湯馬斯的聲音很細微，幾乎湮沒在從桌子另一端傳來的笑聲裡。「我們可以跟以前一樣。我發誓我對你不會有其他的要求。我只是——我會弄出怪物。我就是怪物。我一時失去理智，很怕你永遠不會愛上一個這麼邪門的人。」

安德魯嘴裡嘗到了青苔跟金屬，樹木跟吸飽鮮血的樹皮。他凌遲了這男孩，把他削成絕望、顫抖的人彘。他殘暴而精準地剖開湯馬斯的心，結果沒有找到德芙的痕跡，他不是應該覺得自己贏了嗎？湯馬斯沒有安德魯就活不了，還不會向安德魯要求什麼他給不了的東西。

但他僵住了，噁心到不能動彈。他餐盤上的食物滲出褐色的液體跟……血。肉捲看起來沒煮透，在盤子上輕輕顫動，心臟還在跳。

食堂另一端又爆出一陣大笑，布萊斯．肯恩爬到長椅上行了鞠躬禮。總算有老師過來，叫他們安分一點。

蘭娜兩隻手肘都靠在桌上，似乎不爽她都沒聽到全部細節，湯馬斯就已經把話都說完了。她拿叉子指著他。「別再逼安德魯了。我很確定你今天造成的傷害已經夠多了。」

湯馬斯猛然轉向她，突然收起他在安德魯面前的破碎與柔軟。現在他是滿嘴玻璃碎片的凶猛野狼。「閉上妳的臭嘴，蘭娜。妳有問過我這一邊的說法嗎？還是妳只是想要用盡一切力氣討厭我？」

蘭娜眼底燃起了火苗。「不好意思，我就是想在另一位佩羅特受傷害之前，出面阻止。」

湯馬斯霍然起身，兩隻拳頭狠狠打在桌面，他們的盤子全都彈起來。「我沒有傷害德芙。」

很多人看向他們。這幕挑起了興趣，新鮮出爐的狗血劇讓晚餐更愉快。很快就會有老師過來開留校察看的單子，但湯馬斯跟蘭娜似乎都不在乎。

「呃，你們是不是小聲點比較好？」克蘿伊溫順地說。

「你撇下她。」蘭娜也站起來了，克蘿伊縮起身體。「都是你的錯——」

「我沒動她一根汗毛！」湯馬斯已近乎咆哮。「妳根本不曉得當時的情況。」

「你是把別人耍得團團轉的騙子。」蘭娜嘶聲說。「你還是流氓。還是——」

「別說了。」安德魯說，但音量小到沒人聽見。

「——怪物。」蘭娜啐出最後的詞。

「是喔，或許我真的是。」湯馬斯的聲音冷到極點。「也許這間學校所有的問題都是我害的。這樣妳滿意了嗎？」

蘭娜笑了，不過聲音很粗啞。她好像快哭了。「呿，湯馬斯·萊伊，你給我下地獄。你是殺人犯。」

湯馬斯猛然推開桌子，站起身；安德魯撲上去，抓住湯馬斯的手腕一擰，力道大到他叫出來。老師氣沖沖走來，但整個世界已黯淡無光，只剩下湯馬斯。

湯馬斯。

湯馬斯。

痛苦，傷心，崩毀。

蘭娜根本不必把話講得這麼毒。湯馬斯或許是傷了德芙的心，但德芙犯不著為此跟他們全部人冷戰。他們會和好的，安德魯依舊可以讓她服軟。

「別跟他講那種話。」他對蘭娜說。「我可以搞定德芙。」

她瞪著他。

隨便啦。最了解德芙的人是他，不是她。

此刻，他唯一能做的是把湯馬斯拉進懷裡，讓他們身體相碰，讓他們的憤怒流進彼此劇烈起伏的肺葉裡。

安德魯捧起湯馬斯的臉，把臉扳向他，當他看到湯馬斯的眼睛，他的心裂成兩半。蒼翠瑩潤，是暴雨中的森林。他憤怒地掩飾自己真的要噙不住淚了。

安德魯想要說沒事了。

但有人在尖叫。

他們同時轉身，就在一隻怪物從壁紙裡鑽出來的那一瞬間。

一個男孩輕輕地在森林裡爬行，尋找一隻據說可以實現三個願望的白鹿。他的背上長出薄紗般的蛾翅，翅膀拖曳到地上，吹彈可破，而言語切進他的皮膚，滲出靛藍色的血。一個願望便可以治癒他，終止這怪異的痛苦。

但他找了又找，找得都累了，腳在流血，淚水在他疲憊的臉頰上留下幾道鹽的痕跡。

但他確實找到一位精靈王子，王子的笑容很銳利，玫瑰從他的手腕綻放。

「你應該跟我走。」男孩說。「跟白鹿許一個願就可以治好我，牠也可以治好你。」

精靈王子疑惑地看著他。王子從手腕咬下一個玫瑰花苞，捏在手裡轉了轉，才靦腆笑著送給男孩。

「何必呢？」他說。「你這樣就很好看。」

27

他們墜入噩夢，眼睛瞪大，心跳停止，因為這不可能是真的。怪物怎麼可能出現在眾人面前？但他們的怪物不再遵循任何規則；沒待在森林，沒在暗處徘徊，也不再只狩獵湯馬斯。

豈有此理。安德魯已經把湯馬斯剩餘的畫作毀了個乾乾淨淨——難道不是嗎？此刻這怪物用爪子破牆而出，露出暴虐的笑，彷彿知道鹿角王之前的敗蹟，而現在牠保證我會做得更好。

尖叫在食堂盪開，少男少女從座椅上起身，話講得支離破碎。沒人明白自己目睹的是什麼。現實變得模糊，邏輯土崩瓦解。

湯馬斯臉上沒了血色，把安德魯拽到他背後，伸手找不在身上的短斧。但一陣怪異而麻木的冷靜在安德魯的胸膛滿溢。他應該驚慌失措的，卻幾乎沒有任何感覺。

「這是夢境侵略者❀。」他的聲音很遙遠。

「我沒畫過這個。」湯馬斯嗓音嘶啞。

但牠一定在某一本他們還沒毀掉的畫本裡。所以他們贏不了——因為湯馬斯恣意張揚地畫了很多年，他的畫承載了他的痛苦、憤怒與一瀉千里的復仇。不可能全部找出來毀掉。

而且，在他們達成森林的要求之前，怪物也不會停止出現。安德魯還沒跟湯馬斯說森林想要什麼。

——剜出一顆心。

「一定有。」安德魯說。「你隨時在畫。」

「早就不畫了。」湯馬斯怒道。

怪物開始動起來，但不是用走的，而是流動。牠的身體是霧濛濛的暗影漩渦，流過來再重新凝聚成三角形的手肘，樹枝般的手指，尖尖的下巴打開，露出沒有盡頭的喉嚨。牠一邊行動，整個身軀也繼續在擴大，暗影部位的皮膚看起來像樹皮，只有眼睛亮著赤紅的光。

食堂還來不及陷入混亂，怪物先咆哮起來，那股暗影隨即撲向食堂的另一端。牠像一條沾滿黑色墨汁的毯子，覆蓋住那一片混亂。黑暗所及之處，一切靜止。慌

✲ Dream ravager，電玩遊戲《激戰》（*Guild Wars*）裡的怪物。

亂的哭喊、逃跑的企圖，全都終結，每個人趴倒在桌上。駝著背，像提線被剪斷，腦袋噗通埋進餐盤，臉部肌肉瞬間垮下。

可怕而令人窒息的靜謐滲透整個食堂。

在黑暗覆上他們之前，湯馬斯軟了下去，安德魯幾乎沒時間用手臂圈住他的胸膛，撐住他。暗影似乎有生命，擠壓著他們，落葉酸腐的土味與翻倒的墨汁味混成一種滑膩的味道，令人喘不過氣。

燈光熄滅。

食堂無聲響，只有怪物指爪滑過桌面的咔咔聲。牠在一個失去意識的學生前方徘徊，那人的頭髮泡在肉汁裡，呼吸緩且淺。然後，怪物的手指開始生長，像樹枝般延伸，冒出指節，一點一點蓋住學生的臉，最後才把手指放進學生的嘴巴、耳朵、鼻子。

夢境侵略者要來奪取夢境。

在安德魯四周，暗影邊緣如穗帶滑進學生放鬆的下顎，鑽入鼻子。

疼痛加劇攻擊安德魯的耳朵，他一手摀著耳，彷彿他需要提醒，怪物鑽進身體會發生什麼。

這一切都很沒道理。怪物們來追捕他是因為他跟湯馬斯很親近——可是學校的其他人呢？不，這樣不對。

要麼怪物是因為萬聖節，力量翻漲一倍，要麼是安德魯一直沒有搞懂怪物現身的原因。

也許他什麼都不明白。

這不是眞的——

他必須思考。

他跪下來，把湯馬斯拖進桌子底下。安德魯跪趴在湯馬斯上方，搖著湯馬斯，要把他喚醒。湯馬斯勉強讓眼睛睜著，但嘴巴因為睡意襲擊而使不上力。

「撐住。這是你的怪物。」安德魯捧著湯馬斯的臉。「筆？我們需要一枝、筆。」

湯馬斯在口袋裡摸索。

安德魯越過他，把蘭娜跟克蘿伊也拉到桌子下，將她們了無生氣的身軀塞進這個狹小的空間時，努力不讓她們的頭撞到。這為他們爭取到時間，但不多。

他必須訴說故事。

「我印象裡沒畫過這種東西……」湯馬斯靜默下來，臉頰靠著安德魯的肩膀。他手臂抱著肚子，蓋住怪物之前在他身上遺留的孔洞。

「保持清醒。牠不會再碰你了。」安德魯拿走湯馬斯手上的筆，但手抖得太厲害，很難讓筆尖抵住桌板的背面。這裡沒有樺樹可以讓他寫東西，桌板似乎是最佳選擇。

想出一個故事。立刻。

趁著夢境侵略者還沒把所有人的夢境跟生命都吸走。

「湯馬斯，我不、不能思考。我——」

但湯馬斯已闔上眼睛，看起來很脆弱，張著嘴，身體軟軟的，跟怪物對戰的怒意全部消散，整個人只剩小小一團。安德魯覺得眼睛很遲鈍，像棉花，睫毛像沾了糖蜜，但他咬著下唇，直到血沾上牙齒。

保持清醒。

湯馬斯在數不清的夜晚獨自跟怪物作戰，現在輪到安德魯拯救所有人。

他將湯馬斯的頭放在自己大腿上，手指伸到湯馬斯柔軟的鬈髮裡。振作，穩住自己。

他開始寫。

從前從前，有一個男孩會採集噩夢，將噩夢放在陶罐裡。他走遍許多國家，擴充自己的收藏品，要是遇到不肯交出噩夢的人，他就等到對方入睡，才伸出長長的針型手指，將對方的晦暗掏剝出來。

在安德魯上方，桌面因怪物的重量顫動，汗珠在他嘴邊凝聚，他舔了汗珠，讓汗水刺痛他咬傷的嘴唇。

噩夢像黑暗星系，在陶罐裡打轉，美麗、邪惡、令人著迷，不久，他便打開蓋子，啜飲一口，又一口，再一口。很快，他便吃不下別的東西，只能啜飲噩夢。其他的食物會毒害他，他忘了自己曾是一個男孩。他一個晚上掠奪一千個夢，肚子依然飢腸轆轆。

直到有一天晚上，他再也受不了飢餓。他將凡人的食物放到嘴上，吃了，因而死亡。

油墨沾上安德魯的手指，他寫到腦袋昏沉。暗影的觸鬚盤繞在桌下，滑過蘭娜的臉蛋與克蘿伊的唇。

現在快要寫到湯馬斯運用安德魯的故事打贏戰鬥的部分。安德魯會寫下戰鬥的過程——揮舞短斧，流一點血，將藤蔓的套索纏上怪物的頸項，吼出魔法咒語——然後湯馬斯會讓故事變成真的。

但湯馬斯的身體很沉，癱在安德魯的大腿上。驚慌湧上安德魯的喉嚨，他得用盡全部力氣壓回去，並相信自己可以獨力戰鬥。他可以是王子，僅此一次。

這時，一隻彎彎的手伸到桌下，揪住他的頭髮。

他驚呼出聲，怪物拖他出去。他掙扎得像一條被捕的魚，但怪物把他拎到半空中，又狠狠摜向桌面。餐盤粉碎，餐具滑走，杯子傾倒，飲料嘩啦流到木造桌面上。

「等一下——」這句話像嘆息一般滾出來，但怪物沒有等。

沒人會來救他。

怪物揪著安德魯的頭髮，舉起他砸向桌面。盤子碎片劃破他的背部，食物抹上他的褲子。他抓住怪物的手腕，想減輕揪扯頭髮的壓力，但疼痛令他視線模糊。

怪物停在長桌中間，周圍都是失去意識的人，暗影的穗帶在他們頭上汩汩流動。同學們看起來像是布娃娃，用黑線縫製，失去視覺，陰森悚然。安德魯的嗚咽哽住，他努力想掙脫，但怪物收緊了樹枝手指，還開始拽著安德魯的頭去撞桃花心木的桌面。

一下——金星閃耀而苦澀——

兩下——耳朵嗡嗡響，發出刺耳鳴聲——

三下——嘴裡冒血，世界變得蒼白不穩，後腦濕漉漉的——

他閉上眼，世界在旋轉，當他再一次勉強撐開眼皮，怪物不懷好意地看著他。牠張開下顎，針一般的牙齒變長了。

安德魯一隻手在桌上摸索，頭昏腦脹，喘著氣。

他握住一件銀器。一定要是餐刀，一定要是——

他吼著向上拱起身體，藉著瘋狂爆發的體力，刺進怪物的臉。

沾滿奶油和麵包屑的奶油刀刺進怪物臉中，臉皮像乾爽秋葉片片剝落，一團團青苔滾下來。怪物痛得嚎叫起來，一直甩頭。

安德魯從牠手裡掙脫，發出驚駭叫喊。但他沒有放開奶油刀，又刺了怪物一刀，再一刀，怪物彎下腰，瘦骨嶙峋的手指扒抓著臉。

但牠的舌頭碰到凡人的食物了。是毒。

這是安德魯的童話，是他的悲劇，他美麗的痛苦變成真的。他會贏。他會獨力征服怪物。

怪物分解成腐壞的落葉，安德魯手撐著桌面站起身，傷痕累累且異常激動。他胸膛急促地劇烈起伏，不曉得是想笑，要哭，還是繼續尖叫。他保持靜默，看著暗影沉回牆壁，遁入地毯。

燈又亮了，照出狼藉的食堂。四處都是堆疊的肉體、破碎的餐盤、散落的食物，就像在眾人沉睡時，這裡曾發生過一場戰鬥。

有人呻吟著，抬起頭。

他們很快就會醒來，但安德魯仍站在桌面上，手裡握著染血的奶油刀。他舔舔嘴唇，嘗到鮮血、腐朽、森林的味道。他應該……他需要……他不知道。他覺得活力充沛，強而有力，興奮得冒泡泡。

他開始顫抖。

他還在抖的時候，一雙手握住他的手腕，半抬著將他從桌面抱下來，而周遭的人正紛紛醒來，食堂裡四處都是困惑的叫嚷。奶油刀從安德魯手裡滑落，但他不在意。他摸摸嘴，被人拖著離開食堂。

他在笑。笑得停不下來。

到了食堂外，湯馬斯把安德魯壓到牆邊，跪在他身旁，捧起他的臉，拇指輕觸他咬破的嘴唇。

「你的頭在流血，該死，該死。別笑了。你嚇到我了。」湯馬斯聲音沙啞。「可惡，安德魯，別再笑了。你做了什麼？」

「我靠自己殺掉牠了。」安德魯揪住湯馬斯的襯衫。「我現在夠、夠強壯了。我比以前厲害，厲害很、很、很多。」

湯馬斯嚥了口水，臉色依舊蒼白，每吐出一個字，聲音都更加殘破。「我醒來看到了你的故事。你沒有一起睡著？」

「我夠強壯了。」安德魯繼續哈哈笑，也或許是在哭。他們的戰鬥現在看起來毫無意義。「我要你。求求你，我、我、我要你、我想要你，沒有任何事物比得上你。拜託，不要放我走。」

湯馬斯將嘴摁在安德魯的頭頂，許久許久，都沒有說話。安德魯可以照顧自己，他本來應該感到強烈的驕傲或如釋重負，但湯馬斯的眼神很憂慮。

然後他把安德魯緊緊揉進懷裡。「我永遠要你。」

他們就那樣待著，緊緊交纏，心跳加速。

此時此刻，其他一切都不重要了。

28

世界變得稀薄。

這是安德魯上課時感覺到的，彷彿用指尖一戳，隔離不同世界的蛛絲便會分開；稍微一推，任何人都會從分開的蛛絲之間墜落。

也或許他們已經墜落了。

他覺得嘴裡裝滿墳土，但仍伏首在筆記本上，狂熱地寫著故事。他得改編他們的故事，他得想出一個夠殘忍的結局來取悅怪物，但也要夠柔和，這樣等一切落幕之後，他還可以守在湯馬斯身邊，安全無虞。

剜出一顆心——
埋在森林裡。
但這你早就
都知道了，王子。

一定有別的辦法。

上課已經十五分鐘，歷史老師還沒來，但沒人有怨言。他們三兩成群，講手機的講手機，也有人在聊那天早上，校長在禮堂提供的說詞。四年級生擦槍走火的惡作劇導致集體食物中毒。校方卯足了勁，說服學生相信學校沒有問題，沒有什麼天殺的怪物撕開壁紙跑出來。校方會一口咬定這個說詞似乎很不可思議，但話說回來，也許大家只是喪失意識幾分鐘。但感覺像幾小時，也或許是安德魯的時間一直停滯，被暗影、藤蔓、森林的腐物卡住了，而且要是他說出真相，聽起來會很像喪失理智的瘋話。

「薩溫節✵快樂。」湯馬斯嘀咕。「我很確定這表示今天晚上，就是妖魔鬼怪最強大的時候。大概也是牠們最餓的時候。我們慘了。」

安德魯甩一甩抽筋的手，繼續寫。「萬聖節舞會還是照常舉行。」

「那是一定的。不能讓孩子們向他們有錢的老爸老媽埋怨學校很恐怖，要是他們嫌學校很無聊，那就更糟了。」湯馬斯下意識地用手指按著腹部。

安德魯應該關心那個傷口的，查看那個洞有沒有長大或變化。但他的頭痛惡化到快

✵ Samhain，古塞爾特節日，相傳是陰陽界線最模糊的時候，也是美國萬聖節的前身。

受不了了，一部分的他明白這是因為森林更加深入他的內在，盤據在他最黑暗的角落扎根，只要把手放進嘴裡就能摸到——青苔在他喉嚨後方生長。

前座的人小聲討論舞會之後續攤，有誰偷偷把酒帶進學校了。聽著他們的閒聊，安德魯覺得他們似乎少一根筋，跟現實脫節了。這些人怎麼還能計畫今晚要怎麼玩樂，他跟湯馬斯可是要為他們的性命戰鬥耶。

他往前翻幾頁，看昨晚寫的東西。故事很抑鬱；他沒打算讓湯馬斯看。一位用玫瑰藤蔓固定胸膛的詩人爬上塔樓，去吻他的真愛，但在嘴唇相觸之際，笑容迷人的怪物溜進房裡。牠撕開他們，偷走一片肺葉、一顆肝臟、一節裂開的肋骨去啃。詩人將自己的玫瑰藤蔓射向怪物，纏住喉頸，這才勒死牠。詩人又一次去親吻真愛，卻做不到了。他倆嘴裡都長出荊棘，只能流血。

他早該撕掉的，但他只顧著構思最適合今天晚上的完美故事。

湯馬斯臉靠在桌面上，眼神空洞而痛苦，看著安德魯。「我們是不是……」

「我們沒事。」安德魯埋首在筆記本上。

他們不必談這件事，反正他跟湯馬斯都需要為昨天講的那許多醜話道歉，不如暫且放下，等一切塵埃落定，他們有的是時間解決。此刻唯一要緊的是，湯馬斯昨晚抱著他的方式——虔誠、絕望、驚駭，交織在一起，還有他將唇瓣壓在安德魯頭上的感覺，如此恰到好處，如此完美。

我永遠要你。

歷史老師終於匆匆趕到教室，疲憊而焦躁，嚴厲地訓斥他們白白浪費時間，沒有利用等待時間自己念書。一陣敲門聲打斷了她。

「翻開課本。」她怒道，去應門。

「你在寫什麼？」湯馬斯小聲說。

但安德魯沒有時間回答，因為教室的門又開了，阿黛雷德．葛蘭特校長進來，白髮梳成冷峻嚴肅的造型，緊繃的丸子頭跟西裝褲的套裝都無懈可擊。她清清嗓子，但其實沒必要。全班已經定格，都在看她。

「安德魯．佩羅特。請跟我來。」

冰冷的慌亂席捲安德魯，他犯起噁心，僵硬得不能動彈，不明白她怎麼偏偏就來找他。他唯一想得到的是她知道了。

知道他獻祭了克萊蒙斯。

知道他殺了夢境侵略者。

知道他揍了一個男孩，不肯承認自己愛他。

知道要是誰掰開他的肋骨，便會看到編織進他血肉裡的黑暗。

「你不用收書包。」校長似乎很不耐煩安德魯沒有乖乖聽話。

他呆呆地胡亂堆疊課本，卻在最後一秒只拿了筆記本，因為帶在身邊總是比較自在。安德魯一眼就看到湯馬斯雀斑底下的臉色是慘白的，不禁反胃起來。湯馬斯開始站起身，但校長輕蔑地揮揮手，彷彿他只是一隻飛向火焰的蛾，而她即將消滅他。

安德魯離開教室、到了走廊，教室立刻不再一片死寂。他應該問校長有什麼事、或是抗議——還是他應該保持沉默？他疲軟、不忠的舌頭替他作了決定，變成他嘴裡的一塊木頭，於是他一言不發，跟著校長到教職員的樓層。他必須振作起來，因為他一副心虛的樣子：眼神亂飄，手指顫抖，根本沒辦法從滿喉嚨的泥巴裡擠出話語。他們來到剛裝修好的廊道，這裡是克萊蒙斯遇害的地方，安德魯開始頭暈。最糟的是這所學校權力最大的女性就在他旁邊，他卻連真相都不能說。

森林裡有怪物。妳得疏散全校人員——

校長打開校長室的門，帶安德魯進去。裡面比平時更令人怯步，與天花板一樣高的桃花心木書櫃與樸素的深色木質辦公桌，似乎扼殺了任何從紫紅厚重色窗簾偷溜進來的光線。威風凜凜的渾厚氛圍充盈在這裡，像一隻手按在他的後頸上，每件東西都散發著陳腐的舊書味道，令人窒息。不過，也可能只是他忘了呼吸。

她辦公桌前面擺了兩張皮製的扶手椅，瑞爾博士從其中一張起身，扣上花呢外套的釦子。老教授以爺爺般的笑容出名，言語和善，身上的氣味總是介於樟腦丸跟伯爵紅茶之間。既然他在這裡，就表示他會扮白臉，校長則是扮黑臉。到底什麼事？瑞爾博士現在不是應該在上古典文學課嗎？時間只夠安德魯注意到成年人們陰鬱的表情，然後他看到布萊斯．肯恩坐在另一張扶手椅上。

布萊斯看起來冷靜而整潔，制服外套一塵不染，金髮向後梳，笑容充滿自信。

「坐，安德魯。」瑞爾博士說。

他覺得自己輕得過分，皮膚很薄，要是他們拉開他的衣襟，就可以看到他的心臟赤裸裸、血淋淋地在他的玻璃胸膛裡跳動。他坐到空著的扶手椅，視線飄來飄去，始終不看布萊斯。布萊斯斜靠椅子上，彷彿他是受邀前來，別人即將宣布他是世界之王。

校長坐在辦公桌後面，十指在木質桌面上相扣，意味深長地看一眼瑞爾博士，才清清嗓子。「安德魯，我有兩件事要跟你討論，但首先，我要向在座的你們兩位強調，務必要誠實、有禮貌，拿出足以代表威克伍精神的言行。好，安德魯，布萊斯跟我報告了一些事情，讓我很擔心。你是不是爬過柵欄，跑去森林了？」

不知何故，安德魯沒想過要擔心這件事。他會為了任何事瞬間陷入恐慌，至於被人逮到溜進森林？不可能有哪個學生在黎明前不睡覺，撞見他們回來。

況且，大家都應該心懷感恩。

他們因此沒被怪物撕破喉嚨。

他們應該感恩。

每個人都在看他，安德魯都不曉得該說什麼，嘴裡乾得像枯骨，試著擠出話來，結果聲音粗得像青春前期的青少年尖著嗓子在喘氣。他必須再試一次，捏著筆記本的雙手都在冒汗。

「沒有。」

他跟布萊斯各執一詞，感覺上他必輸無疑。

「顯然，我不想打小報告。」布萊斯說，聲音懇切而溫暖。「但我有點擔心小安。他的狀態看起來很不好，自從上個學期——」

「什麼？你是指你對我的霸凌嗎？」安德魯怒道，又閉上嘴，驚訝自己居然有膽子說出口。他渾身發燙，太燙了，整個人顫抖起來，他恨不得湯馬斯破門而入，為他戰鬥。

布萊斯裝出「你說誰？我嗎？」的表情，這逼真演技僅次於專業藝人。

「這是我們要討論的第二件事。」校長的聲音斬釘截鐵，目光切碎了辦公室裡沉甸甸的緊繃氛圍。「我們聽說布萊斯發表過一些關於安德魯的說詞，內容讓我們很不安，必須出面處理，畢竟你們兩位都知道，本校不容許霸凌。」

所以蘭娜舉報他了，不是威脅兩句就算了。安德魯滿心的如釋重負與驚慌。

布萊斯臉上爆出一瞬的怒火，但隨即眉頭又舒展開來，恢復一貫的親切迷人。「我可以解釋。那只是玩笑開過頭了。我調侃小安是不是在跟湯馬斯交往，他們兩個就超級激動地反駁。就好像」——他抬起雙手，擺出無辜的不解姿態——「我不知道他們那麼敏感。說真的，他們懂得捍衛自己是好事。我不是恐同還怎樣。」

「沒人在指責你恐同。」瑞爾博士連忙插話。

安德魯不敢置信。「事情才不是那樣。」但他的聲音太薄弱。

「我們歡迎並珍惜多元的學生族群。」校長說。「我相信這件事是措詞不夠得體造成的風波，也相信同樣的錯誤不會再次出現，對嗎，肯恩先生？」

「絕對不會。」布萊斯說。「我說的話傳遞出不符合我本意的意思，我也很難過。我跟小安從十二歲起就是同學。我很喜歡他。我知道他今年很不好受。」

安德魯幾乎可以看到自己褪去原本的性情，走到布萊斯面前，對著他的嘴巴就是一拳。就像夢境侵略者出現的那一夜，安德魯站在桌面上，心臟怦怦跳，恐怖地洋溢著沒有言語的興高采烈，手裡拿著奶油刀，腦海裡都是尖叫。

但他無聲地坐在那裡，捏著筆記本的手在封面留下凹痕。在他需要開口時，他總是沒有言語。他用力眨眼，眨得飛快。

校長看來鬆了一口氣，這是一件可以速戰速決的小事，不是需要打電話通知家長的大事。「好，那就沒事了。不如你們兩位握個手，盡釋前嫌？布萊斯，你可以回去上課了。」

布萊斯從椅子上一躍而起，向安德魯伸出手，笑得露出滿嘴牙。「也許你只是不曉得現在不准去森林了。希望你不會受到太嚴重的懲戒，小安。」

安德魯盯著他伸出來的手，時間久到辦公室的氛圍變得緊繃。瑞爾博士動了一下身體，輕咳一聲，校長看起來很疲憊，拇指按著太陽穴。她似乎打算命令安德魯乖乖握手，把這件小麻煩掃到一邊去，從此別再提起。這提醒了安德魯這所學校真正維護的對象是誰，所以他很快握住布萊斯的手。堅穩地握住搖一下。放開。布萊斯閒適地走到門外，笑容沒停下來。

門咔答關上後，瑞爾博士過來在布萊斯空出來的座椅坐下，看起來比之前更清醒。他關切地蹙起灰色的眉毛。

「在你再次否認任何事情之前，」他說，「林地管理員已經回報過好幾次，他在森林發現……異常。」

怪物、怪物、怪物。

「這個可以給我嗎？」瑞爾博士從安德魯手裡抽走筆記本，安德魯都還沒想到要反駁。

他很失落，像肚子挨了一拳，盯著空蕩蕩的手，停止了呼吸。沒人看過他的故事，沒人動過他的故事。他應該抓牢的——他怎麼不抓牢呢？

瑞爾博士翻了翻，跟校長互換意味深長的眼神。

「管理員在樹幹上發現字跡。」校長說。「是奇怪的小故事。然後布萊斯‧肯恩跟我們報告他看到的情況，瑞爾博士覺得他好像有印象，你經常在一本小筆記裡寫故事。」

這是在套話。學校不能確定是他。但安德魯只想到了學校可以沒收他的筆記本，核對筆跡，用他們不認可、鄙夷的目光把他釘死在牆上。這個不聽話、打破規矩的學生。瑞爾博士還在翻閱筆記，安德魯的腦子像起霧的鏡子，暈到他懷疑自己會把肚子裡的東西全部嘔到地上。他知道這些故事會給人什麼觀感。

暴力。恐怖。邪惡。扭曲。

「我想了解原因。」說也奇怪，校長居然放下平時的銳利，近乎憐憫地看著安德魯。「我以為你現在對森林應該不會有什麼興趣。你一向都是很乖巧、很正經的學生。我必須承認，我很失望，安德魯。」

「我……」但他想不出半個字。

他唯一可以仰仗的事實是學校只找上他，沒找湯馬斯。布萊斯一定看過他們倆走出森林，告密時卻只說出安德魯一人，可見他必然有什麼陰險的盤算。

「我們很同情你的遭遇。」瑞爾博士取下眼鏡，擦起鏡片。「但我們很擔心你的課業成績實在差強人意，安德魯。你今年修我的課都沒有寫作業，在其他教授那邊也是。或許你需要休息，照顧好你的精神健康。」

他說得很撫慰人心，以致安德魯一時沒有注意到這番話的關鍵——休息。學校要開除他的學籍了。

「我們重視你的身心健康。」校長說。「我聯絡了你父親，我們都認為最明智的做法，是請他在這個週末接你回家。之後該怎麼辦，可以另外討論。」

安德魯一手捂著耳朵。好痛。一切都太吵，太快。

他需要

湯馬斯。

「等一下。」他說。「我、我很好。我不需要走。」不能讓湯馬斯一個人對付怪物，他會沒命的。

絕不會有人相信他們是在保護學校，每晚都在阻止森林裡肆虐的恐怖東西。他們在呼喊求助，都沒人聽到。

校長戒慎地看了他很久。「安德魯，你擅自離開校地範圍，但我認為用校規懲罰你無濟於事。請你理解，這是對我們所有人都最厚道的解決方案。我知道你……狀態不好。」

他們將他視為易碎品，是用有裂紋的玻璃製成的玻璃人，滿是細如髮絲的裂縫。他們是在用最溫和的措辭說開除學籍。

瑞爾博士將筆記本還給他，他拿得太快了，垂著頭，因此他們沒有看到他的眼睛像河面一樣亮起的一刻。他得趕緊離開校長室，不然會在大腿上吐出落葉。

到了校長室外面，他得努力使勁才能走，才能保持直立，要不他真想蜷成一團，縮起來。沒必要回去上課。湯馬斯一眼就會看出他被開除了。湯馬斯會爆炸的，會衝去找布萊斯算帳——

安德魯把臉貼著肘彎才一會兒，就有人從轉角低著頭衝過來，用一側肩膀撞他胸口，讓他摔一大跤。他撞上地面時倒抽一口氣，下巴磕到地毯上，牙齒陷入舌頭，濃重的血腥味在他嘴裡爆開。所有空氣都離開他的肺。他彷彿回到十二歲，摔破膝蓋，一抬頭看見布萊斯．肯恩面帶噁心的笑容，像君王一般站在倒下的獵物前面。

「喂，小混蛋。」布萊斯說，親切的語氣跟他眼裡的怒火很不匹配。「你的朋友詆毀我，現在他們會後悔的。」

安德魯搖搖晃晃站起來，筆記本抱在胸前。這條走廊沒人，都是關閉的辦公室門，沒有老師的身影。血流到安德魯的下巴，腥紅之吻親上地毯。

「他們開除你了吧？感覺上那是他們的打算。但不用擔心，我相信萊伊一定會為你哭。」布萊斯抱著手臂，幸災樂禍地笑。「這樣那個小殺人犯才會更傷心，懂吧？失去你的殺傷力，會比他自己被退學還要高很多。」

安德魯抹一把下巴，呼吸很淺，眼神渙散。走開，走開就好了——

「你幹麼這麼討厭他？」他低語。

「呿，我不討厭他。我一點都不在乎他。」

騙子，安德魯想說。

「可是，」布萊斯承認道，「我覺得他很噁心，都已經操到你了，還要跟德芙玩曖昧。她本來可以跟我交往的，我都準備跟她告白了。」

安德魯只是瞪著他。「她絕不會——」他說不出話了。

「她會的。」布萊斯怒道。「那個混蛋想跟雙胞胎玩三人行，噁心死了。我才是德芙的理想對象。我原本還打算罩你這個廢物咧。你應該慎選朋友的，佩羅特，這樣你就不會跟一個殺人犯糾纏不清，那個殺人犯也不會害你姊——」

安德魯推他一把。

布萊斯的肩膀咚地撞上牆壁，臉上露出如假包換的驚訝，彷彿他以為安德魯纖細如羽毛的骨頭不會有這種手勁——或勇氣。安德魯站在那裡，呼吸太急促，鮮血跟森林的泥巴在他舌頭下結塊，而他任由憤怒蓄積在身上所有的空隙。他感覺到了，他對眼前這男孩、這一刻、這間學校的憎恨，都抵著他的牙齒。他即將失去一切。

他將失去自己。

「你再碰我一下，」安德魯說，「我就殺了你。」

布萊斯垂眼看自己的外套，就是剛才安德魯推他時碰到的部位，他盯著布料上那一層薄薄的青苔，先是擦了擦，沒擦掉，臉上的訝異加深且不安起來，看著那叢青苔。

「什麼東……」可是等他抬起頭，安德魯已經大步離去，緊緊抱著筆記本。

安德魯不願查看自己的手，但他感覺得到。

青苔在他皮膚內側欣欣向榮。

29

門把轉不動，也或許壞掉的是安德魯。他第三次把寢室鑰匙掉到地上。電流般的刺痛囁咬他皮膚，他對周遭一切異常敏感；書包陷進肩膀，肋骨上的皮膚緊到發疼，湯馬斯在他背後徘徊。安德魯從校長室回來後，他們還沒有機會交談，因為湯馬斯沒交作業，被罰留校察看。但他能說什麼？

我要留下你一個人一個人一個人——

安德魯對他說不出這種話。

天已經晚了，暮色漸漸布滿天空，森林的暗影蔓延到學校。威克伍應該取消萬聖節舞會的。今晚每個人都應該鎖在房間裡。但宿舍裡洋溢著男孩的嬉笑怒罵，他們在房間進進出出，身穿禮服或是荒謬的戲服，準備參與盛會。

「跟我說校長講了什麼。你會不會怎樣？」湯馬斯搶走安德魯的鑰匙，打開他們的房門。

安德魯踉蹌進去，書包從肩膀滑落，咚地掉到地上。他想用指甲摳皮膚，把皮膚剝下來，但他查看手機，有三通未接來電，他父親打來的。他把手機扔到堆滿東西的書桌。

他不能讓湯馬斯獨自搞定怪物，搞定他不會寫的故事，卻沒有終結這件事的方法，因為安德魯不曾說出真相，交代怪物開出的要求。他們不能分開；他們的肺會從各自的體內撕裂，他們會窒息的。

安德魯的聲音像生鏽。「布萊斯跟校長說，他看到我去了森林。」

「什麼？他不可能看到的。我們會被開除——」

「這我知道。」安德魯摔上門，湯馬斯跳到一旁，沒讓門夾到他的手指。

湯馬斯看起來受了驚，但沒說什麼。安德魯則是脫掉外套，臉朝下撲到床上。他需要思考，但他的頭在抽痛，黑點一直在啃咬他視野的邊緣。

慢慢地，湯馬斯爬過來，窩在床墊的邊緣。

安德魯用枕頭蓋住臉。「我們得跟別人說怪物的事。」

「要是我們說怪物在攻擊學校，會很像在講瘋話。沒人會信的，一個都不會有。」他扯開安德魯臉上的枕頭。「你看起來真的很像魂都飛了。」

安德魯揉著眼睛，很絕望、很痛苦，也很厭倦自己要是不把手拿來揉眼睛，就會克制不住想把湯馬斯拉到身邊躺好，兩人手臂交纏得像麻花造型的甘草糖，然後乾脆就這樣熬過萬聖節。

「我只是累了。」他說。

湯馬斯忽然靠近，雙手撐在安德魯的兩側，兩人的臉近到可以吞食從對方嘴裡吐出的話語。他用拇指劃過安德魯的下唇，再往下走，碰觸安德魯脖子上慌亂的脈搏。「以後……你會願意讓人吻你嗎？」

安德魯胸膛裡浮現某種惡劣的欲望，但罪惡感隨之而來，像一記靈快的上鉤拳。因為昨天他對湯馬斯很壞，因為他贏了跟湯馬斯的爭執，確保一切都會如他的意，但是這並不公平，而他不知道怎樣還湯馬斯公道。要付出什麼，要承受什麼。

但他仰望湯馬斯的臉，滿腦子只想親吻每一個雀斑。慢慢的，安德魯點點頭，喉嚨很緊。

湯馬斯露出壞笑，有點躊躇又開心，隨後便翻身下床，安德魯不禁覺得他剝奪了自己碰觸他的機會。

「我們來換衣服。我爸的吊褲帶在這邊某個地方。我的舞會禮服大概從兩年前就不合身了。」

安德魯覺得精力耗損了太多，站不起來。他需要慢下來，專注在他爸還沒來接他之前必須要做的事——毀掉湯馬斯剩餘的作品，這必然是要優先處理的大事。既然怪物不肯歇手，就表示一定還有剩餘的畫作。

之後，他得——

親吻湯馬斯。想個辦法，在某個地方吻他。然後，找到德芙，跟她吐露一切。沒有一絲遺漏。如果她想繼續念威克伍，就留下來。他不會怪她把四年級的學業看得比他重要。

還有，安德魯必須阻止怪物，不計代價。他才不要讓湯馬斯獨自對抗怪物。

湯馬斯去洗澡，安德魯心裡甜滋滋地慢慢從床上爬起來，在衣櫃裡翻找禮服。他不想去舞會，但他們需要維持正常的表象——沒有罪疚，沒有精神錯亂，不是即將失去一切的男孩。走廊上響亮的腳步聲，交錯的人聲，在在表示除了他們以外的人，都在為今晚而高度興奮。他們可以暫且放下考試，也不用去想在學校裡作祟的各種恐怖玩意兒。

但任何人都不能保證怪物不會跑進禮堂。安德魯和湯馬斯必須早早抵達森林，擊退怪物，流下夠多的血，才能滿足怪物的胃口。誰的血不重要，可以是他們的，也可以是怪物的。

只是必須有個誰受罪。

安德魯解開襯衫鈕子。又停手。

他的肋骨痛了好一陣子，已經很習慣肋骨在皮膚底下繃得刺刺的感覺；習慣了他可以將手指放進肋骨之間的凹陷；習慣了他一直飢腸轆轆，肚子卻很撐，沒辦法往嘴裡送進任何食物。

但這一次不一樣。

他胃鼓鼓的，皮膚像米紙那樣繃著。他一手放在肚皮上，手指顫抖，向內推。

試探著，戒慎恐懼。

「搞什——」他喃喃。

皮膚按不下去。手指像按著樹幹，光滑、紋風不動。皮膚下有捲曲的堅實線條在胃部交錯，他顫抖的手指順著一條紋路摸，又換一條，一路摸到髖部。

藤蔓。葉片。根。

他認出了這些東西的輪廓，絕不會錯的。

不可能——

不。

他沒有摸到胃部柔軟的觸感，卻摸到藤蔓在臟腑生長。藤蔓隨著他的觸碰挪移，依然在生長，扭向另一個器官，纏上去。

可怕、歇斯底里的驚慌湧上他的喉嚨，他會吐的。他得把那些東西弄出來。他得切開肚子，把那些東西都拔掉、拔掉——拔掉拔掉拔掉

安德魯向地板軟下去，膝蓋縮在胸前，過度換氣，天旋地轉。這個不能讓湯馬斯看到，還不行。他們今晚有太多事要做。

他不能那樣對湯馬斯。他扳著衣櫃的門，專注在呼吸，卻只感覺到肺葉裡的荊棘，嘗到棘刺弄傷他舌頭，流進喉嚨後方的血。

森林在他體內生長很久了，只是他一直不願去想。

房門打開，湯馬斯晃進來，頭髮濕濕的，毛巾掛在肩膀上。他穿著吊帶，白襯衫的衣領立起，褲腳摺起以掩飾太短的事實，看上去有點像不良少年。

湯馬斯腳步一頓，還在擦乾頭髮。「你還好嗎？」

安德魯迅速套上一件內衣。「嗯。你先去。我有事要去問蘭娜。」他很清楚一聽到蘭娜的名字，湯馬斯便不會提議要陪他去。

湯馬斯皺起眉頭。「你會去禮堂找我？」

首先，安德魯得去搜一遍美術教室。

然後他得找一把鋒利的刀。

他把指尖剛放上圖書館的木門，門就開了。平時，圖書館在晚上八點之前不會熄燈，以便學生自習，不過今晚大家都在教學大樓那邊參加舞會。圖書館應該上鎖才對啊。但安德魯走進去，黑暗迎面而來，漆黑如墨，綿延無盡。

他摸黑上樓，咒罵自己竟忘了帶手電筒，現在連自己的腳都看不到，更糟的是，他因此開始痛苦地敏銳察覺到其餘的一切。極致的安靜，空氣裡浮動的清新濕意，有如雨後的森林。地毯感覺像青苔。

而在他體內，藤蔓在伸展。

到了樓上，他一手扶牆，摸著走到盡頭。美術教室一定會上鎖的，但他豁出去了，打算有必要的話就踹開，讓他的罪狀裡再加一條毀損公物。反正也來不及後悔了。

但他一碰，門就開了。推門時，門把上不曉得什麼東西斷裂，掉了下去，他皺起眉。繩子？然後門卡住，無法推得更開，他不得不從門縫擠進去，這才知道是什麼纏住門鎖。

鮮翠的藤蔓。

他捶一下電燈開關。

教室中央的一顆燈泡亮起，閃閃爍爍地奏起一支陰鬱的舞曲，卻根本劃不破滿室的晦暗。他畏縮起來，背撞上牆壁，想要哭喊的衝動冉冉升到喉嚨。

森林在這裡。

這不可能，這粉碎了他的全部理智，但美術教室已然是一片密林、藤蔓、茂密綠植的樂園。藤蔓覆上窗戶，菌類在桌面欣欣向榮，樹幹從地毯衝起直觸天花板，枝椏擠在燈具跟櫓口周圍，纖弱的紫羅蘭沿著地面綻放，玫瑰叢生猛地從帕琵女士的桌面冒出來。

這不可能是真的。他伸出手，掌心撫過絨毛葉片的柔軟邊緣。葉片紛紛靠向他，彷彿渴求他的碰觸。

他必須拿到畫，然後拔腿狂奔。他不曉得學校會用什麼說詞解釋美術教室的變化，但學校沒辦法追究到湯馬斯身上——儘管這一次他真的是禍首。湯馬斯一定在撒謊，他肯定沒有停止畫畫。唯有如此，才可以解釋怪物為什麼還不歇手。

只是湯馬斯的手指都沒沾到油墨，手上也沒有鉛筆的污痕，而且他專心作畫時有咬畫筆的習慣，可是他嘴邊也都沒沾到油彩。

安德魯鑽過教室裡的林木。他努力不碰到任何植物，但每一叢、每一根枝椏都伸向他，擦過他的手臂、他的脖頸。也許這些植物覺得他屬於這裡，畢竟他自己身體裡也長了一片森林。

他從一根沉甸甸的樹枝底下鑽過去，上面掛滿了芯都爛掉的蘋果。終於找到了湯馬斯的桌位，藤蔓從各種東西裡長出來：他的畫架、座椅、一盒盒的炭筆和筆。安德魯從畫架拔掉大把、大把的葉片，沾了滿手的綠漬。他的禮服會被劃破成布條的，但他不在乎。

他眼裡只有湯馬斯的畫。

畫布上沒有邪惡的油墨怪物，沒有長了尖牙、利爪、晦暗眼睛的東西。

湯馬斯用粉蠟筆作畫，這很稀罕，筆觸很輕，淡到彷彿要褪色消失。畫快完成了。

是他們三人。

湯馬斯、安德魯、德芙。

他們的臉蛋湊在一起，臉頰貼著臉頰，湯馬斯在中間，長著雀斑、皺著眉頭、毒舌的嘴巴張開，玫瑰在他的唇瓣之間生長。羽毛王冠滑到德芙的一隻眼睛上方，她在仰望天空，哀傷濃得溢出畫面。安德魯的部分畫到一半。最難畫的最後畫。他的鬈髮是蜜金色的柔軟波浪，蒲公英❀交織在髮絡之間。但他缺了嘴。

彷彿湯馬斯一直在等待，要先摸清他嘴巴的形狀。

看著他們在這幅畫裡的樣子，他們的哀傷與憤怒與喜悅，實在令人心痛。但他們三個還在一起，不是嗎？在這張畫紙的現實裡，沒有任何事物逼迫他們分開。

安德魯煩躁地拿起畫紙，從中間撕開。

他完全變了一個人，把德芙的臉撕成兩半。然後是湯馬斯的臉。

然後是自己的臉。

他知道這麼做，相當於一刀刺進湯馬斯的肋骨之間還轉動刀子。湯馬斯會恨他，但至少到了明天早晨他們還會活著。這一定就是湯馬斯的最後一幅畫。

不再有畫。不再有怪物。

他在桌位翻找，翻到一支美工刀，這武器不足以跟怪物抗衡，但他只找到了這個。

他轉身要走，卻被地上高低不平的樹根絆到，還有金色、黃褐色、猩紅色的潮濕葉片。

找到門。快離開這。但他踩到一灘液體，滑了一跤，急得伸出手想抓住什麼來穩住身體。他以為自己抓到一根隱沒在黑暗裡的低矮樹枝。

但手指摸到的卻是平坦、滑膩的皮膚。

他還在看落葉上那一灘水；在雨水進不來的地方出現的一灘雨水。只不過這雨水似乎是金屬色，還很濃稠。只不過這看起來很像血。

這時他硬起頭皮，看著自己顫抖的手指握住的腳踝。牠在他眼前晃著，沒有穿鞋，只有一隻光腳丫，趾縫有泥，皮膚瓷白，而且很冰、很冰。

他會永遠記住這一刻，自己手指碰觸到死人肌膚的一刻，他抬起頭向後仰，往上、往上、往上看，而尖叫在他心裡響起，永遠停不下來。

一個男孩掛在樹上，藤蔓纏住脖子，直插進喉嚨，葉片從耳裡鑽出，仍然繼續在生

✿ 花語：無法停留的愛、我在遠方為你的幸福祈禱。

長，玫瑰的棘刺劃破衣服，扎進身體，以便暢飲鮮血來供養自己。

再碰我一下我就殺了你——

難道你不開心嗎？

這不正是

你想要的。

布萊斯·肯恩垂頭看著安德魯，森林從他空洞的眼窩裡長出來。

30

只有一件要緊的事——找到湯馬斯。

要搶在森林之前。

安德魯推開舞會裡的人牆，從肩膀之間，從男女禮服之間，從扮裝之間，穿過響亮的歡聲笑語與殘忍的眼神。大家都戴了面具、翅膀、灑上金粉的角，在頻頻閃爍的燈光下，他們的笑容是血紅的。怪物們跟威克伍的學生攜手共舞，交融成沒有邊界的無形恐怖，只有安德魯看得出誰是怪物，誰是學生。森林已披上人皮，前來尋找它的王子。

低音震動地板，安德魯跌跌撞撞穿過威克伍的禮堂。一排排的天鵝絨椅子都收到別處，舞臺以南瓜和稻草人裝飾，天花板有幾千條彩帶和橘色氣球。音樂的每個節拍都在他頭顱裡轟轟響，吵得他無法思考。一道道汗水從他額頭流下，顫抖止都止不住，也穩不住腳下的地板，全世界都在浮動、在扭曲。到頭來，他也算是有扮裝——扮成枯瘦的男孩，嘴唇緊抿肅殺，眼睛總在尋覓湯馬斯，但剔除這些之後，才是真相。

他慘兮兮，爛到骨子裡，只是一副骨頭架子，內在被森林吞噬。

要救他已太遲。

人們在舞池裡扭動，繽紛燈光閃閃爍爍，令他們面容模糊，像水彩畫的顏料被水暈開。教職員在人群裡穿梭，防範危險，但他們沒看出異狀。安德魯被殷切想要警告眾人的急切感噎住——舞池裡到處有怪物，但他很清楚自己看起來是什麼樣子——渾身發燙，滿頭大汗，眼神狂亂。雙手的拳頭裡，是他親手撕爛的畫，而畫中的朋友們註定無法友誼長存。

他得跟人說布萊斯的事，但那無異於自首。他幾乎要說出那是森林幹的好事。但那是他的錯，是他噁爛、腐敗、醜陋的錯誤。

他被一件裙襬很長的蕾絲禮服絆到，囁嚅著道歉，換來對方的咆哮。他向後退，直直撞上一個寬闊的胸膛。

「小廢物來了。」

安德魯想要閃開，但布萊斯．肯恩的一個小弟抓住他的手臂，突然使勁把他拽到旁邊，他差一點摔倒，驚呼聲湮沒在音樂、笑語、沉重的踏步與旋轉的洋裝裡。

「如果你在找你女朋友的話，他在忙喔。」那男生比安德魯高，肌肉發達，動作敏捷，平時的假笑換成了扭曲的鄙夷，他抬起安德魯的下巴，強迫他看向禮堂後方的點心桌子。

由於學校太偏遠，學生沒什麼發洩的管道，因此校方舉辦的年度舞會就特別奢華。外燴業者在桌上高高堆疊開胃菜，從鮭魚小點心，到起司拼盤，到糕點。挖空的南瓜放在巧克力噴泉旁，乾冰在潘趣酒碗裡翻騰。湯馬斯站在靠近桌尾的地方，冷淡地捏著一個塑膠杯。他看起來很美，一副百無聊賴的樣子，頭髮亂到不行，白襯衫緊緊包覆著他的二頭肌。安德魯沒看過他的二頭肌。揮舞斧頭砍怪物讓他變壯了。

站在他旁邊的人是蘭娜。

安德魯說要去找蘭娜的謊言不攻自破，但這還重要嗎？他必須跟湯馬斯說美術教室的事。他必須——他——應該……

他無法思考。視線模糊了，喉嚨像被荊棘勒住。

從這個距離，安德魯幾乎聽不到他們，但蘭娜邊說邊瘋狂比著手勢。她軟趴趴的巫婆帽將臉上誇張的舞臺妝遮住一半，身上穿的硬挺黑紗裙，搭配黑色及紫色的亮麗褲襪，手臂用魚網手套包裹，手腕上戴著塑膠小骷髏頭的手鍊，這便是她的全套造型。她不曉得在說什麼，湯馬斯皺起眉心，不屑地搖頭。

安德魯覺得自己好像聽到蘭娜說：「……叫德芙出來。你一定要讓他知道。」

湯馬斯瞪著她。「知道？什麼鬼？他知道得一清二楚，蘭娜。」

布萊斯的走狗將手移到安德魯的後頸，推他走向出口。安德魯腳滑了，他努力不讓自己栽倒，想把湯馬斯叫到身邊的需求堵在喉嚨，被荊棘卡住了。

「我們去聊聊。尤其是關於布萊斯的下落。」他更用力地推安德魯。「他跟我們提過你小小的恐嚇。怎麼才有人跟老師打個小報告，他就突然不見了？你幹了什麼好事，笨蛋？」

又有一些布萊斯的朋友晃過來，眼睛亮晶晶，露出鯊魚牙齒，穿著精緻的西裝，梳著精美的髮型。抓著安德魯的男生驟然鬆手，將他推向另一人，他們用指節揉亂他的頭髮，又把他推給旁邊的夥伴。極度的恐慌狂暴席捲安德魯，他無法呼吸。四面八方都是那群人——推他，手指用力摁進他的皮膚，轉動他，用指節敲他後腦。他無法保持平衡，但每一次快要跌倒時，又會有人把他提起來，再推一把。

他不、不、不——

不行了

「你是不是吩咐你那個神經病男朋友去對付布萊斯？」其中一人咆哮。

「帶他出去，到學校後面。」

一隻手揪住安德魯背後的衣服，半拎著他走向門口，他只想到自己何其可悲，在森林可以挺直腰桿對付怪物，但在這裡，在迴旋的炫亮燈光下，在間歇的樂音與笑聲裡，他便成了哆哆嗦嗦、驚慌失措的廢物，迫切需要拯救者。他喘不過氣，像在溺水。顯然，旁人看起來他們像是男生們常見的胡鬧，因為沒有半個老師過來，沒人轉頭來看。沒人在乎。沒人注意。

唯獨一個人例外。

湯馬斯用肩膀狠狠撞上布萊斯的一個走狗，那人踉蹌而退。他闖進他們緊密的圓圈，眼底燃著怒火，已經在齜牙示威。但當他伸手去撈安德魯，有人伸手攔住他。

「滾開，小變態。除非你來這裡，是要坦白你的殺人案。」

「你是說你的命案？你再碰佩羅一下，就會曉得我是怎麼下手的。」湯馬斯用手肘撞旁邊的男生。

他打架就是這樣，豁出一切。安德魯不能讓……得讓湯馬斯停下來……他的皮膚是滑溜溜的熱油，而他們全拿著火柴。

「布萊斯呢？」那男生的同伴上前一步，在恫嚇他。「你們兩個變態對他做了什麼？」

有人從安德魯汗濕的手裡搶走撕碎的畫。「看，萊伊對德芙還念念不忘。在他對人家做了那種事之後欸。」那人將碎片拋向湯馬斯。

「住手。」安德魯想起口袋裡的美工刀。

湯馬斯緩緩俯身撿起散落到地上的碎紙片，臉色變得空茫。他視線對上安德魯，兩人凝視了一瞬間，湯馬斯傷心得沒了表情。他什麼都不是，只是一個孤寂的空箱子，用嘴型說：「那是最後一張我們的畫像了。」

他最後一幅畫。

最後一幅德芙的畫像。

一個走狗把湯馬斯推回去，很用力。「有人聽到你跟德芙吵架。你應該被退學，被控告到下地獄。她叫你不要碰她弟，你就碰了他弟。」

時間變得模糊，往逆時針轉，安德魯開始往下滑。他會從世界的邊緣墜落，無止盡往下掉。他的嘴抽痛，活像剛剛挨了一拳，血濡濕了他的唇，像是咬破了舌頭，也可能是菌類鑽進了每一個牙縫。

原來是德芙在對付他。

其實，他心底有個小角落始終都是知情的，知道德芙很氣湯馬斯跟他變得親密無間。但如果她禁止湯馬斯跟他在一起，而湯馬斯一直都順著她……

「如果是你傷了她，我也不會意外。」走狗對著湯馬斯的臉啐道。

「我再說最後一次。」湯馬斯吼道。「我沒有跟她去森林！我不在場！我不在場！」

現在有人往這邊看，教師們注意到了。音樂似乎調高了音量來掩飾騷動，但騷動全面引爆只要一瞬間。要麼哪位老師介入，要麼湯馬斯出手揍人。

一直以來，安德魯都毫無保留地相信湯馬斯，但萬一——萬一他只是在無視證據呢？駭人之物寄居在這男孩的身體裡，從他用筆墨繪製的圖畫裡滲漏出來，取得血肉與骨骼。德芙切斷跟他這個弟弟的往來，原本她早就該原諒他了，現在卻不肯饒過他。而他應該忠於姊姊的，怎麼還跟湯馬斯同一陣線？也許她不要安德魯跟湯馬斯在一起，是因為湯馬斯——

有時，痛苦是無論如何都止不住的，只是看痛苦從你的喉嚨溢出之前，你能吞下多少。

安德魯掙脫仍抓住他衣領的走狗，說：「如果想找布萊斯，他在美術教室。森林吃了他的眼睛。我、我、我有事跟德芙說。我要去找她了。」

男生們都愣住，表情從困惑到驚駭不一而足，但在那一刻，沒有人比湯馬斯更震驚。

「安德魯……」他停口，沒有遮掩表情，臉色慘淡而痛心。

但安德魯已經轉身，拔腿跑向門口，跑向夜色，跑向森林腐臭的恐怖召喚。

31

安德魯身上沒剩多少肉可以讓人抓住，輕鬆一閃便進入黑暗。夜晚的空氣舒緩了他發燙的皮膚，他伸手抹嘴，抹到一手黏稠的染血泥巴。他沒哭，但看起來大概很像在哭。

他在學校外面跌跌撞撞，手扶著長滿常春藤的磚牆，拱窗的金黃燈光灑落下來，彷彿在保證屋內只有溫暖與安全。他知道真相。現在校地裡四處都是怪物，逃脫的機會已經斷絕。

「德芙。」他提高音量，抵擋天鵝絨般的黑暗。「我需要妳。德芙。」

他抱住發疼的胃部，想要無視森林在他體內蠕動的感覺。把森林弄走。他做得到的。只要拿出口袋裡的美工刀——

他在下一次呼吸前哽咽了。也許他真的在哭。他伸手要揩臉——但被兩隻冰冷的手揮開，代他拂去滾燙的淚。

「哎呀，安德魯。」

他抬頭看到德芙關切的臉。

「德芙。」他聲音沙啞。「現在每件事真的、真的都毀了，我、我、我需要……我真的好需要妳。」

德芙定住不動，在空茫的一秒鐘裡，他以為德芙會走開，徹底厭倦他這個人，厭倦他狂暴的情緒總是亂紛紛溢出，不會振作，不像她那樣冷靜、聰慧、自信。他受夠了當個不中用的弟弟，是無能的傢伙，輕飄飄如北風，輕易就消散，完全不值得愛。

德芙跟他在小徑坐下，雙手抱著腿。她當然不會參加無用又輕浮的舞會。她穿著整潔、熨燙過的校服，頭髮緊緊紮成馬尾，筆還插在耳朵後方。只有德芙永遠以課業為重，其餘的事都要往後排。她規畫好了未來，常春藤名校、實習工作，所有的星辰都任她採摘。

「爸有打電話給妳嗎？」安德魯又在揩臉，覺得自己流著鼻水還哭紅了眼睛很丟臉。「學校要開除我。但妳可以……留在這裡。我就是個可悲的廢物，妳不必跟我一起走。」他忍不住補了一句傷心的咕噥。「反正妳寧可讀書，也不想陪我。」

「我需要念書。」德芙說。「我需要……有個寄託。」

「可是爲什麼——」

「安德魯，別說了。」她這時口吻堅定，要是他追問，他很清楚她會起身離開。「你知道嗎？也許大家說的對，你需要休息一陣子來照顧好精神健康。你曉得你瘦得不成樣了，對吧？更別提……唔，你好像活在自己的世界裡。」

他抖著吐出一口氣。「我得讓妳看個東西。在森林。」

德芙狐疑地看他一眼。「絕對不要。別忘了你就是偷溜去森林，才落得這個下場嗎？還有，現在森林裡黑得跟什麼一樣。一點都不安全。我們還是去醫務室，跟校醫說你人不舒服。」她站起來，伸出一隻手。「來吧。我陪你。」

「這就是妳嫌棄我的原因？」他繃著下顎，沒有握她的手。「因為妳厭倦了照顧我，幫我解決問題，替我奮鬥？」

德芙嘆息，半是惱怒，半是憐愛。「拜託你站起來，好嗎？」

慢慢地，他搖搖晃晃地，努力讓自己站起來，沒要德芙拉他。「我要去森林，不管妳去不去。」

「你不能去。」

他逼自己走上曲曲折折的花園小徑，前往運動場，德芙不敢置信地站在原地，氣急敗壞。要是她大步離去，就隨她去吧。湯馬斯說的對，萬聖節的力量特別大，森林不太可能只吞噬一個學生就罷手。它仍然飢渴。

小徑長了青苔，露水又重，安德魯有點腳滑，然後很訝異德芙來到了他身邊。她抱著手臂，眼裡噴著怒火，但她跟著走。

「我知道妳不會信。」安德魯說。「但試著相信我，好嗎？拜託？森林裡有怪物。牠們從湯馬斯的畫裡爬出來，每天晚上我們都跟怪物作戰，每天晚上我們都差點戰死。怪物想要……王子的祭品。」

「安德魯。」她聲音很戒慎。「我還是帶你去找校醫吧。我保證我會陪在你身邊。」

他的手指捏成拳頭。「我沒有瘋。我會證明怪物是真的。妳來就是了。」

德芙沒說什麼，但他知道德芙認為他精神崩潰。講究邏輯、實事求是的德芙，在花花綠綠的表格跟分門別類的待辦事項清單裡宜然自得，只會把她脆弱、愛空想的弟弟，視為精神不穩定的人。無所謂，她很快就會目睹真相。

他需要她親自見證。

他只是生存之道跟別人不一樣，卻因此受苦受難，真是夠了。問題不僅在於天殺的怪物，也在於他好像總是適應不良，融不進世界，以致他心緒萬千，動不動就受傷，沒辦法把情緒打包起來，塞進漂亮、愉快的箱子裡。他需要援手，需要有個可以仰賴的人，需要有人相信他。不論讓他受傷的是他腦海裡無形的重擔，還是會讓他的皮肉真的瘀青的事物：他的痛苦就是真真實實的啊。

他們走向柵欄，月光在運動場映出一條銀色羊腸小徑。高聳的柵欄矗立在黑暗中，看來格外陰森。德芙在他後方一步遠的地方，頻頻拉他袖子，聊勝於無地拖慢他的速度，但他堅定前進。他先看到異狀。

柵欄被扯破，洞很大，邊緣參差不齊，斷裂的鐵絲網上掛著染血、結塊的羽毛跟毛皮。

「看到沒？怪物從這裡闖過來，跑去了學校。」他轉向德芙，但她的嘴抿成一線。「牠們殺了布萊斯·肯恩。」

「你知道四年級生在森林開派對，對吧？剪開柵欄顯然是耍笨的最新招式，被抓到了絕對會開除學籍。」德芙撿起一根染血的羽毛。「可悲的是有些動物因此受到傷害。」

他奪去她手裡的羽毛。「這是怪物的羽毛。證據就在妳手上，妳還不相信我。」

「安德魯，你到底有沒有聽見自己在講什麼？」德芙無助地向森林擺擺手。「這是鳥類的羽毛，鳥類是實際存在的東西。也許森林裡有狼……我不知道啦。維吉尼亞州會有狼嗎？」

他內心的挫敗變得辣燙辣燙的，索性獨自穿過柵欄的破洞。她也跟上來，卻是慢慢走，免得制服被鉤壞。

他氣沖沖地深入森林，不在乎裡面有多黑，也不管德芙落後多遠，她在樹根和茂密的林下植物間摸索能下腳的地方。她開始小跑步，叫他等一等，而安德魯覺得既然德芙似乎還曉得要害怕，那就證明自己沒有錯。

「五分鐘。」她說，彷彿這樣的讓步是恩賜。「然後就回學校，好嗎？我們一起回去。」她像在頒布獎賞，那種施捨感實在太濃烈，他真的很想尖叫。

森林舔舐邪惡的唇瓣，注視他們。沒有動靜，沒有聲響。沒東西在草叢裡活動，藤蔓跟荊棘的肺沒有呼出氣息。土壤跟落葉的濃重氣味湧上他的喉嚨，但沒有怪物在暗影裡潛行，沒有黏糊糊的腸子從破裂的皮膚裡流出來，也沒有毒液從磨尖的牙齒滴落。

沒有風拂過樹木。森林裡從來不曾這麼——

毫。無。動。靜。

德芙碰碰他的肩膀，他縮了一下。

「湯馬斯大概在這裡。」他說。「他應該已經回去拿短斧，過來找我了。」

「安德魯……」

但他把手圈在嘴邊喊湯馬斯，起初低低的，因為他知道人聲會招來攻擊，也直到此刻他才想起來，自己沒準備武器。四周無人回應，於是他加大音量。森林裡沒有東西在動，沒怪物，也沒有湯馬斯。也許他還在宿舍，從床底掏出短斧，脫掉太短的禮服褲子，換成可在戰鬥時承受刺傷和泥巴的牛仔褲。

但好像哪裡……不對勁。

安德魯踢開落葉，找到一條有凹痕的小徑。他慢慢轉了一圈，四下就只有樹木綿延到極目之處。空氣哆哆嗦嗦，既是畏怯也是期待，彷彿空氣藏起一個男孩或一個怪物，不想給人看到。

「湯馬斯不會來的。」

安德魯渾身一僵，噁心的恐懼攫住他的五臟六腑。他艱難地維持聲音的平穩。「妳又知道了？」

德芙的臉隱沒在黑暗裡，只有鼻子、下顎、一側眼窩的朦朧輪廓從黑暗裡顯露出來。

「也許我不該在這個學期跟你保持距離，但我以為你需要自己調適的空間。」

他嘴裡的恐懼更強烈了。「妳在說什麼？」

德芙試探地向前一步。「有時候你會活在自己想要的現實裡，安德魯。你一向如此，我沒有在氣你。我了解你。就像我們小時候，你會拉拉雜雜地講一些幻想的故事，但那些故事永遠不會有結尾。就連我玩累了、不想再玩的時候，你也不會停。你會在地毯上一躺就是幾個鐘頭，獨自……在腦海裡繼續玩。」她的聲音變得細小而沙啞，她拚命穩住自己。「湯馬斯讓你對這個世界感興趣。我懂，我也很感謝他，但是……」

他的肋骨開始向內彎，樹根在扭曲、斷裂，而她的話像剪刀的刃將他剪碎。

「妳意思是……我從小就想像力發達？那跟現在的事有什麼關係？」他開始顫抖。

「怪物不是我的幻覺。」

德芙的手指劃過他的手，他的疤痕似乎亮了起來，像被刷上酸性物質。「不。」她的聲音是前所未有的輕柔。「我認為你的幻覺是湯馬斯。」

他斷然抽回手，像她割傷了他。

「這個學期開學的時候，」德芙慢慢說，「湯馬斯因為殺害父母被逮捕了。」

安德魯瞪著她。

「之後，他就沒回來過威克伍。這很可怕，很……難以接受。所以我猜你沒有接受事實。在你的腦海裡，他還在這裡。」她很快抹一把眼睛。「我沒想到你適應得這麼艱難，不然我就告訴爸爸了。」

「妳騙人。」他的唇幾乎發不出這幾個字。

「我知道你很難受——」

「妳騙人。」他猛然轉向她，痛苦、憤怒、歇斯底里勃然洶湧而出，彷彿要從胸膛爆出來，把這個世界撕開一個洞。「他一直跟我一起上課，跟我一起打怪物，還有——還有蘭娜！妳去問蘭娜。他跟蘭娜總是鬥來鬥去。」

德芙眼裡的憐憫像甩到他臉上的鞭子。「蘭娜跟你沒有往來。她從來都不是你的朋友。」

「她是這學期開始跟我說話的。她……」他沒了聲響。「那克蘿伊呢？她跟妳、跟蘭娜住同一間寢室。她是……我的朋友。」

「我不知道那是誰，唔，安德魯，你沒有朋友。」

安德魯想要拔掉一千棵樹，擲向星辰。「妳在惡搞我——別鬧了！給我停下來。」德芙想要拉他的手，他把手縮回來。「妳敢碰我就試試看。」

「對不起。我不該在這裡告訴你這些。拜託，我帶你回學校吧，我們等你冷靜下來，就打電話給爸爸，然後——」

「這不是我的空想。」

「安德魯。」

「這是真的。全是真的，是妳在騙人——」

「不要吼我！」德芙抓住他的肩膀，搶在他扭身退開之前，對著他的臉說：「天啊，安德魯。我是在幫你。你、需、要、看醫生。」

在森林另一頭，一聲低低的呼嘯陡然拔高，變成令人血液凝固的嘶吼。

接著是短斧咚咚咚的劈砍聲。

嘶吼沒了。

安德魯脈搏加速。渾身一陣輕鬆，對著德芙咧開笑嘴，狂野、不穩定、會嚇死人的笑，但他停不下來。「聽到沒？聽到了吧？那是怪物。湯馬斯在殺怪物。」

德芙冰涼的手指按在臉上，泫然欲泣，努力跟安德魯對上視線。「我要你知道，不管發生什麼事，我都愛你，我會陪你就醫的。」

這聽起來像道別，像要放棄他。

「妳沒……聽到？」他喃喃。

淚水滑下她的臉龐，她在搖頭。「你會好起來的。」

但並不會。

他在墜落。

他在滑向空無之境，抓不到任何東西。在他心口，森林在生長，陰險、鮮活、飢渴，給他的飽脹感一路堵到喉嚨。

他感覺這已是終點，體內的森林已經快要關不住了。

他扭頭就走，一開始慢慢的，不理會德芙在他背後的無助叫喚。接著，他想都沒想便加緊腳步，走得更快，腦子裡什麼都沒有，只有玫瑰花苞在舒展開來，隱約還有葉片的沙沙聲。再之後，他開始全速奔跑。

他在羊腸小徑上狂奔，快得像在飛，咻地掠過漆黑無邊的森林。德芙想要追上去，但地面不平坦，她跟不上。安德魯對這片森林瞭若指掌，沒有他不知道的地方。他不會摔倒。

他張開唇瓣，放聲叫喚。

一個名字，唯一重要的那個名字。

「湯馬斯。」

「湯馬斯——」

「湯馬斯湯馬斯湯馬斯——」

在安德魯四周，怪物們放開嘴裡的樹幹，澄黃眼珠鎖定安德魯。骨骼咔咔響，矮樹叢窸窸窣窣。牠們的腐臭、牠們的惡意，撲面而來，他都啜泣著吸進身體。

在他前方，林木間出現一個東西，朝他過來了。牠的動作輕盈敏捷，安德魯也跑了起來，快得即使想停也煞不住。而且他不想停。他都快要摸到無限的邊了，如果有必要，他願意衝過世界的盡頭。

他很痛苦，他很快，他的手指向前伸，要去搆這個世界上唯一一個他能理解的東西。他們像在暴風雨裡倒臥的樹木一樣撞在一起，手臂環住對方，因為勁道太猛而頭部相撞。

他兩條手臂都勾著湯馬斯的脖頸，摟得很緊，都要喘不過氣了，他在汲取湯馬斯的氣味，湯馬斯身上是滿滿的森林味與炭筆味，體格勁瘦結實，不可能打碎。湯馬斯將短斧往旁邊一拋，在落葉上發出悶響，然後嘴巴狠狠吻上安德魯側腦上汗濕的頭髮，接著是下巴，幾乎要碰到嘴，以致安德魯覺得自己快要死了。湯馬斯用掌心拂去安德魯臉龐的淚痕，然後只是抱著他，好像其餘一切他都無所謂。

「我要、要、要你是真的。」安德魯勉強從荊棘跟柳條之間把這些話拔出來。他想要咬湯馬斯的下巴，只為了感受那炙熱、汗濕的皮膚，被血跟濕泥濺到的皮膚。

「什麼？」湯馬斯說。「我當然是真的。我猜你跑到這裡來了，就盡快過來跟你會合，可是——」

「布萊斯——」

「那不是你的錯。」湯馬斯從安德魯的懷裡出來，撈起短斧。

他以優雅的靈巧揮動短斧，安德魯看得心跳都漏了一拍，然後短斧便劈進一隻踩在樹葉之間碎步奔來的怪物。牠嘶吼起來，血濺到湯馬斯白襯衫的前襟，劃出一道醒目的紅。吊褲帶的一邊夾子鬆脫，但湯馬斯以乎沒注意到，從容地翻轉短斧，劈開另一隻怪物。

之後他轉向安德魯，顴骨上血跡斑斑，眼睛是在悶燒的黑炭。他跟平常一樣，伸出一隻手來確認安德魯安然無恙。

但安德魯向後退。他抓著頭髮，在搖頭，低沉的呻吟從刺痛的喉嚨逸出。「我不知道……我不知道你是、是、是不是真的？」

湯馬斯拉住安德魯的手腕，翻過來，拇指抵著安德魯狂飆的脈搏。「喂，」他輕輕地說，「你要我怎麼證明？」

「這全都是我的幻想嗎？」安德魯繼續說，沒什麼條理。「這通通是我捏造的嗎？怪、怪物，跟、跟故事，還有——」

「我是真實的，安德魯。我的襯衫沾到了血，看到沒？這怎麼可能——」

「那就吻我。」他衝口而出，狂亂又凶惡。「吻我。」

湯馬斯捧著安德魯的臉，在安德魯仰起頭時，伸出拇指劃過他的唇。他們的嘴唇幾乎相觸，安德魯的嘴唇腫脹，凝著血塊；湯馬斯的嘴唇溫暖柔軟得像故事。然後他低喃：「我是真的。你是真的。」

「說服我。」安德魯說。

湯馬斯就吻上去了，強硬、火熱、無情，牙齒跟舌頭都用上了，掠奪安德魯的一切，完整地吞噬他。安德魯的牙齒陷進湯馬斯的唇，弄得痂皮又綻開，他們只能融為一體地呼吸，不可能再做別的。

他們是一場災難，正在爆發。

湯馬斯向後退，抓住安德魯的臉，粗魯而用力。他讓兩人的額頭相抵。「感覺到這個了嗎？我在這裡、我在這裡、我在這裡。」

這總不可能是他捏造的吧？痛苦、鮮血，以及與湯馬斯的非凡震撼力。

「德芙說這全是我的幻想。」安德魯幾乎說不出話，他用力搖頭。「她說、說我在幻想東西，說你已經不在了，但你不可以離開我，我、我不能沒有你——」他哽咽，覺得自己像片秋葉，一碰就要碎。「等她追過來，你得——得讓她看到怪物，她才會——」

「等等。」湯馬斯微微後退，手仍然捧著安德魯的臉。「等她……追過來？」

「她就在我後面。」安德魯扭頭，望著空蕩蕩的小徑。「我只是不懂她為什麼說謊。我實在想不通，我總是——我真的都搞糊塗了。」

「安德魯。」湯馬斯這時的聲音比較銳利。「看著我。」

安德魯顫抖著吸氣，想要定神，倚靠這唯一一個永遠扶持他的人。但他差一點就錯過湯馬斯臉上逐漸凝重的驚慌，一種跟怪物、跟夜晚、跟他們打破的所有校規都無關的憂慮。

他親吻安德魯的嘴角，溫柔到安德魯都要哭了。

「你得聽我說。」他說，低沉而迫切。「你沒有跟德芙講話。」

「我明明——」

「那個……那個跟你說話的東西，不是她。」

「她是我姊。我認得她——」

「安德魯。」湯馬斯嗓音嘶啞。「那不可能是她。這點你很清楚。」他的眼睛看起來像一千片碎裂的鏡面，他伸出拇指按在安德魯的嘴角。但安德魯只嘗到黑莓樹的棘刺和泥土與森林的腐朽味。「那個東西不是德芙，因為德芙已經死了。」

五個月前

安德魯咬著筆，咬到墨水滲出沾上嘴角。湯馬斯一直盯著安德魯的嘴唇，想必是在看墨漬。不然還能是為什麼？

他們躺在威克伍玫瑰花園的草坪上，課本扔得東一本、西一本的，裝用功裝得很不像。陽光把他們的腦袋曬得暖呼呼的，舒服得很危險。他們臉頰枕在手臂上，周遭蕩漾著威克伍午後的嘈雜，一個不小心就會睡著。期末考即將結束，然後就是光明燦爛、悠長而自由的暑假。

「你跟我們回家過暑假。」安德魯趴在草地上，筆記本攤開，半個故事從他的筆尖滑落。

湯馬斯盤腿坐著，眉頭深鎖，專心給一位邪惡的妖精王描繪蜀葵與藍莓*藤蔓的王冠。「好啊，我馬上變出兩千塊錢買機票。」

---

*花語：無法割捨的愛。

「我爸會付錢的。」安德魯又咬筆。「反正你爸媽懶得理你，對吧？」

「他們甚至會忘了要來接我回家。」湯馬斯聽起來滿不在乎，但肩膀卻緊繃起來。「也許我就學森林小妖精窩在林子裡，吃夏天的漿果，徹底變野人。」

他已經是半個野人了，眉心的線條總是稍嫌凌厲。上課時，各種亂七八糟的東西會源源不絕從他的口袋裡冒出來。昨晚他們去看星星，他站在工具棚屋的屋頂上，對著月亮長嗥，而星塵灑落在他臉上。

「你在寫什麼？」湯馬斯將圖畫放到一邊，湊過去看，但安德魯用手肘蓋住紙頁。

「還沒寫好。」他說。

「我要獨家搶先試閱。」

「等我寫完。」安德魯啪地闔上筆記本，塞到身體下。他還不曉得要不要為這一則故事害羞。故事裡，兩個樹妖相擁而吻，木條手臂交纏在一起，而一位樵夫正在將牠們劈成柴薪。很淒美，而且他將兩個樹妖寫成男生。

這很刺激，但寫起來怪怪的。他看著男生的時候，從來不曾想要誰。

只有一個例外。

湯馬斯眼裡燃起促狹的光芒。「我要向討厭鬼王子下戰帖，用樺木劍決鬥，取得永久搶先閱讀他筆下故事的權利。」

安德魯懷疑地看著他。「你才是王子，不是我。我是詩人之類的。」

「行，王子現在要求他忠誠的詩人給予他這個權利。不服從旨意，就用骨刀割斷喉嚨。」

安德魯批評湯馬斯編的劇情太爛，但湯馬斯發動突襲，撲到安德魯的背上，手臂插到安德魯腋下，往上勾住他肩膀，兩人在草坪上翻滾起來。他們撞上課本，紙頁散落到四處。安德魯用手肘去捅湯馬斯的胃部，換來扎實的一聲噢嗚。之後他就笑得太凶，只能輸掉。

最後安德魯平躺著，湯馬斯跨坐上去。他伸手就要往湯馬斯的肋骨撓癢癢，結果手腕反被壓制在草地上。

兩人都喘著粗氣。

湯馬斯垂眸看他，眼睛亮得像雨後的森林。在那當下，湯馬斯是那麼真實，那麼鮮活。

世界有馥郁的玫瑰香。

「現在怎麼辦？」安德魯企圖裝出不在意的樣子。「你得放開我，才能拿到我的筆記本，而我很清楚你到底有多怕癢。我會搔到要你的命。」

湯馬斯向前用力靠過去，以全身的重量將安德魯壓成紙片人。但安德魯忘了自己應該要掙扎的。

「我能問你一件事嗎？」湯馬斯眼底的淘氣消散，語氣沒什麼把握。

「不行。」安德魯輕易否決。「你起來，不然我一記頭槌，就能終結你帥氣的鼻子。」

「你覺得我的鼻子帥氣？」

「嗯，很挺。」安德魯說。

湯馬斯的嘴微微彎起。「至少我還有一個帥氣的地方。」

安德魯皺起眉頭就要反駁，因為湯馬斯還有整齊的牙齒，但有人清了清嗓子，誇張地表達不滿，於是他望向湯馬斯後方，看到德芙。

湯馬斯連忙從安德魯身上爬起來，不知何故，就這麼一個心跳的時間內拉開十萬八千里的距離。他的畫本放在大腿上，髮絲間有青草，眼睛像在放電，彷彿有人逮到他打破全世界的規定。

儘管德芙上了一天課還考了繁重的英文測驗，儀容依然整齊，神情平靜，彷彿她準備要上臺報告或是即將主持正式的晚宴，沒一根頭髮沒在正確位置上，制服毫無一點污痕。她抱著手臂，瞇起眼睛打量他們。

「我們在念書。」安德魯說。「妳做的重點提示卡就在……呃、某處。」

「一共二十七張。」德芙說。「安德魯，你得在明天之前背完二十七張卡片的重點。

為什麼你們兩個需要有人盯著才會念書？」

「妳要陪我們念書嗎？」湯馬斯說。

德芙冷眼看他。「我很確定我要念的書跟你不一樣，湯馬斯．萊伊。」

他對德芙皺眉，但德芙沒理他，撿起剛才他們打鬧時在草坪上弄亂的課本，撫平書頁。她收拾好散亂的重點記憶卡，啪地拍在安德魯腦門上，他哼了一聲，毫無半點學習熱忱。要不是德芙為他規畫考前的惡補，他早就被威克伍退學了。

但他真正想做的事，是躺在玫瑰花叢間，在夢鄉度過這個暖洋洋的午後。也許讓湯馬斯的頭靠在他的胸膛上。

「我想跟你們談談。」德芙說。

聽起來她是非談不可了，安德魯立刻蜷起身，張開迴避防禦。在家裡，如果他們父親想跟他商量什麼事情，安德魯就把臉埋在沙發的抱枕底下，或是捂住耳朵，窩在衣櫃間裡，直到所有人都放棄，不再去打擾他。當然，這很幼稚，但他會恐慌發作，感覺就像用柳條抽打光裸的背部。他們都明白這一點，他們都知道他無法調適。

他只應付得了謹小慎微地從眼角窺看到的生活。這樣比較容易。

湯馬斯踉蹌起身。「我們去森林，到野林樹，然後看妳想跟我們說什麼。」

「我們這把年紀去爬樹不嫌太老嗎？」德芙說。

「永遠不會。」湯馬斯抄起畫本。

「爬樹會違規……」但德芙嘆了氣，擺擺手，好像今天沒空跟湯馬斯吵校規的事。「算了。我們應該可以趁著大家忙著練球的時候，從足球場溜過去。但我們動作要快，好嗎？我跟蘭娜約好一起念書。」

安德魯沒有動，而他們都還沒注意到。湯馬斯跟德芙相處的時候，每次都會忽略安德魯；他們會用眼神進行私密的交流；他們的身體互相吸引又互相排斥；他們的言語是荊棘也是糖蜜，一下怒罵一下嬉笑，來來回回切換的速度之快，讓安德魯總是覺得自己被落下。

他看到他們站得很近，德芙的手指擦過湯馬斯的手背，而他正在暢談一個人會不會因為長大，就不再愛一棵樹。

「我不要去。」安德魯收起作業，站起來。他的皮膚因為躺草地而發癢，胸口緊緊的。「拜託？」德芙用最輕柔、最哄人的口吻說。「我們得談談，我們三個一起。是關於我們的事。」

「我很累了。」這不是謊言。稍早軟綿綿的疲憊此刻已成一灘爛泥似的筋骨痠痛。他熬了太多個晚上念書，還在考試時憋了太多氣。

德芙臉上浮現怒色。「我已經在求你了。」

但安德魯繃緊下巴，別開頭。「你們兩個自己去啊。」

「但這件事得我們三個人一起討論——」德芙開始說。

「我不想跟你們去。」他講得太尖銳，德芙就委靡起來。

她喜歡圈養他們，他們是她的男孩，是她最親暱的兩個朋友，而且安德魯也通常很慶幸自己只要乖乖跟在她屁股後面就好，他知道凡事都有德芙作主，他不必決定任何事，並因此備感安心。但此刻，他太害怕德芙打算提出的問題。

或許她會向湯馬斯告白，或許湯馬斯會答應。

湯馬斯是飈風，而德芙是整片天空，即使是現在，在安德魯一步步走遠的此刻，他們也在用眼睛熱烈對談。兩人都沒有挽留他。

在安德魯消逝到樹籬後方時，他聽到湯馬斯說：

「妳要提前預告啊，妳明知道他討厭突發狀況。」

「他大可為我努力一下，一次就好。」德芙聽起來很累。

「……來吧，我們去就是了。」

安德魯覺得反胃，滿肚子都是石頭，獨自拖著腳步回宿舍。兩個男生故意用肩膀撞他，把他抵在牆壁前。這是他一年到頭的生活日常寫照，從冷嘲熱諷，到隨意推打，到破壞他的課本，到趁著他在淋浴間時，躲在外面伸手嚇他，或是推得淋浴間晃動起來，而他則渾身顫抖，害怕到不行。幕後首腦一向都是布萊斯・肯恩。安德魯很想訴苦，但德芙會跟學校打小報告，霸凌必然會加劇，因為在威克伍，學校頂多對富貴人家的子弟略施薄懲。至於湯馬斯——嗯，他會開戰，為了安德魯的名譽把人打倒在地，然後會被開除學籍。

因此安德魯默默吞忍。

好歹他的寢室仍是不可多得的清靜避難所。午後的金色陽光灑落在湯馬斯床上，安德魯塊按捺不住自己了。他竊取了一小時的空檔，因為湯馬斯跟德芙至少會出去一小時，重點記憶卡可以等去過食堂之後再背，以贏回德芙的歡心。沒人會逮到他放縱自己的欲念——將課本扔在凌亂的書桌上，踢掉鞋子，解開襯衫釦子，這樣子鑽進湯馬斯床上的時候，才能跟湯馬斯躺過的地方肌膚相親。湯馬斯是他永遠不能妄想的人，而這個方式是他滿足渴望的簡易手段。

穿過的衣服跟備用的毯子亂糟糟地堆在湯馬斯床上，軟綿綿的暖意將安德魯拖進夢鄉。他肌肉舒展，胃痛緩解。他將枕頭拉到頭上，讓世界變得朦朧，只聞得到淡淡的衣物味、些許的顏料味，以及湯馬斯獨有的溫暖大地味。

從殘存的幾許潛意識某處，他聽到寢室門打開再關上。但他的意識並沒有清醒到會去管這種事。

一隻冰涼的手碰碰他的臉頰。

他猛地抽離夢鄉，像從水底浮出來一樣吸氣。瞬間感覺像心跳停止，像他迷失了，像他一拳捶在枝椏上，然後——

咔嚓

但他還埋在湯馬斯的髒毯子裡，因為醒得這麼突然而冒汗，腦筋糊糊的。有人打開電燈，明亮的燈光灼炙著他的眼睛。他坐起來，用力眨眼。

帕琵女士守在他身邊，將冰涼的手心放在他額頭上時，幾支手鐲發出細碎的碰撞聲。

「不、不好意思。」他口齒不清。他覺得自己沒死，沒醒，像在魔咒裡沉睡了一千年，而不是只睡一下午。

湯馬斯桌上的時鐘顯示晚間八點三十九分。該死，他錯過了晚餐跟輔導課。學校派老師來找他，就表示要罰他留校察看。

「親愛的，你有點發燒。」帕琵女士輕聲細語，口吻憂慮。「我們有派人過來找你，但那人一定是沒注意到你在這堆毯子底下。我要請你跟我走一趟。」

這一覺讓安德魯腦子糊里糊塗，想不出該說什麼。他摸出一件 T 恤，可能是湯馬斯的，衣襬有一些顏料的斑點。

「對不起。」他又囁嚅。

「你沒有闖禍。」但她看著他的神情非常悲傷。

他跟著她下樓，覺得身體殘敗到站不直。好像怪怪的，宿舍似乎很冷清，平常娛樂室裡熱鬧滾滾的遊戲變得模糊，每個人都看著腳步匆匆的他們。

外面，夏夜黏膩吵鬧，蟬在森林鳴唱，停車場傳來車輪輾過碎石的沙沙聲。都這麼晚了，還有人來學校？走到樹籬盡頭時，他才看到幾輛警車跟一輛救護車，藍色的燈光還在閃。

驚慌在他胸口氾濫，凶猛狂野。

帕琵女士趕他到教學大樓，輕聲說著安撫的話，但他只聽得到腦海裡的呼嘯。

他　　有個什麼

不見了。

他們走向教職員辦公室的樓層，上樓梯時還不得不讓到一邊，空出位置給一位三年級的輔導老師。老師摟著蘭娜的肩膀，帶她下來。蘭娜用紙巾按著浮腫的眼睛，根本控制不住呼吸。當她抬眼看到安德魯，整個人背過身，哭得更凶。

安德魯不常跟她說話——她有點可怕——但他知道德芙喜歡她。有她在，湯馬斯總會變得易怒，還會嫉妒，這是德芙禁止的幼稚行為，她很煩湯馬斯缺乏分享的能力。但安德魯懂他。湯馬斯太習慣沒人喜歡他、關心他，現在有了，就一直很怕對方哪一天會拋下他。

帕琵女士牽著安德魯的手，捏一捏。

到了校長室，他們讓安德魯坐下。兩個警察對校長說話，四年級的老師們進進出出。有這麼多人在，校長室顯得很窄小，很悶。安德魯覺得自己會吐；他不曉得自己做錯了什麼。

他止不住地想著外面的救護車。

想著他還沒看到湯馬斯。

痛苦掐住他的喉嚨，力道足以折斷他的軟骨。

校長坐在他身旁的皮革扶手椅上，而不是坐在辦公桌後面。如此親近，讓人更對眼前的情況深感不安。

「安德魯，我要跟你說一件很糟的事，但首先，請你放心，你父親在路上了。我們本來請他先跟你在電話上聊一聊，只是他決定立刻上飛機。」

安德魯摳著衣服下襬的顏料硬塊。這件是湯馬斯的上衣。

「發生了一樁意外事故。」

他很好奇湯馬斯用這顏料畫什麼，因為他通常是用墨水和炭筆畫怪物。

「你姊姊去了森林。從現場判斷，她去爬一棵老橡樹，樹枝斷了。她……唔，摔到地上時，頭撞到石頭。」

他沒說話。他在想，如果他在湯馬斯的畫裡，他們就可以用炭筆塗掉他擔憂的眼睛、悲傷的嘴巴，或是直接把他從這個世界抹除。

「她……走了。我很遺憾，安德魯。」

安德魯定定地看著自己手指，手指揪著上衣。「不，湯馬斯不會讓……湯馬斯．萊伊會救、救她。」

校長的聲音比平常高，不得不暫停一下，清清嗓子。「郎蘭娜作證說，她看到他們兩個在森林線那邊。兩人起了爭執，然後德芙獨自進入森林。」

校長繼續說話。安德魯希望她住口。世界上的言語總量想必是有限的，她卻還在不斷浪費言語，絮絮叨叨說著除非有師長在場督導，否則學生禁止進入森林。說蘭娜把忠誠用錯地方，直到晚餐之後才通報德芙失蹤。之後校方報警。警方在森林展開搜索。

校方找到了湯馬斯，他在美術教室，不知道意外事故。

他們也找過安德魯，但第一次到寢室時沒發現他就在一堆毯子底下，後來帕琵女士決定再自己去確認一遍，這才發現他在睡覺。

他跟雙胞胎姊姊的連結被斬斷時，他甚至不是清醒的，一點都沒感覺到。

他們問他有沒有什麼疑問。

他沒有。

大家不斷慰問他。

他剝掉衣襬的顏料。

他又說一遍「不是那樣」，說得很輕，但沒人在聽。他們認可了自己編造的故事，但這一則黑暗、陰險的童話比安德魯寫過的任何一個故事都糟糕。

最後有人說：「他嚇壞了。」他們不曉得該拿他怎麼辦，遲疑再三，才決定把他送回宿舍。

瑞爾博士護送他，安撫他說德芙如何聰慧、備受喜愛，說他了解安德魯此刻不想說話，但等他願意說了，會有人願意聽。安德魯只注意到，他們經過空蕩蕩的停車場時，那輛救護車已經不在了。

他們帶走她了，甚至沒先跟他打個招呼。

只剩下小廚房的燈還亮著，所有學生都就寢了，值班的輔導老師準備了花草茶，帶著憐憫的表情等他。湯馬斯坐在桌前，盯著眼前的保冷杯。他抬眼時，沒有掩飾表情，那張臉令人不忍心看，安德魯不由得別開視線。他們凌遲了湯馬斯，這一點顯而易見。

要是現在脫掉湯馬斯的上衣，他身上還有剩下的皮膚嗎？還是只會有筋肉，青青紅紅的，在搏動，在流血，每一次呼吸都吃力？

安德魯毫無感覺，看著慟色從眼前這男孩的眼底滲出。

他們走上回寢室的樓梯，沉默無言，只靠床邊一盞檯燈的光線準備就寢。安德魯脫掉從湯馬斯那邊摸走的上衣，打開自己的衣櫃找睡衣。看到用螺絲鎖在衣櫃門內側的細長鏡子，他浮現暈眩的不適感——這個枯瘦、蒼白的男孩，鎖骨是樹枝，凸出的髖骨抵著褲子。感覺像是別的人。

湯馬斯像一縷幽魂在他背後徘徊。他上前一步，嘴在顫抖。「安德魯，我……我很抱歉。我應該陪在她身邊的。我實在不應該讓她自己一個人去——」

「對。」安德魯的音量沒比耳語大。「你應該留在她身邊。」

湯馬斯瑟縮起來。他指望什麼？寬恕？赦免？

「都是你的錯。」安德魯的語氣，像利刃捅進湯馬斯的肚子還扭轉刀鋒。

他看著鏡子，鏡中的男孩看起來像德芙：蜜色的頭髮，溫暖的褐眼，不高興時固執地癟嘴。

湯馬斯擦擦眼睛，手指扒著頭髮，盡力穩住顫抖的呼吸。「對不起。我願意不計一切代價回到過去——」

「別說了。」安德魯不認得自己的聲音，冰冷堅硬，像河裡的石頭。「——然後待在她身邊。那她就不會獨自死去。可惡，那她就不會死。我會接住她，或是抱她去求救——」

「我叫你不要說了。」

湯馬斯哽住。「對不起——」

安德魯捶打鏡子。

捶了一下又一下，直到玻璃碎裂，鮮血抹開覆蓋他的鏡中影像。他看起來不再像德芙，現在他是一團猩紅的模糊，裂成許多片。他繼續捶鏡子。

湯馬斯哭喊著要他住手，以拔尖、嘶啞、驚恐的聲音哀求。

等他抹除每一個鏡子碎片，粉碎成星塵，他就會停手，他還要把舌頭灑滿星塵，然後對森林輕輕說出一個魔法願望。

把德芙還回來。

湯馬斯抓住他的手腕，想拉住他。他掙脫，再度捶起鏡子。他不覺得痛。他的手指看起來像斷裂的樹枝，染得殷紅，還灑上銀色的玻璃粉塵。他捶打著鏡子，一下又一下又——

寢室門開了，進來的人在嚷嚷；房間的燈也亮了，粗暴地灼炙他的眼睛，以致他尖叫起來。

更強壯的手臂扣住他的肩膀，拖開他。人聲交疊，爭辯、質疑。廊道上的門紛紛開啟，一張張帶著睡意的臉在門外探頭探腦，來查看出了什麼事。

安德魯在他們的箝制下奮力扭動，陌生而粗野的暴力從他體內湧出，他咬牙怒吼。這不是他。他從來不會這樣。

他不曉得自己怎麼會跪坐到地板上，在湯馬斯懷裡，湯馬斯在慢慢、慢慢地搖晃他。他們坐在鏡子碎片的大海中，安德魯將受傷的手抱在胸前。湯馬斯的臉貼在他赤裸的背脊上，淚水流到安德魯的皮膚上。

「對不起……」湯馬斯喃喃說。

「你給我。」安德魯的每一個字都像一把生鏽的刀，抵在湯馬斯顫抖的喉嚨上。「閉、嘴。」

湯馬斯沒再說話。他抱著安德魯，為了彌補安德魯完全沒哭的事實而哭。

安德魯內在的一切都被翻掏出來，他成了一具空殼，不可能填滿。

等德芙看見他把手折騰成什麼樣子，一定會嚇壞的。他會在早餐時跟她解釋，說這個學年太艱難、壓力很大，一時恍惚才砸了鏡子。

他以為鏡子裡有一隻怪物，他只是想殺掉牠。

32

安德魯的心智導火線很短小，大難即將引爆，重擊並摧毀腦袋裡的一切，彷彿想要衝出去、出去、出去、出去。他的腿撐不住，他陷入落葉中，雙手捂住耳朵，慟哭從血淋淋的唇瓣間滑出。他覺得荊棘捲曲著鑽進他眼睛後方的軟肉裡，鑽得更深也更用力。他需要思考，但他不能思考。

有人在騙他。

澄黃的眼睛在他們四周閃爍，怪物們奇形怪狀的暗影埋伏在林木與樹根之間，舔濕嘴唇，等待適當時機發動攻擊。

湯馬斯用力嚥口水，視線從潛藏在濃重黑暗裡的怪物，掃向團成一球的安德魯。

「我不懂你怎麼不——」湯馬斯停口，被無淚的嗚咽哽住。「蘭娜跟我說，她覺得你不知情，你以某種方式……封鎖了那段記憶。但我不懂。你一定知道啊。你……一定知道。因為你不提德芙，我也盡量不提起她，我不想傷害你。」他將拳頭抵在唇上，用力按壓，牙齒都切進指節。「我覺得自己實在有罪。我應該跟她在一起的，我好怕你還在……怪我。」

安德魯將雙手插到葉片中，指甲碰到堅硬、尖銳的東西。不是石頭。是牙齒。

「我跟你說過了。」湯馬斯每個字都是顫音，在努力逼退眼淚。「我覺得有一天你會討厭我。」

罪惡感在啃噬湯馬斯，愧疚在他裡面腐爛。安德魯能看見愧疚攀上湯馬斯的眼角，黑色苦淚滑下臉頰；安德魯甚至還聽到怪物垂涎的口水聲，爪子撕扒樹皮聲，牙齒咔嚓咔嚓嚙咬聲，牠們期盼再次大啖苦難。牠們想要湯馬斯受盡折磨，一把將苦楚吞進嘴裡，直到滿腹都是朽葉與青苔，塞著濕潤腐敗的樹皮，最終成為大地的一部分。

但這並不是湯馬斯的錯，

對吧？

湯馬斯用髒兮兮的手抹過眼睛。「要不是我，她絕不會跑去森林。她討厭違反校規。她是被、被我刺激到才那樣做。我們吵架……你知道我們吵架了，但原因是你。」

安德魯抬起頭，嘴巴有血跡。「什麼?!」

「我準備跟你交往。」湯馬斯的語氣很慘痛。「我還在累積告白的勇氣，她不知怎的就知道了。我猜她是看到我望著你的眼神，即使你——你都沒注意到。她要我們維持原狀，就是我們三個。她說，我們三個一定要在一起，但我絕不會把她排除在外。我只是想要吻你。我還是」——他的聲音拉得太高也太嘶啞，一直開岔——「我還是一直想要吻你。我們都還沒到森林就開始吵，因為她說『我不准』，那一刻我、我就炸了，回嘴說你不屬於她。」

他們是爲他吵架。安德魯簡直難以置信。他以為是德芙厭倦了他，厭倦要照顧他，替他收拾爛攤子，穩住他顫抖的肋骨，因為他隨時都瀕臨炸裂。

「我一氣就跑了，她就自己去森林。我不知道原因。她真的很火大。我猜她只是想走一走，想去發洩情緒，然後就……」湯馬斯哀愁得沒了聲響。「然後她就摔下來了。而我不在場，沒有接住她。我甚至沒有感覺到她出事。我應該要感覺得到的啊，或是應該在現場，或是跑回去救她。我對她的愛，是對親人的那一種。但我對你……是……你是我的全世界。」

「住口。」安德魯盯著土壤從指縫滑下，盯著遍布在瘦骨嶙峋的手上，像蛛網、像蕾絲的疤痕。「你……說謊。她才沒——」

他說不出那個字，因為那不可能是真的。他見過她，跟她——

「可是，在她走後，我要是吻你，那不就成了大爛人嗎？」湯馬斯說得赤裸又直接，「就是因此蘭娜才那麼討厭我。她以為我是把德芙的……她以為我把這當作親近你的機會，但我沒有。我寧願死，也不會那樣做。我只是再也不想孤孤單單了。我只是——我真的很害怕孤單。」

他噗通跪下，安德魯的精力從皮膚散逸出去，額頭軟軟垂靠在湯馬斯肩上，但湯馬斯捧起安德魯的臉，強迫他抬起頭。

「聽我說。」湯馬斯的眼底燃起熾烈的驚恐。「我認為怪物這一次不會那麼輕易就放過我們，甚至可能根本不會放我們走。你得離開森林。」

「但我不行。」安德魯說，聲音悶悶的，很遙遠，像埋在地底六呎*。「牠們想要王子，而我……那是我，不是你。牠們要的始終都不是你。」

湯馬斯沒有糾正他，於是安德魯也明白了，湯馬斯心裡早就有數。

或許，湯馬斯知道很久了。

安德魯在夢境侵略者來的時候沒有睡著。

安德魯說了一個狼吃掉湯馬斯父母的邪惡童話故事。

安德魯不曾停止寫作，儘管湯馬斯已經停止作畫了。

他才是創造怪物的人，或許他本身就是怪物，只因為他不能面對事實，面對罪惡感、哀傷、憤怒，面對姊姊——

離世。

世界向左傾斜得厲害，他眼睛後方冒出白燦燦、火辣辣的劇痛。他吃不消，需要把裡面的東西拔到身體之外。

怪物們從樹木後方出來，披掛著黑莓荊棘，下顎長著彎彎的獠牙，肢體與狂亂的樹木融合，爪子前伸。破洞的腸子，惡臭的黏液，源源不絕的腐物從凹陷的身軀裡淌落。安德魯注意到藤蔓糾成一團，撲騰著從土裡拔升出來，棘刺互勾，尖端滲血，纏繞出像蛇一樣蠕動的身體。安德魯很想要連滾帶爬地退開，但一條碧綠的藤蔓剛纏上他腳踝，就瞬間像止血帶一樣收緊。

「湯馬斯。」他衝口而出，像哀求，像祈禱。

湯馬斯抄起短斧使勁一砍，將那條藤蔓斬成兩段，蛆跟爛甲蟲從切口噴出。但另一條藤蔓也已繞住安德魯的腳踝，還悄悄用一根捲鬚纏上他的手腕，又游移到他的腰，綻放的葉片非常鮮亮，醒目得像黑暗裡的尖叫。

他們四目相望，哀傷是如此深切、如此凶猛，一聲號啕從安德魯的喉嚨迸發。

他吃力地爬起來，搖搖晃晃，沉溺在自己的悲慟裡。他伸腳踢開藤蔓，又有更多藤蔓從土裡湧出，棘刺還在找可以刺進去的血肉。牠們嗅到鮮血。想要更多血。

「停、停下來。」他近乎撕心裂肺地吼著。「不是他。是我。你們要的是我。」

❀地下六呎是土葬的深度。

「安德魯，你他媽的閉嘴。」湯馬斯聽起來很慌，拚命切開纏上身的藤蔓。短斧滑開，割到他的大腿，但湯馬斯似乎不在意。「我不會讓你被帶走的——」

「我是祭品。」安德魯說，嘴裡都是墨水。

森林伸手指攫住安德魯的臉，開始拉扯。在那一刻，湯馬斯尖叫起來。

有個滑溜的青灰色東西從安德魯的一隻眼睛爆開，順著臉頰向下，在如雨水般落下的溫熱土壤中長得又密又快。根撕開柔軟的組織和皮膚，他不禁抓起臉，尖叫著，停不下來。痛苦迸發，劇烈、血腥、豔紅。他伸出顫抖的指尖，摸摸眼瞼，帶刺的玫瑰張開花瓣，滴下黏稠的膠狀物，那膠狀物原本是在破了洞的眼睛裡。玫瑰藤蔓繼續生長。開花。

他看不見。

有人在吼叫著他的名字。

他看不見。

森林渴望開疆闢地，突破他羸弱身軀的禁錮，這應該沒什麼好意外的。以前他是空心的人，不可能填滿。

現在他身體裡有滿滿的怪物。

33

精采的故事說完了，許願骨就該折斷了，一個血淋淋的吻，王子的祭品。

——剜出一顆心——

埋在森林裡。

但他早就知道了。

對安德魯而言，最難的並不是那件必須做的事，而是要轉身離開湯馬斯，放任藤蔓纏上他手腕，攀上曾經潔白的襯衫，扯開釦子，找到那個不可能填滿的洞，那是怪物們打的洞——但安德魯才是始作俑者。而且更難熬的是，耳中聽著湯馬斯的嘶吼，一聲聲自內翻湧而出的驚叫，是他只能眼睜睜目睹森林吞掉安德魯的恐懼。

然而安德魯沒得選，只能走。

必須有人把故事說完。

他行走間，夜色如墨黑舌頭舔過森林，彷彿要把他一口吞掉。森林的重量擠壓他胸膛，淹沒他的肺，扼殺任何從他血淋淋的喉嚨冒出來的可悲嗚咽。他在盤曲交錯的根與多刺的矮樹叢之間走得磕磕絆絆，但即使森林在啃咬他，他都毫無感覺。在他後方，湯馬斯已經不叫了。

不要想，不要想。

他沒讓自己哭；現在玫瑰的棘刺扎在他眼睛底下的柔嫩皮膚裡，他甚至不確定自己還能不能哭。他爬過一棵倒臥的樹，樹身上的菌類在一道道的銀色月光下一閃一閃。菌類在他的手底下碎裂，濕潤腐壞的菌肉黏到他皮膚上。

這一夜很合理，邏輯薄弱是薄弱，依然環環相扣。他往肺部吸飽空氣，覺得滑下喉嚨的空氣質感很濕潤，稠得像焦油，一股奇異的平靜席捲他整個人。他想著有沒有人注意到他們進入森林，一直沒回去，想著會不會有人在意。等他完成任務，這所學校所有離奇的怪事都會止息。

一道影子在一棵樹後方顫動，他周遭的世界似乎化為水晶，氣息屏住，溫度冷到他呼出的氣變成眼前的一顆白球。他停下腳步，將手插進口袋。

「出來。」他說。

靜默持續了一秒、兩秒。

然後德芙從玫瑰後面出來。她仍然穿著威克伍的夏季制服，是他最後一次看見她時的那一身，但她的臉現在變了個樣，彷彿不再需要扮演那個整潔、一絲不苟的德芙。她臉上長了青苔，柔嫩的綠色捲鬚在她的嘴角顫動，她褐色的眼睛變成森林鮮亮、不饒人的翠綠。

「別用我姊的臉。」他的聲音堅定不移。

「她想要保護你。」森林輕輕地說。

「她想要一切維持原狀。」安德魯說。「那是不可能辦到的。實際上也沒有。我們對彼此的愛，把我們砍到見骨。」

「你沒有帶筆。」

他死命撐著才沒有呆站在那裡，沒有哭出來。「這次我不講那一種故事。現在拿掉她的臉。」

怪物退回林木間，其實怪物就是黑暗，剛才只是忠實模擬他姊姊的外貌。安德魯看著怪物變大，血肉變成樹皮，手指變成參差不齊的樹枝，牠越長越高，巨大形體遮擋月亮。牠張開嘴，亮出陰森的長牙，當牠從地上拔起腳，樹根便從土裡爆出來斷裂，大地也隨之撕開。牠歪七扭八的樹枝手指裡捏著一本筆記本，一叢叢黴菌在破爛的封面上茂密生長。

安德魯擦掉嘴上的血，從怪物手裡拿回自己寫邪惡童話的筆記本。他點一下頭，以示感謝。

他們走進森林，巨大的恐怖怪物跟在他後面，樹枝上纏著暗影與腐爛的毒物。他翻過倒地的樹幹，青苔卡在指縫，長褲的膝蓋也髒了。他脫下禮服外套，留在身後。之後是襯衫，染上了森林的泥痕跟葉片的印子。他把襯衫留在多刺的灌木叢。

他掏出口袋裡的美工刀。

如他所料，野林樹原本的位置是空的。牠拔出自己的根，四處走動，將身體壓縮成一個有蜜金色秀髮的女孩，名字與羽毛柔軟的鳥兒一樣。在他內心遙遠的角落，他想著不曉得德芙躺在樹冠下靜靜消逝時，野林樹啜飲了德芙多少血。

他將筆記本放到腳邊的落葉堆裡。然後他撫摸自己赤裸胸膛上肋骨之間的溝壑，撫摸怪物的咬痕跟爪痕所留下的疤，最後將掌心平放在胃部，藤蔓就在那裡的皮膚底下生長。

他下刀了，刀鋒深及木頭。他伸手去沾自己的血，沒什麼感覺，就只是覺得血液很溫熱，銅味很重。

他開始書寫，指尖劃過皮膚，血淋淋的字跡很模糊，因為他止不住地顫抖。

野林樹怪物將根放回地上的坑洞，向午夜的天空伸展軀體，天上綴滿了碎鑽。牠看著他的眼神並不殘忍，也沒有懷恨，反而很溫和，彷彿明白他已經盡力跑到最遠，疲憊是可想而知的。

牠的聲音變得深沉、悅耳、古老。「你喚醒我們，現在滿足我們。一份祭品絕對是不夠的。」

安德魯開始寫。

從前從前，一位王子舉刀切開胸膛，裸露出來的肋骨像長滿青苔的樹根，底下的心臟是一坨青紫瘀血的殘骸。這樣的心臟不會有人想要的。但他依舊剜了出來，送給一個人。

他心想，在遠處，好像有人在呼喊他的名字。寒意襲上他赤裸的肩胛骨，讓他的脊柱冒出雞皮疙瘩。

他把自己的心臟送給十月男孩，十月男孩有一千零一顆雀斑，頭髮是秋葉。但心臟幾乎一拿出來就立刻開始腐朽，王子變成怪物。王子認爲，他們應該把心臟埋了，看看它會變成什麼。

安德魯將字塗到手臂、胸膛、脖頸上。暈眩感像糖蜜緩緩淌過他的理智，真的很難不闔上眼睛。

遠方，有人在奔跑。
空氣匆匆進出肺葉。
尖叫就快要傳到他耳裡了。

他們決定把心臟埋在森林的深處，因爲怪物很貪婪，不可信任。如此一來，十月男孩便會安全無虞。

血從安德魯的手臂滴落，濺到筆記本。也或許是眼淚不能從長滿玫瑰的眼窩出來，才化為鮮血流下。

在地上，心臟長成一棵樹，而怪物在林木間生活，忘了自己曾是王子。可是十月男孩沒有逃走。他爬上那棵樹，親吻寂寞的怪物，最後怪物呑掉了他整個人。

安德魯挖開潮濕的土壤與腐壞的落葉，扒出一個淺坑，深度足以放進筆記本，餘下的空間只夠放進一顆跳動的心臟。他呼出一口氣，緩緩地，小心翼翼地，保持跪姿，將美工刀抵在胸口。

他的嘴在顫抖。

森林看著他，寂靜無聲，怪物們保持敬意，沒有靠過來，但牠們眼裡的飢渴仍然很嚇人。

剜出自己的心臟實在是
一件微不足道的
小事。

「在這之後，」他低語，「一切便會結束。」

有個東西撞進他的懷裡。

安德魯噗通跌到落葉上，肺裡的空氣都被撞出來了。他緊緊彎起手指，護住美工刀，沒讓刀從手裡飛出去，但有人抓住他的手腕，把刀壓在地上。他想要拔出手腕，想要豁出去拚了，但他殘餘的力氣實在太少。

「安德魯，等等。」

安德魯對著湯馬斯的臉就是一記頭槌，撞得湯馬斯向後栽倒，雙手摀住鼻子，嚇下叫嚷。安德魯搖搖晃晃站起身，美工刀在他手上發燙，彷彿那是一把龍牙刀，專門為配戴荊棘王冠的王子所打造。他站在湯馬斯前方，肋骨急促起伏，看著十月男孩痛得在地上打滾，一手摀著流血的鼻子。

世界開始發亮，捎來他沒準備迎接的灰濛濛黎明。他要來不及了。野林樹將枝椏伸向天空，漸漸不耐煩。

「剜出一顆心臟，埋在森林裡。」

安德魯沒意識到自己把話說出來了，直到湯馬斯抬起頭，用濕漉漉的紅腫眼睛望著他說：「一定要用你的心臟嗎？」

他慘不忍睹，衣服破了，手臂上被荊棘綑縛出來的幾十道傷口在滲血。他必然是用短斧砍斷荊棘，之後一路狂奔，才及時趕到這裡，因為他也記得安德魯在暑假之前寫好、塞進他屁股口袋的故事。

安德魯用掌心按著仍然完好的那隻眼睛，按到世界重新聚焦。飛塵在晨光裡一閃一閃，像灑在他周遭的魔法粉塵，也讓森林從烏賊墨的色調變得柔和，一點都不像讓他們怕了那麼久的森林。

湯馬斯自己跪下，停在那裡沒動，他是向自己的王子下跪，他在乞求。只要他想，他可以毀掉安德魯，憑他柔軟的嘴唇就行了。但他等著。

「我知道野樹林想要一顆心臟。」湯馬斯說得很坦率。「但不一定要用你的。」

安德魯伸出手指，拂過湯馬斯漂亮的顴骨，拂過他下顎的漂亮曲線，然後拂過從他鼻子流出來的濃稠鮮血，摸到他的嘴唇。然後他掐住湯馬斯的脖頸。

他們就是這樣的人，骨頭斷裂，癒合得歪七扭八，再彼此交融。他心想，也許你可以愛一個人愛到這麼深，深到你毀滅對方，再毀滅自己。

「如果你剖開我的胸膛」——安德魯的聲音慘澹——「你會在原本該是心臟的地方，發現一座腐爛花園。」

湯馬斯仰起頭，凝視安德魯的眼神是極致的溫柔與熾烈，滿溢著無畏的崇敬。「我不在乎這個世界對你來說有多黑暗。我會伸出手，等著你牽起來，然後我決不鬆手。」

一道道的血痕劃過安德魯的手腕，匯流到美工刀。要是他不理會森林的要求，這場風波不會平息。怪物會持續攻擊，會死更多人。怪物們渴求罪孽與哀慟，渴求這兩個不停餵養牠們的男孩。因此，事實上，這一刻很合理。

「但你一定要明白，」湯馬斯忍著眼淚說，「德芙的死是意外，她決不會為了復仇而追殺你。那是你自己筆下的故事，故事是可以改寫的，想改就改。現在的你夠堅強。現在的你夠勇敢。」

安德魯緩緩拉開湯馬斯髒兮兮的襯衫，只露出在他的心臟上方抖個不停的皮膚。他用指尖抵著那溫熱的皮膚，感覺到顫動，那是血腥的心跳。熾熱，強烈，洋溢著生命生命生命——

他們不需要兩顆心臟。他們可以共用安德魯的，即使那是一顆青紫瘀血、慘不忍睹的玩意兒。他們的肋骨會密密交織，保護他們不受世界最惡劣的荼毒，讓他們永遠相守；他們絕不分離。

他下刀了。

34

曙光給森林染上最柔和的茶色與金色。舌尖能嘗到空氣有多清爽，燒柴的煙、柏樹香氣，還有新翻土壤散發出的麝香味。鮮血濺到落葉上，匯聚成幾灘，在晨曦裡閃著微光。那血的色澤極深、極暗，要是誰用手指去碰，一定會觸及另一個世界。

他用土掩蓋那個坑，用掌心壓實，再鋪上落葉。美工刀也埋了，輕輕擱在筆記本上方，筆記本裡有他最墮落也最可愛、殘酷且恐怖的故事。這筆記是他的一切，是他最珍貴的寶物，是他紙造的心臟。

在他面前，野林樹恢復原狀，又是那棵古老的白橡樹，枝椏伸展成寬大的拱頂，枝繁葉茂，樹幹多處螺紋和節瘤，位置跟高度很適合抓握，只看你敢不敢爬。一根樹枝是斷的。

森林不曾這麼安靜，這麼祥和。

它睡了，疲憊已到極點。

他坐在樹根之間一動不動，皮膚上仍然滿是傷口跟蘸著鮮血寫出來的故事，現在字跡糊到無法辨識。玫瑰花瓣從他的左眼掉落，多刺的玫瑰藤變得脆弱，因為現在能夠吸取的鮮血少了很多。他赤裸的皮膚變成冰涼的雪花石膏，他漫不經心地用纖長手指撫摸從裂開的肚腹長出的枝椏。

「很快就不痛了。」他對著林木間的寂靜說。

沒有回答，怪物全變回單純的樹木，留下的痕跡就只有斷裂的許願骨，還有散落在樹根之間的木雕牙齒。

他們在這片森林裡互相吞噬，這兩個男孩這麼貪心，這麼倨傲，他們有滿腹的淚水，不曉得要怎麼停下來。安德魯對湯馬斯的愛很可怕，永恆不朽，但他想不起來自己是否曾經說出口。

「記住你愛我。」在森林的黎明裡，他的聲音很微小，很睏。「我寫的都是你的故事。從始到終，都是你的故事。」

他撫過湯馬斯的鬈髮，動作緩慢而謹慎，湯馬斯的頭是他小心翼翼放好在自己的大腿上的，他不想驚動湯馬斯。他們都很累了，在這一刻，需要好好休息。

他鄭重地把自己的手塞進湯馬斯的手裡，十指相扣，疤痕的指節與帶雀斑的指節相貼，兩隻手都有森林的污跡與血痕。他親吻湯馬斯的手背，溫柔又心疼。他們在一起很相配；他們是魔法與怪物，攜手打造出一個睚眥必報的世界。

安德魯低低垂下頭，嘴巴緩緩靠近湯馬斯的耳朵。「醒醒。我需要你來告訴我，我們是不是真的？」

湯馬斯沒有睜眼，臉色卻柔和起來，所有熾烈的憤怒與孤寂的恐懼都悄悄消融。

「吻我，」湯馬斯的聲音低啞，睡意濃重，「吻了你就知道了。」

致謝

我在這本黑暗的小書裡留下一小片的心。如果你看完最後一頁，還對著牆壁皺眉，一切便恰如其分。我建議最近不要走近任何樹木，嚴防死守你的眼睛。

這本書能夠面世，得向許多人致上謙卑且誠摯的感謝。Emily Settle，謝謝妳喜愛這兩個可怕又美麗的男孩，有幸可以跟妳共事，再多感恩都不為過。Claire Friedman、雅娜．海德斯多夫、Meg Sayre、Aurora Parlagreco、Helen Seachrist、Raymond Colón、Jackie Dever、曾睿寧、Tara Gilbert，謝謝你們的付出，讓這本書呈現最好的樣貌。

也很感謝 Maraia、Melissa、Kelsea，以及 Samantha，謝謝妳們要我勇敢、要我聆聽、要我閱讀；要是沒有妳們，我不曉得會怎樣。還要謝謝我的父母，他們給了我很多支持。

還有你，我的讀者，謝謝你。

願這故事縈繞你心。

Eurasian Publishing Group 圓神出版事業機構 用心與你對話．視野無限寬廣
寂寞出版社 Solo Press

www.booklife.com.tw reader@mail.eurasian.com.tw

Cool 057

密林勿近

作　　者／CG德魯絲（CG Drews）
譯　　者／謝佳真
發 行 人／簡志忠
出 版 者／寂寞出版股份有限公司
地　　址／臺北市南京東路四段50號6樓之1
電　　話／（02）2579-6600．2579-8800．2570-3939
傳　　真／（02）2579-0338．2577-3220．2570-3636
副 社 長／陳秋月
副總編輯／李宛蓁
責任編輯／朱玉立
校　　對／李宛蓁．朱玉立
美術編輯／金益健
行銷企畫／陳禹伶．朱智琳
印務統籌／劉鳳剛．高榮祥
監　　印／高榮祥
排　　版／杜易蓉
總 經 銷／叩應有限公司
郵撥帳號／18707239
法律顧問／圓神出版事業機構法律顧問　蕭雄淋律師
印　　刷／祥峰印刷廠
2025年10月　初版

定價 420 元　ISBN 978-626-99938-3-3　

直到我把手放到他肩膀，他才終於抬頭，我看到他雙眼全白，瞳孔向上轉到眼皮之中，但他手仍不斷畫著。

——《詭畫連篇》

國家圖書館出版品預行編目資料

密林勿近／CG德魯絲（CG Drews）著；謝佳真 譯.
-- 初版. -- 臺北市：寂寞出版社股份有限公司，2025.10
384面；14.8×20.8公分. --（Cool；57）
譯自：Don't let the forest in
ISBN：978-626-99938-3-3（平裝）
874.57　　114011703